나르시스의 반란

나르시스의 반란

방주 장편소설

자기 자신과 사랑에 빠진, 세상에서 가장 아름다운 남자

거울을 보며 마스터베이션을 할 정도로 자신과 사랑에 빠진 그는 나르시스처럼 이루어질 수 없는 사랑에 빠져 죽는 대신, 복제인간을 만들어 자신의 사랑을 이루려 했다.

하지만 그는 몰랐다. 복제인간은 자기 자신이 아님을, 자신이 사랑하게 된 복제인간은, 자신의 분신이 아니라 철저한 타인이라는 것을.

자신을 사랑하지 않은 복제인간은, 나르시스의 입장에선 반란이다. 그는 나르시스의 반란을 진압하여 그를 지배하기 위해, 그가 사랑하는 모든 이를 없애고 그의 신체를 여자로 만들 결심을 한다.

큰집

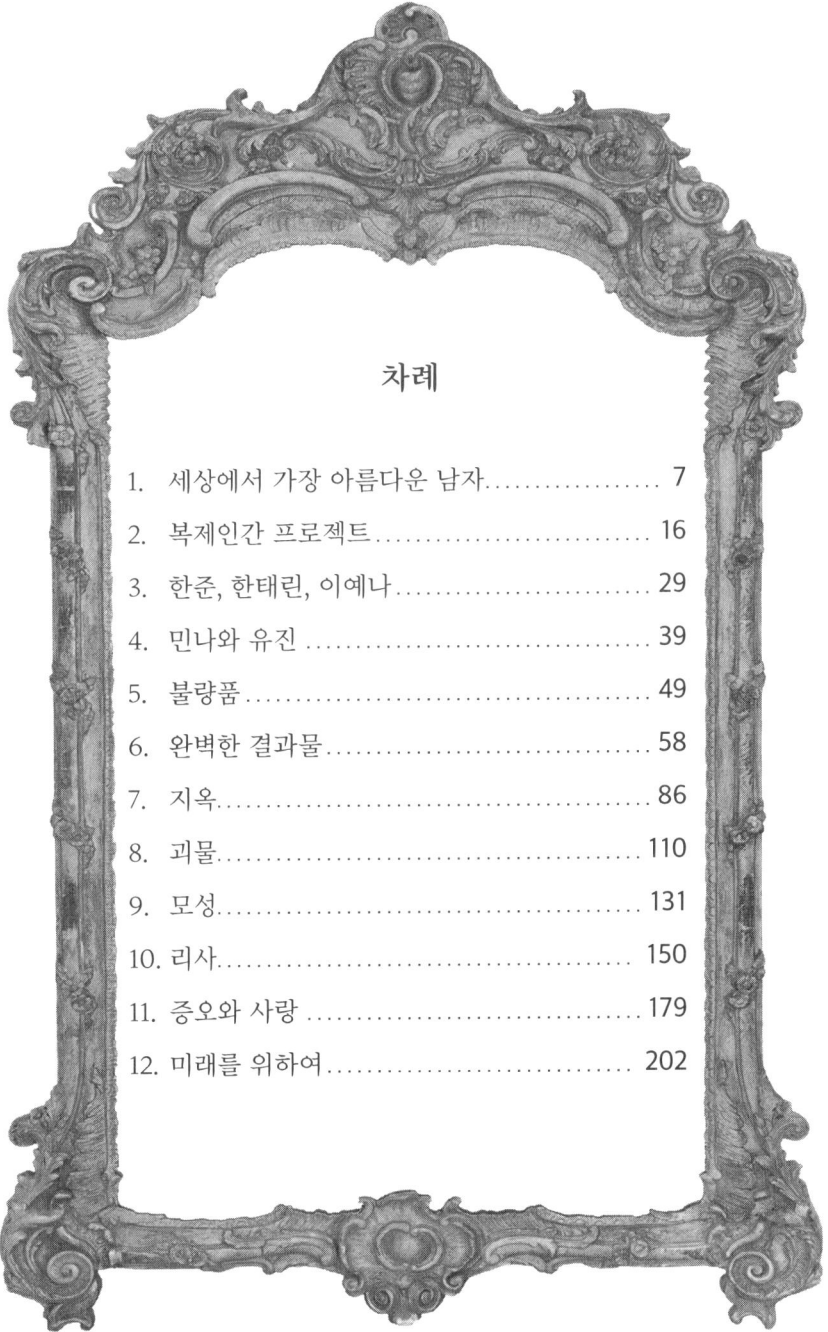

차례

1. 세상에서 가장 아름다운 남자 7
2. 복제인간 프로젝트 16
3. 한준, 한태린, 이예나 29
4. 민나와 유진 39
5. 불량품 49
6. 완벽한 결과물 58
7. 지옥 86
8. 괴물 110
9. 모성 131
10. 리사 150
11. 증오와 사랑 179
12. 미래를 위하여 202

1. 세상에서 가장 아름다운 남자

 그는 기적의 생명체다.
 거울에 비친 그의 모습은 더할 나위 없이 아름다웠다. 실오라기 하나 걸치지 않고 거울 앞에 선 그의 몸은 적당한 운동으로 매끈하고, 그 어떤 미녀보다도 섬세하면서도 충분한 남성적 매력도 갖추고 있었다. 국내 제일의 헤어 디자이너가 손질한 머리도 아름다웠다. 실상 그의 외모를 생각하면 아무나 가위 들고 길이만 맞춰 자른다 해도 일류 헤어 디자이너가 손질한 머리처럼 보일 텐데도, 그는 굳이 자신의 아름다움의 값어치에 맞는 실력을 지녔다고 생각하는 최고의 헤어 디자이너에게 머리를 맡기곤 했다.
 거울 역시도 매우 비싼 제품으로, 거울 가장자리는 그리스 로마 신화를 담은 부조가 조각되어 있었다. 거울이란 용도에 너무나 잘 어울리는 그 부조는 '나르시스 설화'를 담고 있었다. 이 집 안 가구 중 가장 깨끗하게 관리된다고 해도 과언이 아닐 그 아름다운 전신거울은, 먼지 한

톨 없이 잘 닦여 눈부신 빛을 내고 있었다. 하지만 거울 표면의 광택이 아마도 빛의 반사작용 때문이 아니라 그의 미모 때문이 틀림없다고 해도, 아무도 웃거나 반박할 사람이 없을 것이다.

하지만 그 누구의 눈에도, 그 자신에게만큼 그 모습이 아름다워 보이지 않을 것이다.

최유진. 18세. 절정의 젊음 속에서 절정의 아름다움을 내뿜는 그는, 신이 빚은 위대한 작품인 자신을 영원히 유지케 할 작정이었다. 그가 인류의 영원한 판타지적 꿈을 실현시킬 결심이라도 할 수 있는 이유는, 그럴 만한 환경과 재능이 그에게 있었기 때문이다.

그는 거울을 쳐다본 채로, 손을 들어 자신의 성기를 쓰다듬었다. 짜릿한 느낌이 손끝과 몸 중심부에서 동시에 전해오면서, 점점 성기의 크기가 커져 갔다. 그는 성기마저도 적당히 큰 완벽한 크기와 모양을 자랑했다. 이토록 아름다운 자를 그 스스로도 어디서도 본 적이 없었다.

그는 자신의 성기를 천천히 쓰다듬다가, 곧 손놀림이 격정적으로 빨라졌다. 자신의 손이나 신체 외에는, 이 쾌락을 주는 상대를 만나고 싶지 않았다. 자신보다 아름답지 못한 자에게 이런 느낌을 느낄 수 있을 것 같지 않았다. 그 어떤 AV 영상이나 자극적인 사진도, 거울 속 자신의 알몸보다 자극적이지 않았다. 손의 움직임이 빨라지며 그의 성기도 점점 견딜 수 없을 만큼 딱딱하게 부풀었고, 이윽고 아득한 느낌과 함께 힘차게 사정했다.

거울에 튄 흰 액체 뒤로, 여전히 아름다운 그의 육신이 비춰졌다. 하지만 곧 허무함이 밀려왔다. 그가 사랑을 나누고 싶은 자를 직접 만질 수 있고 이런 식으로 욕망을 풀 수도 있지만, 불완전했다. 그는 '나 자신'이 실재하여 직접 끌어안고, 키스하고, 애무하고, 사정하고 싶었다. 거울이라는, 가시광선이 거울의 표면에서 방사되는 상이 아닌, 진짜 살아 있는 자기 자신과. 아무리 비싸고 아름다운 물건이래봤자 그깟 거울과, 유리 뒷면에 코팅한 실용품에 불과한 것과 사랑을 나누고 싶지 않았다.

그는 거울 가까이 가서, 거울 표면에 비친 자신의 상에 입을 맞췄다. 마치 자기 자신과 딥키스를 하는 듯, 거울에 입술을 문질러댄 그는, 피부 표면의 지방으로 거울이 얼룩덜룩해지면서 자신의 모습에 얼룩이 지는 것이 거슬렸다. 이렇게 키스를 해도 풀리지 않는 갈증이 느껴졌다. 차갑고 매끄러운 평면이 아닌, 입체적이고 따뜻한 육체를 가진 자신과 사랑을 나누고 싶었다. 그는 갑자기 분노에 찬 얼굴로 거울을 쾅쾅 치기 시작했다. 따뜻하지 못한, 금속의 반사 성질을 이용해 상을 투여할 뿐인 이 물건이 오히려 더 원망스러웠다. 거울을 향해 힘차게 내지른 주먹에, 거울은 곧 산산조각이 나 깨졌다. 거울에 비친 자신의 모습에 금이 가다가 곧 거울 뒤 판자만 남기고 부서져 떨어지는 것을 보고 처음엔 가슴이 아팠지만, 진짜 '나'는 다른 거울에서 여전히 아름다울 것이란 생각이 위로가 되었다.

손에 약간의 통증이 느껴졌다. 거울을 깨면서 약간 베인 것이다. 이 아름답고 완벽한 자신의 육신에 상처를 내다니! 유진은 방금의 행동에 약간 반성했다. 앞으론 거울 앞에 손 보호대나 장갑이라도 갖다 놓고 깨야 한다고 생각하면서.

최유진이 자기 자신에게 반한 나이는 기억도 못할 어린 시절부터였지만, 이렇게 성적인 욕망까지 갖게 된 건 이차성징이 시작될 무렵이었을 것이다. 그는 이렇게 열네댓 살 때부터 거울을 보며 자위를 해 왔다. 그리고 이 아름다운 자와 사랑을 직접 나눌 수 없음에 절망하며 여러 개의 거울을 지금처럼 깨부쉈다. 거울을 부숴도 새로운 거울 앞에 서면, 그가 사랑해 마지않는 그 존재는 다시 아름다운 모습으로 그를 정열적이고 그윽한 눈빛으로 바라봐주곤 했다.

열다섯 살, 그는 중대한 결심을 했다. 자신의 사랑을 이룰 방법이 생각난 것이었다.

'나 자신과 사랑에 빠졌다면, 나 자신을 하나 더 만들면 되지 않는가?'

물론 유전자가 같다고 완전히 자신은 아니겠지만, 그는 자신 있었다. 이토록 아름다운 사람이 어찌 다른 사람과 사랑에 빠질 수 있단 말인가? 자신과 같은 유전자를 가졌다면 틀림없이 나 이외에는 사랑하지 못할 것이다.

마침 그럴 만한 배경이 그에게는 있었다. 제약회사의 전설, [영원 바이오]의 회장이자 천재 생명공학 학자인 최장수가 그의 아버지이기 때문이다. 게다가 복제인간 기술은 이미 이론적으론 가능하다. 물론 그의 아버지가 직접 그의 복제인간을 만들어주기 위해 막대한 돈과 재능을 쓰진 않을 것이다. 한데 최유진은 아버지의 머리를 물려받았다. 아니, 가능성 면에서 아버지보다도 더 우수하단 평가였다. 일찍 회사를 장악한다면 언젠가는 가능해질 수도 있는 일이었다.

최유진의 아버지이자 [영원 바이오]의 2대 회장인 최장수는 일찍 회사를 물려받긴 했지만 회사 경영 자체는 전문 경영인에게 주로 맡겨 두고 오로지 연구만 해온 사람이었다. 그는 연구 이외의 것엔, 결혼생활을 포함하여 관심이 없었다. 일찍 정략결혼했지만 집에도 잘 들어오지 않는 남편에 질려, 라이벌 기업인 영생제약집 막내딸이었던 그의 아내는 어느 잘생긴 배우와 바람난 끝에 최장수와는 이혼했고, 둘 사이에 아이는 없었다. 아내에게 관심이 전혀 없었던 그는 아내의 바람도 이혼도 다만 성가실 뿐 전혀 상처가 되지 않았고, 연구만 계속했다. 그 결과, 당시로서는 획기적인 필수영양제이자 현재의 영원 바이오를 만들어 준 [영원 바이오 종합비타민]이 출시될 수 있었다. [영원 바이오 종합비타민]은 '비타민계의 에르메스'로 불리며, 그것은 인간의 영원한 소망 중 하나인 '불로'에 한 층 더 가까이 다가간 것으로 평가받았다.

아마 [영원 바이오 종합비타민] 출시 기념하여 열린 파티에서였을 것이다. 그는 거기서 인생 유일한 사랑, 민나를 만났다. 당시 민나라는 이름으로 막 활동을 꿈꾸는 가수였던 그녀는(아마 본명은 '이순영'이었을 것이나, 그녀는 자신의 본명을 누군가가 알거나 언급하는 것을 몹시 싫어했으며 나중엔 호적상 이름까지 '이민나'로 개명했다) 최장수가 그의 인생에서 보아온 여자 중 가장 아름다웠다. 비록 가창력이나 끼는 형편없었고 그 때문에 끝내 유명해지진 못했지만, 외모만큼은 가장 최장수의 취향에 맞는 아름다운 외모였다. 장수는 민나의 스폰서가 되어주는 대가로 그녀와 교제할 수 있었는데, 사실상 교제라기보단 잠자리 상대라는 표현이 더 어울릴지도 모르겠다. 그들이 한 데이트는 오로지 밤에 만나 신통찮은 섹스를 한 것밖에 없기 때문이다. 하지만 장수는 사랑하는 여자와 그거 외에 더 뭐가 할 게 있는지 알지 못하는 남자였다. 민나는 당시 겨우 열일곱의 성인도 안 된 여자였지만, 장수는 그것이 잘못된 것이란 생각조차 못했다. 난생처음으로 원하는 여자가 있어서, 그래서 가진 것을 모두 동원해 가진다는 것. 그것이 장수가 생각한 사랑의 개념 전부였을 것이다.

민나는 비록 장수를 사랑하진 않았지만 그때껏 유혹해 온 남자 중 가장 돈이 많은 남자였던 장수와 거리낌 없이 관계를 가졌다. 가수로서의 끼는 없어도 연애 끼는 많았던 그녀는 이미 두세 번의 교제와 성관계 경험이 있었다. 하지만 알아서 질외사정이며 뭐며 어설프게라도 피임을 해줬던 앞의 두 남자와는 달리, 장수는 피임에 관심이 없었다. 게다가 민나는 그런 것을 치열하게 신경 쓸 만큼의 철이 아직 들지 않았었다. 그 결과 민나는 열여덟도 되기 전에 임신을 했다.

민나의 임신 사실과, 임신했지만 최장수에게 시집갈 계획은 없다는 이야기를 듣고, 장수는 잘 됐다고 생각했다. 기왕이면 아들이면 좋겠다고 생각하기도 했다. 어쨌든 영원 바이오를 물려줄 아이는 필요한데, 더 이상 결혼할 생각은 없었기 때문이다. (장수는 당시의 시대상과 자기중심적 사고방식에 따라, 여자의 지성과 능력을 전혀 믿지 않았다. 때문에 영원 바이오를 물려주려면 반드시 아들이어야 한다고 생각했다.) 장수가 경험한 결과 결혼이란 것은, 회사를 운영하고 연구할 시간을 침해하는 심각한 자유 박탈이었다.

장수는 아이를 지우려는 민나를 설득하여 몰래 아이를 낳게 도와주었다. 그렇게 낳은 아이가 민나를 닮아 아름다우면서도 민나와는 대조되게 생긴 장수의 장점까지 흡수하여 민나보다도 더 아름다운 아들, 최유진이다. 그 출산의 대가로 민나는 가수로는 절대 성공할 수 없는 재능 때문에 가수의 길을 포기하고도, 평생 부유하고 윤택하게, 자유롭게 사는 삶을 손에 넣었다.

출산 이후 장수와 민나의 남녀로서의 관계는 끝났고, 이후 장수가 여자에게 관심 갖는 일은 두 번 다시 없었다. (성욕 처리용으로 여자란 생물을 만났을 수는 있지만, 별로 중요한 건 아니었다.) 민나는 반대로 수많은 남자들과 뜨겁게 연애하며 화려한 남성편력을 자랑했지만, 두 번 다시 아이를 갖는 일은 없었다. 그로부터 몇 년 후, 한 번의 파혼과 또 몇 년 후의 한 번의 결혼과 그 후 6개월 만의 이혼 끝에 민나 역시 두 번 다시 결혼하지 않았다.

물론 민나는 아들을 키우지는 않았다. 최장수가 직접 키웠다고 하기도 애매할 정도로 장수도 아들을 자주 들여다보지는 않았지만, 어쨌든 유진은 장수의 유일한 아들로서 장수의 재력 아래에서 부족함 없이 자라났다. 민나는 아들을 키우지는 않았지만, 내키는 대로 아들을 보러 오곤 했다. 아들을 보는 것은 신기하고 즐거웠다. 자신을 쏙 빼닮아 아름다운 외모에, 아버지를 쏙 빼닮아 천재적인 머리를 지니고, 앞으로 [영원 바이오]를 물려받을 저 뛰어난 생명체를 자신이 생산해 냈다는 사실에 대해 민나는 자랑스러워하곤 했다.

유진은 자신을 가끔 보러 오는 아름다운 여자를 좋아했고, 열 살 즈음에 그녀가 친어머니란 사실을 알게 되었다. 하지만 자신에게 반하기 시작한 유진에게 그 아름다운 여자가 자신을 책임지기 싫어한 어머니란 사실은 슬픔이나 원망, 애틋함 같은 감정을 주기보단, '그녀의 필요성'에서 더 중요한 정보였다. 다행히 민나가 아직 젊어서, 많은 수의 난자를 가지고 있는 나이라는 것이 가장 중요했던 것이다. 자신과 똑같은 미토콘드리아를 보유한 난자라는 것은, 복제인간을 만들기 매우 유리한 재료이니 말이다.

그녀에게 딱히 '어머니'를 원한 것은 아니었다. 하지만 아주 예쁜 이웃집 강아지라도 가끔 보러오는 양, 자신을 보면 호들갑을 떨며 귀여워해주는 민나를 보면 반가우면서도 어딘가 가슴이 답답해지곤 했다. 자신이 무언가 그녀에게 원하는 것이 있긴 있는 거 같았다. 유진은 그것이 그녀의 '난자'일 거라고 결론 내렸다.

그게 어머니로서의 모정인지는 몰라도 어쨌든 자신을 보러 오는 것을 좋아하고 자랑스러워하는 단순한 성격의 민나를 설득하는 것은 어렵지 않았다. 민나의 난자를 이용한 줄기세포로, 민나의 아름다움을 평생 유지시켜 줄 수 있다고 꼬드긴 것이다. 다행히 민나는 대단히 건강한 난소와 난자를 보유한 여자였다. 유진이 민나의 난자를 추출하기 위한 준비를 모두 마친 열일곱 살에, 여러 번에 걸쳐서 수십 개의 건강한 난자를 민나에게서 추출하는 데 성공할 수 있었다. 민나는 그 과정을 싫어하며 지긋지긋해했지만, 아들의 '능력'에 대한 믿음과, 영원한 젊음이란 달콤한 약속으로 그 모든 것을 견뎌 냈다.

유진은 민나의 난자 추출까지는 아버지 최장수를 설득하여 늦지 않게 해낼 수 있었다. [영원 바이오]의 유일한 후계자이자, 장차 아버지를 능가하는 인재로 평가받는 자신을, 불의의 불치병이나 사고 등으로 잃게 되면 [영원 바이오] 뿐만 아니라 역사적이고 국가적 손해가 될 것이 아니냐고 아버지를 설득시켰던 것이다. 거기에 대비하기 위해선 줄기세포 연구가 필요하고, 그러려면 자신과 같은 미토콘드리아를 지닌 난자, 즉 민나의 난자를, 민나에게서 아직 얻을 수 있을 때 최대한 많이 추출해야 한다는 것이, 설득의 요지였다.

 장수가 아들을 아들로서 진심으로 사랑했는지는 알 수 없으나, 그가 아들의 '존재'를 소중히 생각한 것은 확실하다. 뛰어난 인재이자 [영원 바이오]의 후계자로서, 자신의 피를 물려받아 뛰어난 두뇌를 가진 존재로서, 그의 존재가 되도록 오래 지속되어야 한다는 것은 장수에게도 지당한 사실이었다. 더군다나 줄기세포 연구는 최장수 역시 당연히 욕심내고 있는 분야였다. 애초 불로장생을 연구하는 회사를 운영하는 장수이니, 결국 추구해야 하는 분야이기도 한 것이다. 다만 이것은 논란의 여지는 많으나 성공 가능성은 낮은 분야의 연구로, 여자의 몸을 해쳐가며 난자를 얻고 연구하는 그 어렵고 논란 많은 과정도 그렇고 해서, 최장수 역시도 감히 손댈 엄두를 못 내고 있었다. 하지만 언젠가 자신의 아들이 그 연구를 이루어 낼 거라는 믿음은 있었기에, 장수는 자신의 연구소 일부 파트를 그쪽으로 어느 정도 연구할 수 있게끔 세팅을 해주고 민나의 난자 추출까지는 도와주었다. 그 파트가 어떤 짓을 벌이며 어떻게 굴러갈지는 결코 상상하지 못했지만 말이다.

2. 복제인간 프로젝트

　물론, 영원 바이오의 기술과 자금력, 자신과 같은 미토콘드리아를 가진 수십 개의 난자가 있다고 해서, 복제인간이 뚝딱하고 만들어지는 것은 아니다. 복제인간이 만들어지고 그가 사랑을 나눌 수 있는 나이까지 자라는 시간을 생각하면 그 계획을 유진은 최대한 빨리 실행하고 싶었으나, 아직 10대인 유진으로서는 민나의 난자를 추출하는 데 성공하는 것 이상을 하기 힘들었다. 그나마 간신히 가능했던 건, 민나의 난자를 아이를 원하는 부부 몇몇에게 몰래 기증하여 그중 여자아이가 한 명 태어나게 한 것이다. 민나와 같은 미토콘드리아를 가진 난자라는 것은 많을수록 좋은 일이니 미래를 위해 그것은 우선적으로 반드시 해야 하는 일이었다. 하지만 복제인간까지 가능해지려면, 최대한 빨리 유능한 인재가 되어 최대한 빨리 영원 바이오를 장악해야 했다. 유진이 일찍부터 공부벌레와 연구벌레가 된 것은 결국 그러한 욕심 때문이었다. 바로 사랑에 관한 욕심.

사랑은 기적을 일으킨다고 했던가. 제아무리 비정상적이고 비뚤어진 사랑일지언정 그것은 최유진에게 엄청난 집중을 부여한 듯했다. 아니면 원체 최유진의 머리가 너무 좋은 탓이었을 수도 있다. 그는 고등학교 때 미국 생명공학부 대학에 입학하여 조기졸업하고 최단시간에 석박사 과정을 끝마쳤다. 그 와중에 경영학과 복수전공까지 이수하고 들어온 최유진은, 본격적으로 회사를 장악할 준비를 시작했다. 그때부터 장수가 시름시름 앓기 시작한 것도, 아마 우연은 아니었을 것이다. 불과 20대 후반 즈음, 최유진은 아파 앓아눕는 일이 더 많은 장수를 대신하여 거의 회사를 운영하며 장악에 성공했다. 20대 중반에 한국에 돌아왔을 때 이미, 복제인간을 연구할 파트는 본격적으로 굴리고 있었다. 유진은 서울에서 조금 떨어진 위치에 아예 연구소 겸 저택으로 쓰는 건물을 만들고, 철저한 보안 속에서 거기서 주로 그 파트를 굴렸다.

하지만 연구가 순조로웠던 것은 아니다. 애초 복제생물 탄생은 이론적으로 이미 충분히 가능하나, 실패율이 아주 높았다. 게다가 복제인간 모두가 유진처럼 자라길 기대하는 것은 아니었기에, 유진은 최대한 많은 복제인간을 만들기를 바랐다. 민나의 난자를 거의 다 써갈 무렵, 유진은 미리 준비해 뒀던 '보험'을 써야 했다. 바로 민나의 난자로 만들어 놓은 민나의 유전적 딸이 마침 초경을 시작했던 것이다.

이미 그 아이를 어떻게 손에 넣을지는 오랫동안 계획을 해 놨다. 엄마를 반만 닮아 민나 정도의 미인은 아니어도 제법 예쁘장하니 귀여웠던 그 아이의 이름은 김민지였다. 그 아이는 불과 열두 살의 나이에 납치되어 빼돌려진 후, 감금당해 난자 생산만 3년을 하다, 감시가 소홀해진 틈을 타 스스로 목숨을 끊었다. 어차피 어리고 건강한 난자가 충분히 확보됐기에, 유진은 그 아이의 죽음에 대해 그다지 아쉬워하지 않았다. 천만다행으로 죽은 직후에 시신을 확보한 덕분에, 그녀의 조직 일부를 냉동하고 일부를 민나에게 이식해 줄 수 있어서 크게 손해 본 것은 없었다. 게다가 그 아이가 죽기 직전, 드디어 건강한 복제인간의 수정란이 만들어지는 데 성공했다. 착상률까지 고려하면, 확률적으로 대략 5~6명의 복제인간이 만들어질 수 있는 수정란이.

복제인간들은 그럼 어떻게 키우느냐?

유진도 거기에 대해 오랫동안 고민해 왔다. 자신이 가진 시스템하에서 키우는 방법을 생각 안 해본 건 아니다. 입양아라는 핑계나……무언가 핑계를 대고 키우는 시스템이나, 혹은 아예 '카스파 하우저'*처럼 어딘가에 고립시켜 놓고 키우는 방향을 생각하지 않은 건 아니었다.

하지만 입양아 등의 핑계로 자신의 주변에서 키우는 건 너무 위험한 짓이었다. 걸어 다닐 나이만 돼도 자신과 닮았다는 게 너무 명백할 아이를 그 누구도 수상하다 눈치 못 채게 내 주변에서 키운다? 그것은 아무리 부자라 해도 하기 쉬운 일은 아닐 것이다. 비록 유진도 한국 사회 내에서는 꽤나 잘 사는 급은 된다 해도, 들킬 염려 없는 정상적인 사회 하나를 몽땅 만들어놓고 아이를 키울 자신이 있진 않았다. 아마 어벤져스 시리즈에 나오는 '스칼렛 위치'** 정도는 되어야 가능한 일일 것이

---

* 카스파 하우저(Kaspar Hauser): 19세기 초, 바이에른 왕국에 벌어진 미스터리한 사건의 인물. 어린 시절의 대부분인 10년 이상을 작은 방에 갇혀 지내다, 16세경에 풀려났다. 가둔 인물과 이유 등은 밝혀지지 않았으며, 해당 사건이 진실인지 여부조차 의견이 분분하다.

** 스칼렛 위치(Scarlet Witch): 어벤져스로 이어지는 마블 시네마틱 유니버스 세계관의

다. 즉, 판타지적인 능력이 있지 않고는, 자신의 마음대로 돌아가는 정상에 가까운 문명사회 하나를 몽땅 만들어놓고 키우는 것은 불가능할 것이다.

'카스파 하우저'처럼 고립시켜 놓고 키운다는 것은 애초 제외했다. 유진은 신경정신과나 교육학과에 대해 그렇게까지 잘 아는 건 아니지만, 그렇게까지 비정상적인 환경에서 큰 아이가 매력적인 아이로 클 것이라 생각하진 않았다.

그래서 결국, 유진은 아이의 성장을 '사회'에 맡기기로 했다.

몇 명은 시설 좋은 보육원에서, 몇 명은 양질의 양부모 밑에서.

어느 환경이 아이를 위한 최선일지는 모르겠지만, 그래도 유진은 이 정도 환경이면 충분히, 그래도 20%의 확률로는 자신이 사랑할 수 있는 사람이 나오지 않을까, 하는 도박을 하기로 한 것이다.

어차피 자신과 똑같은 유전자를 지닌 아이 아닌가? 그럼 어떤 환경이든 극단적이지만 않으면 어차피 자신과 비슷한 아이로 클 것이란 믿음이, 유진에게 있었다. 그렇다면 가장 적은 비용으로, 들킬 염려가 가장 적게 키우는 가장 효율적인 방법은? 당연히 남이 키우는 것이다. 너무 합리적인 결말 아닌가? 유진은 그 합리적인 결말에 따라, 두 명은 대리모 출산 후 자신의 기업이 넉넉하게 후원하는 시설 좋은 보육원으로, 세 명은 수정란을 간절히 원하는 유복한 여자나 부부에게로 보냈다.

그럼 이제 기다림의 시간이다. 유진은 어린 소년의 나이는 지나서,

캐릭터. 생각한 것을 모두 현실에 구현하여 현실을 조작하는 마법을 써서, 마을 하나를 몽땅 조작하여 만들어내기도 했다.

어느 정도 청년이 된 복제인간과 사랑을 하길 바랐다. 일단 유진은 아이를 싫어했다. 아직 지식도 철도 들지 않은 자기 자신과 사랑을 나누고 싶지 않았다. 비록 유진은 어릴 때부터 자신을 사랑하긴 했지만, 자신의 모습에 성적 매력까지 본격적으로 느낀 건 열네 살 정도부터였다. 자신의 아름다움이 완전히 무르익어 완성된 건 17~18세 사이 정도로 생각하고 있었다. 아직 사랑을 모를 나이에 잘못 다가가서 욕망을 보이다가 곤란한 상황이 생기게 하고 싶지 않았다. 더군다나 자신의 모습이 일찍 노출되면 오히려 상황을 그르칠 수도 있을 것이다. (유진은 때문에 언론에 자신의 모습을 철저히 숨기고 살았으며, 어쩔 수 없이 사람들 앞에 서야 할 때면 분장을 하곤 했다.) 결국 유진은 그중 가장 자신이 사랑하고 싶은 존재로 큰 사람 앞에, 최소 만 열여섯 이후에, 상황에 따라선 성인 이후에 나타나는 것으로 계획했다.

어차피 복제인간을 만들기까지 그 정도 시간이 걸렸다. 나머지 시간도 유진은 기다릴 수 있었다. 거기다 유진은 영생까진 몰라도 거의 평생 안 늙을 자신 있었다. 이미 현실에 나온 모든 기술을 평생 주기적으로 때려 붓기만 해도 꽤나 오랫동안 젊음을 유지할 수 있는 데다, 복제인간 중 자신의 마음에 안 들게 큰 아이는 자신의 취약해진 신체 일부를 대신해 줄 도너*로 활용하면 되는 거니까. 그리고 그 도너는 생각보다 빨리 발생했다.

너무 잘생긴 외모인 것이 화근이었다. 기증받은 수정란의 아이가 너

---

* 도너(donor): (혈액, 장기 등의 신체) 기증자.

무나 아름다운 어린이로 성장하자, 아이의 부모가 방송에 욕심을 낸 것이다.

윤영수라는 이름의 그 아이는 40대가 되도록 아이를 갖지 못한 부부에게 기증된 수정란이었다. 어머니 김명희나 아버지 윤명식이나 그리 미남미녀는 아니었다. 아무리 유전자가 자신들의 유전자가 아니라 해도, 그들은 이토록 아름다운 아이가 나오리란 기대까진 하지 않았다. 아이는 한 해 한 해 부부의 자랑거리였다. 그러다 아이가 여섯 살이 되자, 그들은 이 아이의 미모를 자신들만 볼 순 없다고 결심했다.

처음엔 아역 모델을 지원하는 사이트에 사진을 올렸다. 당연하게도, 다른 아이들의 사진을 몽땅 오징어로 만들어 버릴 만큼 아름다운 모습이었다. 평범한 외모의 아이들 사진에는 너무 귀엽고 예쁜 아이라고 무수하게 칭찬하던 다른 부모들은, 엄청나게 아름다운 아이의 사진이 올라오자 AI 사진 올리지 말라느니 보정 때려 박은 사진으로 사기 치지 말라느니 하는 엄청난 견제가 몰려들었다. 심지어 납치범의 위험이 있을 수 있으니 당장 내리는 게 좋을 거라는 진지한 충고를 가장한 견제도 있었다. 겁을 잔뜩 집어먹은 명희는 결국 다섯 시간 만에 사진을 내렸지만, 그 사이에 기획사 세 군데서나 연락이 왔다. 윤영수의 부모는 유승호나 여진구처럼, 정변하여 성인까지 스타가 되는 아역스타의 부모를 꿈꾸며 아이를 연예인으로 적극 푸쉬하기로 마음먹었다.

그동안 유진은 아이들을 지켜보지 않은 것은 아니나, 이렇게 일찍 돌발 상황이 생길 줄은 몰랐다. 아동복 모델 사진 몇 장이 잡지에 실리고 나서야 이 사실을 안 유진은 분노와 고민에 휩싸였다.

유진은 아이가 유명해지길 바라지 않았다. 자신과 닮은 얼굴이 전국구에 널리 퍼지는 걸 원하지 않았다. 그럼 다른 복제인간들의 존재를 들킬 가능성도 대단히 높아지고, 자신의 얼굴을 세상 모든 사람에게 감춘 것은 아니기에 이 엄청난 프로젝트가 들킬 가능성도 생긴다. 그리고 그렇게 다른 복제인간들의 존재까지 세상에 튀어나오면, 그들을 갖기가 힘들어진다. 때문에 유진은 어떤 일이 있어도 아이가 공인이 되는 일은 막아야 한다는 것을 깨달았다.

아이가 아동복 모델이 되고 나서 한 달도 되지 않아, 그들은 리조트 숙박권에 당첨되어 놀러 갔다가 바닷가에서 아이를 영원히 잃어버렸다. 괜히 아이의 사진이 실종아동 사진으로 널리 퍼뜨리면 더 골치 아파질 것을 우려하여, 아예 물놀이 사고를 가장하여 아이를 빼돌린 것이다. 이 세팅에 엄청난 공이 들어갔고, 결국 유진은 아이를 손에 넣었다. 가둬놓고 키우며 필요할 때마다 도너로 활용할 생각이었지만, 아이는 얌전하지 않았고 멍청하지도 않았다. 몇 달을 울고불고 난리를 치던 아이는 어느 날 앓아누운 걸 가장하고 경비의 열쇠를 손에 넣어 탈출하려다 실패했고, 유진은 자신을 닮은 아이들이 너무나 똑똑하여 얌전히 갇혀만 있기 힘들다는 것을 깨달았다. 결국 유진은 아이를 살해하고, 아이의 피부조직 등을 냉동하여 자신의 젊음 유지에 쓰기로 했다. 향년 7세. 윤영수를 시작으로 이후 유진은, 자신의 사랑을 받을 수 있는 아이로 성장하지 못하고 '폐기'해야 하는 아이들은 바로 살해하는 것으로 결정했다.

그리고 다시 세월은 흘러갔다. 7년 후 또 한 명의 아이가 살해됐다. 김민식이라는 이름의 그 아이 역시 같은 이유였다. 역시 너무 잘생긴 외모가 화근이었다. 대리모를 통해 탄생하여 보육원으로 보내진 그 아이는, 이미 인근에 외모와 높은 성적으로 이름을 떨쳤다. 김민식이 시대의 미남으로서 얼굴 천재로 불릴 거라 일찌감치 예감한 기획사에서 그 아이를 아이돌 연습생으로 캐스팅했다. 거기까지는 그 외모를 가지고 사회를 살아가면서 당연히 겪을 일이고, 유진은 자신과 사랑에 빠질 만한 인물이라면 연예인을 꿈꾸진 않을 거라 생각했다.

하지만 문제는 그 아이가 보육원에 있었고, 아이가 일찍부터 출세할 유일한 길이 연예인으로 뜨는 거라고 일찍부터 주변에서 바람을 불어 넣었다는 것이다. 윤영수가 죽고 7년 후 김민식이, 그리고 그 이듬해에 안현호라는 이름의 다른 보육원에서 크고 있던 아이가 같은 이유로 살해당했다. 그들 모두 유진의 젊음을 위한 도너로써 분해되어 냉동되었다.

이제 유진은 40대 중반을 넘어섰다. 물론 전혀 그렇게 보이지 않았다. 노화가 시작되기도 전부터 현존하는 모든 기술을 활용할 수 있는 재력, 원체 타고난 피부가 좋았던 민나로부터 받은 유전자, 그리고 그동안 세 명의 아이가 희생되며 바로 이식해야 하는 신체조직도 이식했고, 여차하면 앞으로도 이식 가능한 재료들이 넘쳐났다. 유진은 아무리 봐도 20대로 보이는 외모를 여전히 유지중이었다. 아무리 많이 쳐줘봐야 20대 후반으로 보였다. 갓 성인이 된, 혹은 열여섯 갓 넘은 또 다른 나 자신과 사랑을 이룰 결심이기도 해서, 유진은 필사적으로 자신의 외모를 최대한 아름답게 젊게 유지 중에 있었다. 물론 그런 이유가 아니라 해도, 자신의 외모를 너무나 사랑하는 유진은 최대한 오래 젊음을 유지할 생각이었다. 사실 평생 늙지 않을 계획을 하고 현대 기술을 모두 때려 박는 동시에 새로운 기술도 개발 중이었다. 가장 최신 리프팅 기술과 기계 등을 개발하고, 피부 노화를 늦추거나 재생시키는 온갖 상품들을 개발했다. 덕분에 그의 회사는 안티에이징 기술 혁신으로 상종가를 달리게 됐다.

그리고 유진은 남은 두 아이를 주의 깊게 주시했다.

그 두 아이 모두, 유진이 연인 후보로 꼽는 아이들이었다. 어쩌면 그 두 아이가 믿을 만한 구석이 있어서 다른 아이들의 '폐기'를 좀 더 쉽게 결정했는지도 몰랐다. 둘 다 집안에서나 자기 자신들이나 연예계에 관심이 별로 없고, 일찍부터 이공계에 관심이 많아 학업 쪽으로 나가려 한다는 공통점이 있었다. 둘 다 초등학교 시절의 꿈은 과학자였고, 중학교 정도부터 한 아이는 공학도를, 한 아이는 의사를 꿈꾸기 시작했다.

묘한 것은, 둘 다 성격에서 어딘가 조금씩 결핍이 있다는 것이었다.

일단 한 아이는 조용한 ADHD 진단을 받았다. 조민국이라는 이름의 그 아이는 머리도 좋고 공부도 매우 잘했지만, 아이들과 잘 어울릴 줄을 모르고 참을성이 부족하여 자주 아이들과 트러블이 일어났다. 그렇게 머리가 좋은데도, 당연하게 알아야 하는 사회적 함의를 이해하는 눈치가 느렸다. 하지만 부모는 어차피 연구원으로 클 영재급 아이란 생각에 사회성 교육보다는 아이의 천재성을 발달시킬 생각만 했다. 공학도 연구원이 다소 폐쇄적인 성격을 가진 것은 결코 드문 일이 아닐 것이니 말이다. 과학자를 꿈꾸는 그 아이는, 일찍부터 영재교육원 등에서 오로지 그 높은 지능을 활용시키는 학습 위주로 교육받으며 자라났다.

나머지 한 명, 한태린이라는 여자가 홀로 키우는 한준이라는 아이는, 말이 약간 느리고 어릴 때부터 자기만의 세계에 빠져 있는 등으로 약간의 자폐 성향을 보였다. 하지만 심각한 정도는 아니었는지, 아니면 교육학과 출신 어머니인 한태린의 정성 덕분인지, 초등학교 입학 이후부터는 무난한 성격과 사교성을 갖춘 대단히 인기 많은 아이로 자라났다. 그래도 무언가에 빠지면 푹 빠지고 그것만 집중하고 바라보는 외골수적 성향은 어딜 가지 않았다. 자신의 특이성에 대해 일찍부터 한태린에게 교육받은 덕에 치열하게 다른 사람들의 입장을 생각하려 애를 쓰나, 진정한 의미에서 공감성은 조금 떨어지는 성격이라는 태린의 판단과 육아일지를 통해, 어쨌든 그 아이도 무언가의 결핍이 있는 아이란 것을 유진도 알 수 있었다. (그 자료는 해킹 등을 통해 유진에게 들어왔다.) 그래도 태린의 짐작이나 예상에 따르면, 교육과 노력으로 극복할 수 있는 정도라는 판단이 첨가되어 있었다.

'우리 아이는 지나치게 우수하지만, 어떤 부분에선 결핍이 있다. 아마도 자폐 스펙트럼의 결함 일부가, 아이에게 있는 듯하다. 하지만 자폐적 성향을 다리에 비유하여, 자폐성 '장애'가 다리 자체에 문제가 있어서 평생 절어야 하거나 걷지 못해서 그걸 감수하고 세상을 살아가야 하는 법을 익혀야 하는 정도라면, 우리 아이는 그저 다리 근육이 남들보다 다소 부족한 정도인 듯하다. 이 정도면 사랑과 교육으로 남들과 같은 다리, 혹은 남들보다 우수한 다리를 갖는 것이 가능할 것이다.'

그것이, 아마도 태린이 자신의 아들이 가진 결핍에 대한 최종 판단인 듯했다. 태린의 노력 덕분인지, 그 아이의 결핍은 그리 크지 않은 수준인 건지, 아이는 곧 결핍이 전혀 보이지 않는 완벽한 아이로 성장했다. 사람과 생명을 사랑할 줄 아는 아이로 자라난 후, 한준은 의사를 꿈꾸기 시작했다. 사람을 치료만 하는 의사가 아닌, 질병을 연구하는 의학자로서의 본격적인 포부를 갖고 있기도 했다.

유진은 완벽한 자신에게서 복제된 애들이, 무언가 가시적으로 보이고 남들에게도 인정받는 결핍이 있다는 것이 이해 가지 않았다. 어쩌면 죽은 아이들도 일찍 죽어서 드러나지 않았을 뿐, 그런 결핍들을 가지고 있을 수도 있었다. 그는 세상에서 가장 완벽한 자신에게 비정상적인 부분이나 정신적으로 어떤 결핍이 있다고는 전혀 생각하지 않았다. 유진도 비록 진정한 의미의 친구를 둔 적은 없지만, 재벌급 자제라는 신분, 눈부신 외모 등으로 인해 어린 시절부터 주변 아이들의 선망의 대상이었고, 일찍 월반하는 과정을 거치고 공부에 매달리면서 자연스레 사회성이나 친구와는 거리가 멀어졌다. 그것은 유진의 선택일 뿐, 결핍 때문은 아니라고 믿었다. 복제인간은 '나이 차이 많이 나는 쌍둥이 형제'에 불과하며, 수정란의 세포분열 과정이나 자라는 과정에서 유전자조차도 조금씩 달라져서 자신과 완전히 같지는 않다는 것을 유진도 알고 있기에, 아마도 그 과정에서 생긴 결핍이려니 생각했다. 유진은 자신이 결핍이 없는 완벽한 존재라고 믿었기에, 자신의 결핍이 다른 방향으로 그들에게 나온 것이라고 생각하진 않았다.

어쨌든 확실한 건, 조민국과 한준, 그 두 아이는 적어도 연예인 지망생이 되어 없애버려야 할 상황은 발생하지 않을 것 같았다. 두 아이의 부모 다 그걸 원하지 않는 데다, 본인들도 일찍부터 공부에 꽂혀서 그런 걸 원하지 않았다. 둘 다 외골수의 고집스러운 성격이라, 한 번 자신의 분야를 정하고 나자 연예인이나 공인 따위의 위치에는 전혀 관심을 두지 않았다. 아마도 그 두 아이 중에서, 자신과 사랑을 나눌 수 있는 또 다른 자신이 있을 것 같았다.

사춘기를 지날 무렵이 되자, 유진의 관심은 이제 한 아이에게 집중되기 시작했다. 영재학교 등을 돌며 공부만 하는 조민국이 외적 매력이 떨어져 가는 것도 이유가 되긴 했다. 운동 따윈 전혀 안 하고, 부모의 요구와 본인의 욕심 때문에 틀어박혀 공부만 하는 민국은 피부며 건강이며 시력이며 대단히 건강한 바탕을 지니고 있음에도 불구하고, 공부만 하다 시력이 떨어져 안경을 썼고, 구부정한 자세가 되어갔다. 반면 한준이라는 아이는, 아이의 건강과 행복을 가장 중요시하는 한태린 밑에서 건강하고 밝게, 아주 매력적인 아이로 자라났다. 한준이라는 아이를 지켜보며, 유진은 인정하고 싶지 않은 한 가지를 깨달았다. 한준이, 그 나이대의 자신보다도 더 매력적이라는 것을 말이다. 아무리 자기 자신에게 반했다 해도, 유진은 은근히 냉정하고 객관적인 데가 있었다. 특히나 자기 자신의 모습이기 때문에, 건강하고 활력 넘치는 한준의 모습이 대단히 매력적임을, 그 나이대의 자신이 가졌던 거만한 분위기가 없이 밝게 반짝거리는 한준이 조금 더 매력적임을 인정할 수 있었다.

   대체 무슨 차이인가? 성장과정의 차이인지, 복제인간이라도 세포분열과 성장에 따라 유전자가 약간은 달라지기 때문인지 알 수가 없었다. 그저 경제력과 아이에 대한 열망 정도만 보고 아이의 부모를 결정했던 유진은, 그제야 한준의 어머니, 한태린에 대해 다시 자세히 살펴보았다.

3. 한준, 한태린, 이예나

한태린은 아동교육학과를 나온 교육학자였으며, 어려서부터 아이를 좋아하고 교육에 관심이 많았다. 그녀는 아동교육의 고전이자 교과서인 '에밀'을 썼지만 정작 자기 아이들은 전부 보육원으로 보내 버린 장자크 루소 같은 사람을 혐오했다. 그녀도 언젠가는 아이를 갖고, 이상적인 교육을 하며 금이야 옥이야 키우고 싶었다. 결국 교육학과라는 분야가 생긴 이유도, 자신의 자식을 이상적으로 키우고 싶은 마음에서 이 분야가 연구되었다고 믿기도 했다.

하지만 그녀는 운이 나빴다. 일찍부터 다낭성 난소 증후군으로 고생했고, 난소를 하나 떼는 수술까지 겪으면서 30대 때 이미 그녀가 아이를 가질 가능성은 극히 희박해졌다. 삼대독자와의 결혼 후 그녀는 아이를 못 낳는다는 이유로 시댁의 온갖 구박 끝에 이혼했다. 이혼 전후였던 30대 후반, 난임병원에서는 그녀가 자신의 난자로는 아이를 절대 가질 수 없다는 결론을 내려주었다.

집안도 적당히 넉넉한 데다 교육학과 교수라는 지위도 있었던 그녀는 아이를 키울 만한 경제적 여건은 충분했다. 40대가 넘어서자 태린은 입양을 고려해 보기도 했다. 하지만 어릴 때부터 여자가 임신하고 아이 낳고 키우는 모든 과정에 대해 신성시하던 그녀는, 임신하고 낳는 과정 모두를 겪어 보고 싶은 마음도 있었다.

마침 다니던 난임 병원 의사가, 우수한 수정란을 기증받을 수 있다며 한태린을 꼬드겼다. (물론 그는 유진의 공작으로 섭외된 사람이었다.) 철학적인 관점에서 인구 감소에 대해 대단히 걱정하는 학자 부부가, 아이를 원하는 사람들에게는 수정란을 기증해 주고 있다는 것이다. 외모도 괜찮고 지식수준도 높은 부부가 철학적·미래적인 관점에서 뜻을 가지고 하는 일이라며, 스토리는 꽤나 그럴싸하게 짜여 있었다. 한태린은 결국 그 수정란을 기증받기로 결정했다.

당연하지만, 그렇게 태어난 아이는 놀라울 정도로 아름다웠다. 심지어 매우 똑똑했다. 하지만 아동교육을 연구해 온 태린은, 말보다 글자와 숫자계산을 먼저 익히는 이 아이가, 비록 머리는 좋지만 약간의 결함이 있을 수 있다는 것을 빨리 알아챌 수 있었다.

한태린은 거의 특수교육에 가깝게 아들의 사회성과 공감능력을 키워주는 데 주력한 한편으로, 아들이 원하는 것은 사회에 해를 끼치는 것만 아니면, 되도록 모두 들어주려 노력했다. 그중 하나가, 아들이 처음으로 집착하고 함께 있고 싶어 하는 대상이 생기자 아예 그 대상이 사는 곳 근처로 이사를 와버린 것이다. 그 때문에 서울 한복판에 살던 한태린과 한준은 졸지에 강원도 외지의 한적한 마을에서 자라났다. 마침 근처 대학에서 교육학과 교수 자리가 나서, 태린은 그곳으로 갈 수 있었다. 태린은 서울권 대학교의 교수 자리를 포기하고, 아들의 대치동 학군을 포기하고, 이사를 감행할 정도로, 아들이 감정적으로 원하는 것은 들어주었던 것이다. 어차피 한준의 머리라면 학군 따윈 신경 쓰지 않아도 우수한 대학을 갈 수 있는 데다, 어릴 때부터 굳이 집안 좋은 친구들을 사귀지 않아도 명문대 진학하고 나면 그때부터도 얼마든지 평생의 죽마고우가 되자고 달려들 만한 사람들이 산더미일 매력을 가지고 있으니, 아들이 정 그 아이 옆에 있길 원한다면 들어주고 싶었다. 그리고 그 대상은, 그 무엇보다도 유진의 관심을 끌었다.

 이예나라는 이름의 그 아이는 보육원 아이로, 준이 태어나고 나서 대략 두 달 후에 태어났다. 그 둘은 여섯 살 때, 보육원 단체 소풍과 한준의 유치원 소풍 장소가 겹치면서 우연히 만났다. 둘은 거의 자석 같은 끌림을 느껴서 친해졌고, 한준이 엄마를 졸라 이예나가 있는 보육원의 연락처와 위치를 받아냈다.

 그런데 이예나라는 아이는 유진이 만들어 둔 '민나'의 복제인간이었다. 유진은 자신과 같은 미토콘드리아를 가진 난자 생산용이자, 민나 젊음 유지 및 불치병 대비를 위한 도너로 쓰기 위해, 민나의 복제인간도 둘 만들어두었다. 민나의 복제인간은 일정 나이 이상까지 살아만 있으면 되므로 굳이 성장환경 신경 쓸 필요 없이, 유진이 후원하는 적당한 보육원으로 보내졌다. 민나의 복제인간들은 워낙 예쁜 외모들을 하고 있는 데다 입양할 때는 여아를 선호하는 경향상 입양 가능성이 매우 높았기 때문에, 유진은 이 아이들이 입양되지 않도록 자신이 막대한 돈을 후원하는 보육원에 미리 언질을 주었다. 하지만 그 와중에도 민나의 복제인간 중 하나인 '이정민'이란 아이는 우연히 보육원 후원차 들른 부잣집 사모님이 홀딱 반해서 온갖 방법을 동원하여 입양을 알아보려는 통에, 병에 걸려 급사한 것으로 꾸며 빼돌릴 수밖에 없었다. 그때쯤 유진은 약물투여를 통해 적당한 기간 동안 병에 걸린 것처럼 꾸며낼 수 있는 약물을 여럿 가지고 있었고, 최장수가 반 시체가 되어 링겔 맞고 누워만 지내게 한 것도 그 덕분이었다. 최장수는 앓아누워 회사 문제에서 손 떼게 만든 다음 상속 문제를 최대한 매끄럽게 정리한 후에 사망시킬 예정이었다. 그 과정에서 병자로 위장하는 정교한 약물들이 꽤 개발되어, 고아인 이정민 정도는 어렵지 않게 앓아눕게 하여 빼돌릴 수 있었다. 그렇게 빼돌려진 이정민은 실제로 사망하여(물론 유진에 의해 살해되어) 민나를 위해 온몸이 분해되고 추출되어 냉동되었다.

이예나는 다행히도 그런 일 없이, 보육원에서 자라났다. 그런데 예나와 한준이 어린 시절 우연히 알게 되었다는, 예상치 못한 일이 생긴 것이다.

소풍 장소가 겹친 우연으로 운명처럼 예나를 알게 된 후, 한준은 태린을 조르고 졸라서, 태린은 한 달에 두 번은 준과 함께 예나를 보러 예나가 있는 보육원으로 가야 했다. 그 외의 날들도 준은 예나가 보고 싶다고 매일같이 노래를 불렀다. 예나의 보육원에 후원을 하고 간곡히 요청한 끝에, 예나도 한 달에 한두 번의 주말은 한준의 집에서 보냈다.

하지만 한준은 그것으로 만족하지 못했다. 준이 유진과 비슷한 점이 하나 있다면, 애정을 가진 자에 대해 강렬한 집착을 보인다는 점이었다. 준은 하루 종일 붙어있는 단짝친구로서의 예나를 원했다. 태린은 예나를 입양하는 방법도 생각해 보았으나, 거기엔 문제가 있었다. 둘이 아름다운 또래 남녀라는 것이 일단 가장 큰 문제였다. 훗날 둘이 사랑에 빠지기라도 하면 파양절차를 거친다 해도 호적상 남매였던 사이라는 건 심리적·사회적으로 치명적인 문제로 작용할 수 있었다. (물론 더 큰 문제는 둘이 유전자상으론 모자관계라는 거지만, 당연하게도 태린은 그 사실을 꿈에도 몰랐다.) 그래도 여차하면 입양하기 위해 알아보았지만, 예나는 언제 부모가 나타날지 몰라 입양 대상에서는 제외되어 있다는 답변을 받았다. 준이 오랫동안 조른 끝에, 태린은 결국 예나가 있는 보육원 근처로 이사 오기까지 해야 했다.

 태린도 예나가 싫지 않았다. 묘하게 준이 느껴지는 아이였다. 하지만 고아인 예나가 설마하니 난자나 수정란이라도 기증받아 태어난 아이라고는 꿈에도 생각하지 못했다. 보통 난자 기증이나 수정란 기증까지 받을 정도로 아이를 원한다면, 일정수준 이상의 경제적 능력을 갖춘 집일 테니 말이다. 그래서 예나가 준과의 유전적 연결점이 있으리라고는 전혀 생각하지 못했다. 워낙 임계점 이상의 미남미녀는 비슷하게 느껴질 경우가 많으므로, 둘이 어딘가 묘하게 닮은 듯한 느낌이 있는 것에 대해 별로 이상하게 생각하지 못했다. 특히 얼굴형과 피부 톤이 똑같았지만, 그냥 둘 다 전형적인 미남미녀의 얼굴형과 좋은 피부라서 그러려니 했다.

 성격은 전혀 달랐다. 어릴 때는 다소 폐쇄적인 성격이었던 준과는 달리, 예나는 활달하고 철딱서니 없는 성격이었고, 멍청하다는 평가를 들을 정도는 아니나 그렇다고 머리가 좋은 건 아니고 전혀 학구적인 성격도 아니었다. 준처럼 머리 좋은 우등생과는 열 촌 먼 아이였다. 딱히 똑똑한 것도, 재능이 풍부한 것도 아니었다. 외모 때문에 열 살 좀 넘어가면서부터는 기획사 명함도 몇 번 받았지만, 음치에 가까운 노래실력과 몸치에 가까운 춤 실력, 현미경으로 들여다봐도 없어 보이는 끼와 연기 재능 등으로 인하여, 기획사들 모두 학을 떼고 물러났다. 민나 어릴 때와는 달리, K팝과 아이돌 열풍으로 예쁘고 재능 있는 연습생들이 넘쳐나는 시대였기에, 예나처럼 가르치자니 앞이 캄캄한 아이한테 오래 미련 갖지 않았다. 더군다나 예나는 예쁘긴 해도 민나가 그러했듯 어린 시절엔 다소 밋밋해 보이는 외모에, 외모가 무르익고 나서도 비록 일대 손꼽히는 미녀 수준은 되긴 하나 준처럼 압도적인 외모까진 아니었으니 말이다. 민나 시대와는 달리, 가수 하고 싶어 쏟아져 나오는 예쁘고 재능 넘치는 애들이 많은 시대였다. 민나조차도 결국 재능이 없어서 그만두었던 일이다. 게다가 예나는 당시의 민나 같은 성공욕조차 없었다. 어찌 보면 예나 입장에선 다행스런 일일지도 몰랐다. 기획사로 들어가 아이돌 연습생을 하다가 데뷔를 앞두기 시작하면 어쩌면 그녀도 열병에 걸려 앓다가 사망처리됐을 수도 있는 일이니까. 아마 데뷔를 앞두기 시작할 무렵엔 초경을 이미 치른 후일 테니 난자추출만 하다 사망하는 것이, 예나의 결과였을 것이다. 다만 그것은 유진으로서는 어차피 예정된 결말이었다. 어차피 언젠가는, 예나를 납치해 충분한 분량의 난자를 추출할 계획이었다.

태린은 저 아이는 어쩌면 저렇게 대책 없고 아무 생각 없이 사나, 하고 신기해하곤 했다. 머리도 좋지 않고 딱히 재능도 없고, 철딱서니 없고 대책 없고, 그저 매끈하니 예쁘장한 외모와 해맑은 성격, 그 두 개 외엔 아무것도 없는 아이처럼 보였다. 외모야 한준 본인도 충분하니 외모에만 홀린 것 같지도 않고, 더 좋은 바탕의 애들도 많을 거 같은데, 왜 하필 예나에게 끌렸는지 이해가 되지를 않았다.

하지만 어쨌든 준이 열렬히 좋아하는 아이다. 준의 성격이 지독한 외골수라, 무언가에 빠지면 절대 포기하지 않는 성격임을, 태린도 알고 있었다. 태린은 입양은 못하더라도, 혹여 둘이 사랑에 빠지게 되어도 준에게 알맞은 짝이 될 수 있도록, 예나도 같이 교육하기로 마음먹었다. 준의 존재와 태린의 존재, 이 두 개는, 예나가 민나와는 다르게 자라는 큰 원동력이 되었다. 그리고 자신을 교육시키고 돌보는 엄마 같은 태린의 존재와, 자신의 단짝친구 준의 존재 때문에, 어차피 재능도 열정도 없었던 연예계에 관심 안 가지게 됐던 듯하다. 그리고 어릴 때부터 자유분방한 성생활과 남성편력을 가졌던 민나와는 달리, 예나는 준 외의 다른 사람은 전혀 관심 갖지 않았다.

왜 민나는 아직까지도 엄청난 남성편력을 자랑하며 그 누구에게도 정착하지 못하고, 예나는 일편단심인가? 그 원인을 유진은 아주 어렴풋이는 짐작하고 있었다.

민나는 홀어머니 밑에서 가난한 어린 시절을 보냈고, 가난에서 벗어나기 위해 연예인이 되려 했었다. 불과 열네 살에 어머니의 애인에게 성폭행당한 것이 그녀의 첫 경험이었고, 오히려 애인 빼앗아 갔다며 딸을 질투하는 어머니에 질려서 집을 나와 잠시 남자친구 집에서 동거를 하며 연예인을 준비하다가 열여섯 살에, 예순이 다 되어 가고 딸이 셋인 양아치 PD에게 데뷔를 빌미로 꼬드김을 당해 또 겁탈당했다. 그런 것을 딱히 신고하거나 하소연할 수도 없는 시대였다. 민나 입장에선 열일곱의 자신에게 스폰서 제의를 한 최장수가 딱히 잘못되거나 못된 놈이라고 느낄 수가 없었다. 오히려 자신에게 가장 제대로 대접해 준 남자에 속한다고 볼 수 있었다.

  민나는 자신이 당한 것을 잊지 않았다. 민나가 아니라도 세상 누구든 절대 잊을 수가 없는 일이라 할 수 있을 것이다. 최장수는 민나의 청에 못 이겨 민나를 성폭행한 민나 어머니의 옛 애인을 사람을 시켜 반병신이 되도록 두들겨 패 주었다. PD의 경우는 방송계에 힘을 써서 실직하게 해주긴 했지만, 아무래도 사회적 지위가 있는 사람이다 보니 귀찮은 걸 싫어하는 최장수는 그 이상은 하지 않았다. 그 이상을 해준 것은 최유진으로, 아직도 그 시절의 상처를 못 잊는 민나의 하소연을 듣고 마무리를 해 주었다. 민나를 처음 성폭행한 남자는 콘크리트 속에 굳혀져 바다로 던져졌다. PD는 이미 파파 할아버지라 양로원에 있었는데, 사망처리되어 양로원에서 사라진 PD는 몇 년 후 온몸이 흉터투성이에 얼굴이 누구도 알아볼 수 없게 망가진, 치매 걸린 길거리 거지 노인네가 되었다. 손가락은 잘린 지 오래라 지문확인도 할 수 없었던 신원 미상의 그 노인네는 강박적으로 똥을 싸서 벽에 칠하는 습관 때문에(아마도 일부러 훈련시켜 놓은 듯했다) 보호소마다 쫓겨나서 거리를 떠돌다가 굶어 죽었다. 유진은 PD의 세 딸까지도 조치를 취해 놓았다. 가끔 생각날 때마다 세 딸에게 폭력이나 성폭행을 교묘하게 행사하는 사람을 보내곤 했는데, 몇 년 후 그중 하나는 자살하고 하나는 정신병원에 입원했으며 하나는 이민을 가서 소식이 끊겼다. 이민 가기 전에 이미 신경증에 시달리고 있었다는 것은 확인했었으니, 아마 가서도 잘 살진 못했을 것이다. 물론 민나에게는 PD에게 보복한 이야기까지만(두들겨 맞고 치매가 와서 떠돌다 죽었다는 것까지만) 간략하게 들려주었고, 민나는 속시원해했다. 아마 그의 세 딸까지도 보복해 주었다는 것을 알면 적어도 속 시원해하진 않을 것이기에, 그 이야기는 하지 않았다.

보복을 할 수 있었다 해도, 그 시절의 흔적이 민나에게서 지워지진 않은 모양이다. 민나는 여전히 화려한 남성편력을 자랑하며, 누굴 만나든 길어야 1년을 넘기지 않았다. 최장수 이전엔 능력만 보고 남자를 만났던 민나는, 최장수를 만나고 유진을 낳은 후 경제적인 걱정을 하지 않게 되자, 그 후로 지금까지 주욱 외모만 보고 남자를 만났다.

예나는 민나와는 달리, 그 누구의 위협도 받지 않고 자랐다. 예나가 여섯 살 때 준을 알게 된 후로, 태린은 예나의 보육원을 후원하고 예나의 보호자를 자처했다. 교육학과 교수의 후원을 받는 아이라는 점 때문에 보육원 원장도 예나를 조심스럽게 대했다. 예나를 시샘하거나 괴롭히려는 아이가 가끔 없었던 것은 아니나, 단짝 한준은 그 일대에서 가장 잘생기고, 가장 인기 많고, 가장 머리가 좋은 아이였다. 한준은 사람들과 대놓고 싸우진 않았지만, 좀 시간이 지나면 예나를 괴롭히는 아이는, 아름답고 착한 소녀를 괴롭히는 동화 속 악역처럼 천하의 못된 아이가 되어 있곤 했다. 집요한 성격 역시도 아마 유진과 한준의 공통점이었을 것이다.

예나는 그렇게 태린과 준의 보호 속에서 해맑고 착한 아이로 자랐다. 민나처럼 머리가 늘 꽃밭인 쾌활한 성격이지만, 민나와는 확실히 다른 아이로.

4. 민나와 유진

 오늘도 유진은 조민국과 한준을 조사한 자료를 들여다보고 있었다. 몰래 찍은 그 사진들 속에서, 한준은 점점 더 아름다워져갔다. 한데 조민국도 이차 성징 이후 자신의 외모에 관심을 가지기 시작하면서, 가꾸기 시작했다. 원체 건강하고 아름다운 바탕인지라, 민국도 눈부신 외모를 되찾아갔다. 물론 한준에게 가장 많은 관심이 갔고, 가장 유력한 애인 후보가 한준인 건 변하지 않았다. 하지만 그렇기 때문에 한준에게는 가장 마지막에 접근할 예정이었다. 일단 조민국에게 접근해 볼 생각이었다. 민국의 마음을 얻는다 해도 한준을 또 만나지 않을 이유는 없었다. 민국의 마음을 얻는 데 실패한다면 당연히 그다음은 한준일 것이었다. 무엇보다도, 한준 옆에는 예나가 있었다……그걸 정리할 시간을 주고 나서 자신을 만나야 할 것이다.
 유진이 그렇게 생각에 잠겨 있을 때, 민나가 왔다는 호출이 왔다. 유진은 재빨리 자료들을 덮고, 전용 사무실에서 나와 특별 접대실로 갔다. 이 편안한 가정집 거실 같은 분위기의 작은 접대실은, 민나를 만날 때만 사용했다. 민나가 자고 갈 때 이용할 수 있도록 작은 침대까지 있었다. 사업용 접대실은 좀더 딱딱한 분위기인 데다, 유진은 자신의 외모를 감추기 위해 비즈니스 파트너들과 대면 접대를 거의 하지 않았다. 어찌 보면 그냥 민나를 위한 공간이라고도 할 수 있었다. 접대실이라기보단 민나 전용 방 같은.

"우리 유진이~ 우리 아들~ 나 왔어!"

언제나처럼 민나는 호들갑을 떨며 민나 전용 접대실로 들어왔다. 유진은 그런 민나에게 딱딱한 표정으로 고개를 끄덕였다. 유진의 시원찮은 반응은 평생 익숙한 것이어서, 민나는 전혀 신경 쓰지 않았다.

민나는 오늘 우아한 디올 정장 원피스를 입었다. 대략 30대의 아름답고 우아한 여자에게 어울릴 듯한 그 복장은, 민나와 아주 잘 어울렸다. 민나는 매우 우아한 30대 초중반의 여인으로 보이니 말이다.

민나의 나이를 아는 사람은 모두 경악할 것이다. 그 때문에 민나는 일부러 유진이 만들어준 가짜 신분증을 들고 다녔다. 진짜 신분증을 들고 다녔다간 오히려 수상하게 볼 판이었다.

60대 중반 나이인 민나는, 그 나이 절반으로밖에 안 보였다. 아무리 봐도 30대 중반을 넘어 보이지가 않았다. 물론 20대까지의 그 풋풋함과 싱그러움은 사라진 지 오래다. 하지만 그 '최유진'의 기적 같은 미모를 만들어 준 유전자를 가진 것이 민나다.

언뜻 유진과 민나는 똑 닮진 않았다. 하지만 자세히 보면, 민나의 아름다움이 유진의 얼굴 속에서 생생하게 살아있었다. 유진의 아름다움을 보다 부담 없고 부드럽게 담아낸 것이 민나의 아름다움인 것만 같았다. 유진과 민나는 미모의 종류는 다르지만, 어떤 아름다움의 규칙을 공유하는 듯했다.

 유진의 아버지 최장수는 제멋대로인 얼굴형에, 뛰어나게 잘생긴 외모는 아니지만 적당히 훈훈하면서 부리부리하고 뚜렷하고 큰 이목구비를 지녔고, 민나는 화려한 이목구비는 아니지만 완벽한 달걀형의 얼굴에 단점 없이 단정하여 매우 아름다워 보이는 단아한 외모를 지니고 있었다. 그것이 거의 기적의 비율로 합쳐져 부모의 장점만 끌어모아 탄생한 것이, 화려하면서도 단점 없이 매끈한 기적의 미모, 바로 최유진의 외모다. 민나는 최유진만큼 화려하진 않지만, 반듯하고 청초한 용모의 그 아름다움을 여전히 거의 그대로 간직하고 있었다. 둘은 공통점을 공유하면서도 묘하게 달라, 유진이 민나보다 훨씬 화려함에도 유진 옆의 민나가 너무 오징어가 된다거나 딸려 보인다거나 하진 않았다. 오히려 서로의 특징이 부각되어 유진도 돋보이고, 민나도 돋보였다. 같은 듯 다른 아름다움을 보는 재미가 있었다. 유진의 미모에 민나의 장점이 공유되어 있기 때문인지, 둘은 같이 있으면 화려한 장미와 청초한 안개꽃처럼, 서로를 돋보이게 하는 다른 종류의 아름다움을 자아내며 조화를 이루었다. 그러한 민나의 미모를 볼 때마다 유진은 재미있고도 신기한 기분이 들곤 했다.

 유진은 회사를 장악한 후, 민나에게 모든 기술을 퍼부어서 그 아름다움을 유지시켜 주었다. 그것은 일종의 실험이기도 했다. 아직 영생까지는 불가능하더라도 유진 역시 평생 안 늙을 생각이기 때문에, 민나를 통해 실험을 하고 있었다. 거기다 중간에 희생된 민나의 유전적인 딸, '민지'도 있었다.

  비록 실험 목적이 강하긴 해도, 민나의 젊음 유지를 위한 유진의 정성은 유난스러운 데가 있었다. 유진은, 세상 모든 아름다움 중에서 유일하게 자신이 느껴지면서도 자신과는 종류가 다른 민나의 아름다움이 흥미로웠다. 그 아름다움을 계속 보고 싶었다. 민나의 복제인간을 통해서가 아닌, 민나 그 자체로서, 그것을 계속 보고 싶었다. 정신연령도 얼굴을 따라가는지 예순이 넘어서도 여전히 철딱서니 없는 백치미스런 해맑음도 재밌게 느껴졌다. 민나 외의 그런 사람은 혐오하는데도, 민나의 그런 모습은 싫지 않았다. 그래서 민나가 내키는 대로 유진을 찾아오는 것도, 정 바쁠 때만 아니면 귀찮거나 싫게 느껴지지 않았다. 자신의 프로젝트가 성공하여 유일하게 자신이 사랑하는 사람이 생기면, 민나에게만큼은 소개시켜 주고 싶기도 했다. 자신의 사랑, 자신의 마음을 민나만큼은 알아줬으면 싶기도 했다.

  "요즘 내가 사귀는 남자애가 나보다 서른다섯 살 어린 모델인데, 예쁘고 어린 모델 여자애들 많이 안다더라. 제일 예쁜 애로 한 번 만나보지 않으련?"

  민나가 오는 날 거의 80%의 확률로 나오는 종류의 소리였다. 40대 중반을 넘어섰지만 여전히 20대 같은 자기 아들이, 이제는 좀 여자 만나 결혼하고 손주도 안겨줬으면 싶은 마음이었다. 아들이 20대일 때까지만 해도 할머니 되는 것이 싫어 아들이 늦게 결혼하길 바랐지만, 이젠 그럴 타이밍도 지났다. 유진을 아기 때부터 키우지는 않고 가끔 내가 만든 작품 전시 보러 오듯 얼굴만 들여다보러 왔던 민나는, 이제 와서야 자신의 손으로 아들을 키우지 않은 것이 아쉬웠다. 손주라도 생기면 손주만큼은 정성껏 봐주고 싶었다. 어머니다운 어머니는 되지 못했지만, 손주에게는 그러고 싶지 않았다. 비록 30대 같은 외모의 정정한 육체지만, 그래도 민나는 이제 칠순을 바라봐야 할 나이였다. 아직 정정할 때, 아기를 돌보는 기회를 얻고 싶었다. 하지만 그 아름다운 아들에게선 결혼은커녕 연애 이야기도 들어본 적이 없었다.

유진이 자신의 복제인간만을 기다리며 수도사처럼 산 건 아니었다. 어딘가 민나를 닮은 여자를 잠깐 만난 적도 있었고, 자신을 닮아 보이는 남자를 만난 적도 있었다. 수행원도 어딘지 유진을 어설프게 닮은 미남들이 많았고, 유진은 내키는 대로 그들을 침대로 끌어들이곤 했다. 하지만 그 만남은, 진짜 사랑하는 사람인 '자기 자신'의 대체품에 불과했다. 그 옛날 최장수가 민나를 만났던 것보다도 더 밋밋하고 의미 없는 만남이었다. 최소한 최장수는 민나를 그 나름의 형태로 사랑하기는 했고, 그 결과로 최유진이라는 존재가 탄생하긴 했으니까.

눈치 없는 민나는 유진 옆에 미남 수행원들을 보면서도 그의 성정체성을 의심하지는 않았다. 엄밀히 말하면 유진은 동성애자가 아니라 그저 자기 자신을 사랑하는 것이지만, 어쨌든 그가 사랑하는 대상이 '여성'은 아닐 가능성이 있다는 걸 민나는 상상도 하지 못했다. 유진 역시 민나에게는 만나는 여자는 있었으나 헤어졌다라든가 등의 소리로 적당히 대꾸해 주기도 했다.

"난 손주는 여자애였으면 좋겠어. 우리 유진이 닮으면 절세미녀일 거고, 격세유전으로 나만 닮아도 참 예쁠 거야?"

민나가 호들갑스럽게 떠들자, 유진은 문득 민나의 복제인간을 떠올렸다.

민나와 나이차이가 손주뻘 정도로 나면서 민나와 꼭 닮은, 민나의 유전자를 물려받은 아이라면 꽤나 건강하게 잘 자라고 있기 때문이다. 바로 그 아이가, 유진이 한준에게 가장 주목하게 된 원인인 동시에, 한준에게 다가가는 걸 가장 마지막으로 미룬 이유이기도 했다.

그것은 일종의 행복회로를 돌리는 데도 도움이 되었다. 결국 준은 자신의 유전자 반을 가진 사람에게 끌렸다는 것 아닌가? 그렇다면 자신의 유전자 전부를 가지고 있는 사람은 더 사랑할 수밖에 없지 않을까? 유진의 기적의 논리에 의하면, 분명 한준은 예나에게 집착하고 애정하는 것의 딱 두 배만큼 자신을 사랑할 수밖에 없을 것이다.

하지만 유진도 자신의 논리가 수학문제처럼 정확히 예측대로 일어나는 논리는 아니라는 것을 알고는 있었다. 예나와 한창 사이가 좋을 때 다가가는 것보다는, 예나를 완전히 잃고 나서 다가가는 것이 좋다는 것 정도는 짐작할 수 있었다. 어차피 처리할 아이다. 자신과 같은 미토콘드리아를 가진 난자 생산용이자, 민나의 젊음 유지용 실험체에 불과한 아이다. 한준도 그 사실을 알고 자신처럼 예나가 사람이 아니라 더 위대한 존재를 위한 단순 실험도구임을 인지하고 이해할지는 몰라도, 적어도 자신과 예나가 유전적으로는 모자관계라는 것에서 결코 눈을 돌리지는 못할 것이다. 결국 연인으로서의 예나는 포기할 수밖에 없을 것이다. 사람이 아니라 실험도구인 것까지 이해할지는 몰라도.

문제는 유진이 예나를 당장 '처리'하고 싶지는 않다는 것이었다. 유진이 예나에게 호감이나 사랑의 감정을 느끼는 것은 아니나, 그녀가 신기했다. 원래는 민나처럼 대책 없고 철딱서니 없던 예나는 태린의 교육과 준의 사랑 속에서, 착한 마음씨를 가진 해맑은 소녀로 성장했다. 그 모습이 너무나 눈부셔서 그 일대 최고 미녀로 이름을 떨치면서도, 그 일대 최고 미남인 준하고만 붙어 다니며, 둘은 그 지역에서 선남선녀 커플로 이름이 높았다. 예나의 모습은 현재의 민나보다는 물론이려니와, 민나 그 나이대의 모습보다 아름다웠다. 민나보다 아름다우면서 민나보다 젊은 그 모습을 보는 건, 나름의 즐거움이 있었다.

　언제나처럼 딱딱하게 대꾸하는 유진에게, 의식의 흐름처럼 자기 이야기만 재잘재잘 떠들어대는 민나를 보며, 유진은 예나를 떠올렸다. 만약 민나가 예나를 보면 무슨 생각을 할까? 유사 손주나 유사 딸 정도로 생각하고 사랑을 퍼부을까? 아니면 더 젊고 더 아름다운 자신에게 질투를 할까? 물론 전자일 것이다. 민나는 묘하게 바보스러운 면이 있었다. 아마 예나를 보며 딸 혹은 손녀 같은 생각을 가질 것이 틀림없었다.

　그렇다면 예나가 민나의 젊음을 위한 재료라는 것을 안다면? 명청한 민나는 그것을 이해하지 못할 것이 틀림없었다. 지금 민나의 30대 초중반 같은 매끈하고 우아한 미모도 민나의 유전적 딸과, 민나 복제인간 중 하나의 희생도 기여를 한 것인데, 민나는 그 사실을 몰랐다. 그저 아들이 열심히 개발한 최신기술로만 지금의 미모와 건강을 유지한다고 생각하고 있었다. 유진은 본능적으로, 민나 머리가 꽃밭인 상태로 두는 것이 낫다는 생각이 들었다.

"사랑하는 사람이 생기면, 적어도 민나 당신에게는 소개할게."
"그건 저번에도 말했잖니. 그게 언제인데."
민나는 서글픈 목소리로 말했다.
유진은 민나에게 엄마나 어머니라고 한 적 없이, 항상 당신, 민나, 라고만 했다. 어차피 그 예쁜 여자가 유전적 친엄마라는 것도 열 살 이후에나 알았다. 그래서 엄마라는 소리가 일찍부터 입에 붙질 않아 나오지 않았다. 민나 역시도 30대까지는, 아직 젊은 처녀로 보이고 싶은 마음에 유진에게서 엄마라는 소리를 듣고 싶어 하지 않았다. 그녀는 사십이 넘어가고 나서야 아들에게 엄마 소리를 듣고 싶다는 생각을 했지만, 자신이 생각해도 어린 시절엔 엄마라 부르라고 한 적 없다가 성인을 훌쩍 지나고 나서야 엄마라 부르라고 요구하는 것은 뻔뻔한 것 같았다. 어느 순간부터 민나는 단둘이 있을 때면 유진에게 꼬박꼬박 '아들'이라고 했지만, 유진은 언제나 그녀를 부르는 호칭이 '민나, 당신'이었다. 그것이 두고두고 아쉽긴 하지만, 민나의 서운함이나 서글픔은 아들인 유진이 자신을 엄마라고 부르지 않는 데서 오는 것이 아니었다. 아들에게 엄마로 불리지 않는 대신, 적어도 손주에게는 아기 때부터 할머니로 불리고 싶은 마음, 거기서 오는 아쉬움과 서글픔이었다.

유진은 피식 웃었다. 손주라……그럴 일은 없을 것이다. 자신의 복제인간과 자신 사이에서 아이가 나오진 않을 테니까. 정 계속 아쉬워하면, 민나의 복제인간을 하나 만들어서 자신의 혼외자식이란 설명으로 안겨줄까 하는 마음도 있었다. 아마도 그 생명체는 실험체나 도너로 쓰지 못할 테니 아까운 실험체나 도너 하나 날리겠지만, 민나에게만큼은 그 정도의 큰 양보를 해줄 의향이 있었다. 예나처럼만 자란다면 아마 민나는 자신을 꼭 닮은 손녀라고 생각한 그 존재에게 지금 느끼는 아쉬움을 모두 풀 수 있을 터였다.

하지만 이미 민나의 난자나, 민나의 유전적 딸의 난자를 거의 쓴 다음이었다. 이정민이 이른 나이에 죽는 바람에 민나와 같은 미토콘드리아를 가진 난자는 예나에게서 갈취해야 하는데, 초경은 시작했다 해도 아직 예나를 납치해 난자 추출할 타이밍은 아닌 거 같았다. 그래도 나중에 예나에게서 난자를 추출하게 되면, 민나를 위한 살아 있는 장난감 하나는 안겨야겠다는 생각이 들었다. 그것이 자신의 복제인간이든, 민나의 복제인간이든.

"몇 년 안에, 꼭 안겨드릴게. 손녀든 손자든 간에."

아마 손녀일 가능성이 더 클 것이다. 손자를 안겨드리기엔 너무 아깝다. 자신의 복제인간이라면 자신의 젊음 유지를 위한 재료로 쓰는 것이 훨씬 더 가치 있는 일일 테니.

"아마도 손녀로."

그렇게 말하며 유진은 씩 웃었다. 민나는 유진의 그 자신 있어 하는 미소가, 성별 선택해서 낳는 시험관 아기를 말하는 건가, 라는 생각이 들어서 말했다.

"일부러 딸만 골라 낳을 필요는 없어, 아들. 내 손주라면 난 다 이뻐할 거니까."

유진의 생각도 모르고 천진하게 말하는 민나가 바보스러웠지만, 그래도 유진은 민나의 바보스러움만큼은 그리 혐오를 느끼지 않았다.

민나가 가고 나자, 유진은 잠시 생각에 잠겼다.

이제 복제인간들은 내년에 고등학생이 된다. 두 명밖에 안 남은 탓에, 아직 유진은 멀리서 지켜보며 관조하고 있었다. 아직 어린 나이에 너희는 날 사랑해야 한다며 다가가면 무조건적으로 날 사랑해 주는 건 아니라는 것 정도는, 유진도 알고 있었다. 그러기에 계속 약간의 두려움을 가지고 미뤄 왔다. 특히나 가장 사랑에 빠지고 싶은 나 자신인 준은, 유전적 친어머니임을 꿈에도 모르고 예나와 붙어 다니기에.

그래도 이젠 그들에게 접근하기 시작해야 할 것이다. 한준은 가장 마지막에 먹기 위해 아껴 놓는 음식처럼 일단 놔두고, 조민국부터 접근하기로 마음먹었다.

5. 불량품

만 열여섯, 고등학교 2학년의 조민국은 대학입시 준비가 한창이었다.

중학교 때까지의 민국은 고등학교 1~2학년 때쯤에 미국 명문대를 조기입학 하는 것을 목표로 하고 있었다. 하지만 중학교 2학년쯤 사춘기가 오며, 민국은 아침부터 밤까지 공부에만 파묻힌 자신의 삶에 약간은 회의를 느끼기 시작했다. 조금만 꾸미면 엄청난 미남이겠다는 주변의 말(사실 안 꾸며도 미남이긴 했다)을 하도 많이 들으면서 거울을 눈여겨보기 시작했다. 약간만 신경을 써도 태가 나는 외모에 대한 주변의 감탄은, 어릴 때부터 들어온 성적에 대한 감탄보다 달콤하게 느껴지기 시작했다. 슬슬 친구들과도 어울리며 사람들이 떠받드는 걸 즐기기 시작했다.

비록 민국의 부모는 준의 엄마보다는 아들의 공부에 욕심이 많긴 했지만, 그래도 자신의 외모에 눈을 떠가며 더 아름다워지는 민국의 모습도 민국의 성적만큼이나 자랑스럽긴 했다. 처음에 성적이 떨어져 갈 때만 해도 펄쩍 뛰며 잔소리했던 민국의 부모였으나, 예전처럼 천재적인 정도는 아니어도 별다른 노력 없이 전교 1~2등은 손쉽게 하면서 일대 가장 잘생긴 청소년인 민국에게 그만 약해졌다. 그 잘생긴 얼굴을 보면서 외모 신경 쓰지 말고 공부만 하라는 말이 도저히 안 나왔던 것이다. 거기다 그 잘생긴 아들과 일찍부터 이역만리 떨어져 살 것도 걱정이 되었다. 그래서 유학 대신, 국내 대학인 카이스트에 월반 입학하는 걸 목표하기로 했다. 거기도 집 근처는 아니었으되, 그래도 그 정도면 주말마다 아들을 볼 수 있을 테니 말이다.

태린이 예나 때문에 강남학군에서 강원도로 내려간 것은 어찌 보면 천만다행이었다. 한남동에 사는 민국과, 대치동 살았던 한준은, 가까운 지역에 있었다면 필연적으로 함께 알려졌을 테니 말이다. 민국은 오랫동안 외모에 관심 두지 않고 안경 끼고 구부정한 자세로 공부만 하다 보니, 외모가 꽃핀 것은 요 1년 사이이다. 요 1년 사이에 둘이 동시에 일대 유명해져서 서로의 존재를 알게 되었다면 그 직전에 둘 중 한 명은 일찍 죽었거나 둘 다 일찍 납치되었거나 했을 테지만, 그래도 그들은 서로 다른 지역에서 그 주변에만 이름을 알린 덕분에, 꼭 닮은 둘의 존재를 겹쳐 아는 사람은 없었다.

그래도 둘 다 지역에서 유명해져서 서로 알게 되는 상황을 유진이 경계하지 않았던 것은 아니다. 자신과 유전자가 똑같은 덕분에 조민국과 한준은 너무 잘생겼고, 너무 똑똑하다. 어느 때건 결국은 유명해질 것이다. 조민국도 카이스트에 입학하고 나면 아마 카이스트 얼짱으로 이름을 떨칠 것을 쉽게 미루어 짐작할 수 있었다. 유진은 민국이 카이스트에 합격한 직후에 접근하리라 마음먹었다.

예상대로, 그해 겨울, 민국은 카이스트에 합격했다. 유진이 민국에게 접근할 기회를 노리고 있던 도중, 변수가 생겼다. 민국이 연애를 시작한 것이다. 같이 조기입학하는 여자애를 합격생 모임에서 만났는데, 당연하지만 입학생 중에 가장 잘생긴 민국은 합격생 모임 여자애들의 관심과 선망의 대상이었다. 민국 다음으로 가장 높은 성적으로 들어온 화학과 여학생과 눈이 맞은 민국은, 아주 집착적으로 열렬하게 연애를 시작했다. 사랑에 한 번 빠지면 집착적으로 불타오르는 것도 이 유전자의 종특인 모양이었다.

하지만 민국은 여전히 타인에 대한 이해가 너무 부족했고, 그건 연애를 할 때도 마찬가지였다. 24시간 365일 늘 자신에게만 관심을 쏟아 줘야 하는데 그러지 않는 여자 친구에 대해 이해를 하지 못하면서 자주 싸웠다. 그래도 그림같이 아름다운 남자가 자기 없이는 못 살 것처럼 굴기 때문에 그녀는 민국과 헤어질 생각은 없는 것 같았다.

둘이 대판 싸운 틈을 타서 유진이 접근했다. 여자 친구와 대판 싸운 민국이 혼자 가까운 바닷가로 훌쩍 여행을 갔을 때였.

왜 그녀는 나만 생각하지 않나? 날 사랑해 주기 위해 하는 것이 사랑 아닌가? 나처럼 똑똑한 애도 없을 텐데, 왜 자꾸 내가 아무것도 모른다고 하는 것인가? 내가 대체 뭘 모른다는 건가? 이렇게 난 하루 종일 너만 생각하는데, 왜 넌 내가 자기 생각은 하나도 못 한다고 우기는 걸까? 답답하고 화나지만 미친 듯이 보고 싶고, 잃을까봐 두려운 이 마음은 무엇인가? 민국이 난생처음 사귄 여자 친구에 대해 이것저것 생각하며 밤바다를 보며 생각에 잠겨 있는데, 어떤 남자가 그의 앞에 나타났다.

겨울이라 사람이 많지 않은 데다, 얼마 안 되는 사람마저 유진은 경호원들을 동원하여 촬영이다 뭐다 핑계로 주변을 모두 물린 다음이었다. 가까이 가서 민국을 본 유진은 약간 실망스러운 기분이 들었다.

민국은 평생 운동을 하지 않고 공부만 했던 인생이라 거북목 증세로 자세가 약간 굽어 있었고, 유진을 생각하면 체질적으로 원래 상당히 시력이 좋은 편일 텐데도 안경을 쓰고 있었다. 식습관도 그리 좋진 않은지 얼굴도 약간 부은 데다, 훤칠하고 늘씬한 체구에 비해 배도 살짝 나왔다. 유진과 똑같은 체질이라면 선천적으로 근육은 잘 생기고 지방은 잘 안 쌓이는 체질인데도 저런 거면, 초딩 입맛의 아주 안 좋은 식습관과 생활습관을 가지고 있다고 미루어 짐작할 수 있었다. 실제로 민국은 공부할 때마다 당이 필요하다며 달콤한 간식을 챙겨주던 부모 덕분에 단것에 맛 들여, 당 중독 증상이 있기도 했다. 전반적으로 약간 찌든 듯한 너드남 느낌이 강했다. 전보단 외모에 신경을 쓰는 편이라고는 하나, 조금만 신경 써도 충분히 잘생겼다 보니 그 이상 욕심내진 않은 모양이다. 물론 대단히 잘생기긴 했지만, 온갖 관리를 받으며 최대한 아름답게 꾸미고 다니는 유진이나, 건강하고 활력 넘치는 한준에 비해선, 매력이 한참 부족한 느낌이 났다.

그래도 거울로만 보던 모습과 가장 비슷한 자기 자신을 보는 것은 반가운 기분이었다. 최대한 아름답게 꾸민 유진의 모습은, 민국의 여자 친구와는 비교도 안 되게 화려하고 아름다웠다. 아마 자신의 모습을 보는 순간, 민국은 자신의 여자 친구에 대해선 완전히 잊게 되리라고, 유진은 자신했다.

여자 친구 생각에만 정신없이 빠져 있던 민국은, 자신의 앞에 선 남자가 자신을 뚫어져라 쳐다보는 것을 뒤늦게 깨달았다. 그리고 유진을 본 민국은 그 압도적인 아름다움에 처음엔 깜짝 놀랐다가, 곧 공포의 빛이 스쳤다. 눈알을 굴리는 모습이, 이 사태에 대한 추론을 하는 모양이었다.

"친척……? 사촌형……? 누구신가요? 저 알아요?"

민국은 워낙 주변에 관심을 두고 살지 않고 살아와서 눈치가 느린 편이지만, 그래도 눈앞의 남자가 자신을 알고 찾아왔다는 것쯤은 짐작할 수 있었다. 분명 자신을 아는 눈빛으로 쳐다보고 있었으니까.

"둘 다 아니야. 난 너야."

유진의 말에 민국은 눈살을 찌푸렸다.

"과학적, 논리적으로 말이 좀 되는 이야길 하시지? 저 그렇게 문학적인 표현 싫어해요."

그 자기중심적이고 시니컬한, 건방진 말투는 어딘지 유진과 비슷했지만, 유진은 그 말투가 귀에 거슬렸다. 그의 생각에는 자신만 그렇게 이야기하고, 상대는 고분고분 이야기하는 게 맞는 것이다.

"저보다 나이는 있어 보이시는데. 그래도 친형은 아닐 거 같은데요. 저희 부모님은 난임이 심해서 늦게 저를 가졌거든요."

민국은 자신이 부모님의 친자식이라고 알고 있었다. 그는 자신이 알고 있는 사고 내에서 자신과 이렇게 닮은 사람이 존재할 경우의 수를 열심히 추측했다. 사촌이나 친척이라고 하기엔 자신의 친척들은 다들 자신과는 너무 딴판으로 생겼다. 그래서 자신은 격세유전이나 돌연변이 정도로 생각하고 있었는데, 부모조차 닮지 않은 자신과 꼭 닮은 존재는 무언가 비현실적인 불쾌감을 주었다.

"타임머신 타고 온, 미래의 나 자신은 아닐 거고. 그건 과학적으로 불가능하니까. 정체가 뭐죠? 당신은 우리가 왜 닮았는지 아는 거 같거든. 비과학적이지 않게 설명 좀 해주시겠어요?"

자신보다 아름답지도 않은 주제에 건방지게 따지고 드는 민국의 태도에, 유진은 마음이 싹 식었다.

"넌 불량하군."

"……네?"

민국은 기가 막히다는 듯이 피식했다.

"제가 너무 잘생겨서 그렇게 안 보이나 본데, 저 이번에 카이스트 조기입학하는 우등생이에요. 지금 무슨 소리를 하는 거예요?"

"그야 기본값이지. 나는 머리가 좋거든. 당연히 너도 좋겠지. 넌 나니까. 하지만 넌 불량품이야."

"아까부터 계속 무슨 헛소리를 하는 거야? 당신 정체가 뭐냐고?"

민국은 결국 짜증을 냈다. 민국은 자기가 좋아하는 공부나 연구를 할 땐 끈질기고 집요했지만 평소 자잘한 데서는 눈치를 보는 성격도 아니고 참을성도 없었다. 원체 공부만 하며 주변 떠받들림만 받고 살아서, 다소 거만한 성격에 예의도 그다지 차리지 않았다. 하지만 비슷한 성격의 유진은 자신보다 더 아름답지도 않은 주제에 건방지게 나오는 민국에게 참을 수 없이 화가 났다.

"넌 내 복제인간이야. 내 것이 되기 위해 만들어졌지. 그러니까 나한테 그따위로 행동하거나 말해선 안 돼!"

민국의 얼굴에 혐오의 감정이 스쳤다.

"미친 새끼……정신병자인가?"

마침 그때, 민국의 핸드폰에 전화가 왔다. ♡라고 표시된 이름을 보고, 민국의 표정이 환해졌다. 환희에 찬 그 표정은 유진을 대할 때와는 딴판이었다. 그것에 유진은 깊은 실망과 분노를 느꼈다.

조사한 결과, 민국의 여자 친구는 유진이 봤을 땐 추하고 부족했다. 엄밀히 말하면 못생긴 건 아니었으나 예쁘진 않았다. 민국은 입학생 모임에서 자신과 말이 통하는 여자를 처음 보았고, 그리고 사랑에 빠졌다. 외모를 보고 사랑에 빠진 건 아니지만, 민국은 그녀의 둥글넓적하고 밋밋한 얼굴이 보면 볼수록 세상에서 가장 귀엽고 사랑스럽다고 생각했다. 하지만 유진이 봤을 땐, 민나의 복제인간과 사랑에 빠진 한준은 이해라도 가지, 그런 추하고 별 볼 일 없는 여자에게 빠지고 자신을 경멸하며 정신병자 취급하는 민국은 불량하기 그지없었다.

"불량품인 주제에, 나를 그따위로 취급해?"

유진은 민국의 핸드폰을 빼앗아 던져버렸다. 이미 여자 친구에게 전화가 오면서부터 정신이 핸드폰에만 가 있었던 민국의 표정이 일그러졌다.

"안 돼, 혹시라도 전화 안 할까봐 얼마나 무서웠는데 전화가 왔단 말이야! 전화 안 받으면 수정이가 더 화낸단 말이야!"

핸드폰으로 달려가려는 민국을 유진이 막자, 민국의 시선은 울리는 핸드폰에 고정되어 바둥거렸다. 급기야 민국은 유진의 팔까지 물어뜯었다. 결국 유진은 주머니에서, 찔러 누르기만 하면 주입되는 인젝터 형태의 무바늘 주사기 마취제를 꺼내 민국의 목에 찔러 넣었다. 몸에 거의 흔적을 남기지 않고 정신을 한 방에 잃게 만드는, 유진이 개발한 작품 중 하나였다. 누구든 흔적도 없이 한방에 제압할 수 있는 이 위험한 물건을, 유진은 누군가가 자신에게 쓸까 두려워 세상 누구에게도 공유하지 않았다.

"괴물······."

정신을 잃으며 민국이 중얼거렸다. 유진은 자신을 괴물이라 부르는 자신의 복제인간의 존재를 참을 수가 없었다.

더 이상 볼 것도 없었다. 덜 아름다운 데다 나한테 건방지게 구는 저 녀석은 완전히 불량품이다. '폐기'해야 마땅한.

유진은 이 녀석을 이전 복제인간들처럼 신체조직이라도 쓰고 싶었지만, 실종신고를 하고 이 녀석 얼굴 사진이 전국에 도배되면 곤란하단 생각이 들었다. 어차피 예나의 존재도 있으니 곧 난자도 다시 '생산'할 예정이고, 감히 자신의 팔을 물어뜯은 도너 하나쯤은 버려도 상관은 없을 것이다.

얼마 뒤, 그 일대 바다에서는 물에 빠져 죽은 고등학생의 시신이 인양되었다. 물에 불긴 했어도 별다른 외상의 흔적이 없는 것, 여자 친구와 자주 다퉜고 그때도 다툰 직후인 상황 등을 종합하여, 연애 실패 후 비관 자살로 결론 내려졌다.

이제 남은 것은 '한준'뿐이다. 어차피 유진이 가장 갖고 싶은 것, 자신의 사랑으로 결정한 건 한준이긴 했다. 이번만큼은 실패하지 않으리라. 유진은 자신 있었다. 조민국 같은 불량품이 아니라 완벽한 나 자신인 한준은, 반드시 자신을 사랑할 것이라고.

6. 완벽한 결과물

　한준은 이제 만 열여덟, 고등학교 3학년이다. 아직은 동네에서 공부 좀 (많이) 잘하는 아이에 불과하나, 아마 명문대 합격 이후부터는(유진은 한준이 틀림없이 그럴 것이라 보고 있었다) 외모와 학벌 등으로 인해 그도 유명해질 가능성이 있었다. 이제 더 이상 한준에게 접근하는 것을 미룰 수가 없었다.
　일단 예나부터 빼돌릴 필요가 있었다. 멀리서 지켜본 결과, 그 둘의 사이는 점점 더 견고해져만 갔다. 태린이 걱정하고 예상했던 대로, 사춘기를 지나 각기 남자와 여자로 꽃핀 그들은 자연스레 연인이 되었다. 늘 손을 잡고 다니며 가볍게 뽀뽀 정도 하는 모습은 흔히 목격되었다.
　그들이 뽀뽀하는 첫 사진이 유진에게 전달되었을 때, 유진은 가슴에서 무언가 꿈틀하며 불쾌감을 느꼈다. 하지만 유진이 느낀 질투심은 그렇게까지 크진 않았다. 뽀뽀뿐만 아니라 본격적인 육체관계를 유진도 많이 해 봤지만, 자기 자신이 아닌 한 그 누구도 마음에 남지 않았다. 그가 나와 같다면, 그의 마음에서 예나를 몰아내고 내가 들어가는 것이 어렵지 않을 것이라 생각했다. 물론 조민국의 경우는 실패했지만, 조민국은 완벽하지 않게 자랐다. 솔직히 외모부터가 한준이 더 아름다웠다. 일란성 쌍둥이도 묘하게 외모가 다를 수 있는데, 조민국보다 한준이 훨씬 눈부시다는 것은 객관적으로 비교해 놓고 봐도 알 수 있었다. 아마 이토록 아름답고 완벽한 한준이라면 가장 나 자신, 최유진에 가까운 인물일 것이고, 그가 나와 같다면, 결국 그는 나를 사랑할 수밖에 없을 것이다.

이상하게도, 예나의 모습도 어딘가 싫지는 않았다. 아마도 민나의 어릴 적 모습을 느낄 수 있기 때문인 것 같았다. 민나가 아무런 상처 없이 밝게만 자랐다면, 아마 예나같은 모습일 것이다. 발랄하지만 어딘가 삭막한 공허함이 느껴질 때도 있는 민나의 발랄함과는 무언가 다른, 따뜻하고 해맑은 발랄함. 그 같은 듯 다른 기묘한 차이로 인해, 유진은 예나에게도 어느 정도 관심을 가졌다. 그렇다고 이성적 감정을 느낀 것은 아니다. 유진이 관심 가진 대상은 어디까지나 자신의 복제인간인 한준이었다. 정확히는 유진이 관심 가진 것은 자기 자신인 것이고, 한준은 그것을 실제 만질 수 있도록 구현화된 존재였다. 그래서 둘이 연인으로서 다니고 뽀뽀하는 모습 정도 찍혀 왔을 때, 심장이 고통스럽고 불쾌하긴 했지만 못 참을 정도는 아니었다.

하지만 결국 유진의 가슴에 불을 지른 사건이 발생했다. 만 18세 생일이 지나 '보호종료아동'이 된 예나는 보육원을 퇴소하고 나라의 지원금과 태린의 도움으로 준의 집 근처에 자취방을 얻었다. 그리고 얼마

지나지 않아 태린이 출장을 가던 날, 준은 예나의 집에 머물렀다. 들어가기 전의 긴장된 분위기 등을 보면, 둘은 그날 첫 경험을 계획해 둔 것이 분명해 보였다. 다음 날, 더 자연스러워진 스킨십, 문 앞에서도 계속 해대는 입맞춤 등을 보면, 그날 그들은 첫 성관계를 나눈 것이 분명해 보였다.

그 보고를 받은 유진은 이제 더 이상 미룰 수가 없었다. 민나의 어린 시절을 느낄 수 있는 예나의 모습을 조금 더 보고 싶어서 미뤘지만, 그들이 밤을 보낸 것이 확실시되는 정황을 포착하자 불타오르는 분노와 불쾌감이 느껴졌다. 일단 예나부터 치워야 할 것이다.

되도록 한준에게 상처가 되지 않는 방식으로, 이미 계획해 둔 것이 있었다. 미리 섭외해 둔 '예나의 친부모'가 나타나고, 그 부모는 미국에 사는 것으로 설정해 두었다. 물론 친부모가 뽕 하고 나타났다고 해서, 예나가 바로 한준을 버리고 부모에게로 뽕 하고 가버릴 리는 없었다. 한준은 예나 세상의 중심이었다. 예나의 전부였다. 예나는 아마 한준을 절대로 버리지 않을 것이다. 차라리 준과 미국을 같이 가거나, 친부모를 버리는 한이 있더라도 준을 버리지 않을 것이다.

그래도 친부모가 잠깐 미국으로 가서 가족과 잠시라도 시간을 보내고 돌아오길 바란다면? 그 정도는 아마도 따를 것이다. 그것조차도 한준이 같이 간다고 하면 골치 아프겠지만, 마침 고등학교 3학년이었다. 어차피 예나는 공부를 못하고 대학에 갈 생각도 전혀 없었다. 고3 여름방학이 시작되자마자 카페에서 아르바이트를 하며 바리스타 공부를 하는 예나가(예쁜 카페를 좋아하던 예나가 선택한 진로였다) 2~3주 미국

다녀오는 거야 일도 아니지만, 한준은 아니다. 명문 의대를 목표로 공부하고 있는 한준이 미국으로 가는 것은 예나부터가 뜯어말릴 가능성이 컸다.

어쨌든 일단 시나리오는 시작되었다. 예나는 보육원 원장으로부터, 자신을 잃어버린 부모님이 드디어 자신을 찾았다는 엄청난 이야기를 듣게 되었다. 미아 유전자 등록이 되어 있었지만, 부모님은 잠깐 한국으로 들어오기 전 미국 공항에서 아이를 잃어버리고 예나만 대체 어떤 경로로 가게 됐는지는 몰라도 한국으로 가는 바람에 부모님은 미국에서 잃어버린 줄만 알고 거기서 혼선이 빚어져 찾지 못했다는 것이다. 마약상들이 죽은 어린아이 시체를 이용해 마약을 운반하는 데 걸릴 위기에 처하자 재빨리 예나를 붙잡아 자신의 아이로 위장해 한국에 들어오고, 외딴곳에 버린 것이 아닌가 하는 추측이 지배적이었다. 어쨌든 어떤 경로로 인천공항에서 강원도 보육원까지 오게 됐는지는 몰라도, (재빨리 조작한) 기록에 따르면 병원과 경찰서, 보육원 등등을 꽤나 전전한 끝에 여기까지 흘러들어온 모양이었다. 당시 만 세 살 정도로 추정되었던 예나는 충격 때문인지 원래 말이 느리기 때문인지 말을 전혀 못해서, 미국에서 왔을 거란 생각을 아무도 하지 못했다. (물론 이런 것들은 유진이 조작한 과거들이다.) 이미 이전에, '친부모가 잃어버린 미아로 추정되어 언제 친부모가 나타날지 모르니 입양은 거부하는 것이 좋을 것 같다.'라고 원장님께 들은 바 있었.

곧 예나를 잃어버렸다던 명연기자들이 나타났다. (물론 유진이 고용한 사람들이다.) 그들은 예나를 보자 펄쩍 뛰며 끌어안고 울고 난리를

쳤다. 태린은 무척 기뻐했고, 한준은 예나를 위해 기뻐해 주고 싶어 하면서도 어딘가 아득하게 불안한 생각이 들었다. 그들이 예나를 빼앗으러 온 집단처럼 느껴졌다. (한준의 예상은 정확히 맞았지만 말이다.)

예상대로, 예나는 친부모가 미국으로 이민 와서 같이 살자는 제안을 단칼에 거절했다. 준과 태린 아줌마와 절대 떨어질 수 없다는 것이 그 이유였다. 이미 그럴 거라 언질을 받은 명연기자들은 오랫동안 딸을 찾아 헤맸는데 잠시라도 같이 살면 안 되냐며 울고불고 섧게 매달렸고, 태린은 그럼 한동안 자기 집에 머물라는 제안까지 했다.

물론 안 될 말이다. 그들은 예나와 함께하는 것이 목표가 아니라, 의심받지 않고 예나가 그들의 눈앞에 보이지 않는 곳으로 빨리 데려가는 것이 목표였으니 말이다. 예나의 친부모들은 미국에서 잠시도 자리를 비우지 못하는 사업을 억지로 멈춰놓고 온 것이며, 며칠 내로 떠나야만 하는 사정이 있었다. 결국 그 명연기자들은 예나에게, 2~3주일 만이라도 자신들과 같이 살아달라고 사정사정을 했다. 1박 2일 동안의 고민 끝에, 예나는 마지못해 수락했다. 한준이 당장 자신도 같이 가겠다고 나섰지만, 예나의 가짜 친부모들은 가족끼리만 갖는 시간을 잠시라도 갖고 싶다며 사정을 했다. 예나 역시, 고등학교 3학년으로 한창 공부해야 하는 한준이 자신 때문에 학업에 방해받는 것을 원치 않았다. 결국 예나 혼자, 친부모와 2주간만 미국에서 같이 살기로 결정되었다.

예나가 미국으로 떠나기 전날, 둘은 하루 종일 데이트를 하고, 태린은 집에서 송별 파티도 열어주었다. 예나의 가짜 친부모와 한준, 태린 모두 태린의 집에서 자고 다음날 떠나기로 했다.

예나는 한준과 함께 잠시 집 앞 공원을 산책했다. 예나와 한준 모두 기분이 그리 좋지 않았다. 그들은 이렇게 오랫동안 떨어져 본 일이 오랫동안 없었기 때문이다. 앞으로의 2주간이 마치 영원처럼 느껴졌다.

"네가 가지 않았으면 좋겠어."

한준이 솔직하게 말했다. 예나 역시 고개를 끄덕였다.

"나도 그래. 사실은 가기 싫어. 내 친부모라는데 너무 낯설어. 난 태린 아줌마가 훨씬 우리 엄마 같아. 너랑 태린 아줌마를 떠나기 싫어."

"붙잡는다고 너무 오래 머물지 말고."

예나는 한준의 말에 맑게 웃었다.

"난 너밖에 없어. 널 두고 어디에도 오래 있고 싶지 않아. 그거 알아? 남녀 간에 변치 않는 완벽한 사랑은, 엄마가 아들에게 쏟는 사랑밖에 없대. 하지만 아니야."

예나는 자신 있게 웃으며, 한준의 목을 끌어안고 키스했다.

"내 사랑도 변하지 않아. 이건 자신 있어. 난 정말 너밖에 없어."

아이러니하게도, 그들은 정말로 유전자상으론 엄마와 아들이 맞았다. 그것을 꿈에도 모르는 예나는 천진하게 웃으며 말했다.

"준이 입술은 꼭 내 입술 같아."

예나가 처음 한 말도 아니고, 그것은 한준도 알고 있었다. 둘은 입술 모양이 똑같았다. 과하게 두껍지도, 얇지도 않은, 아주 모범적으로 그린 듯 예쁜 입술 모양. 거기다 얼굴형과 피부 톤, 피부 타입까지 똑같았다. 둘은 서로 닮은 입술모양을 신기해하며, 자주 입술을 앵두처럼 모으고 커플사진을 찍곤 했다.

6. 완벽한 결과물

"인연인 사람들은 닮을 경우가 있대. 우리는 운명이야. 그러니까 너무 걱정하지 마."

그들이 닮은 이유는 운명이 아니라 유전자 때문이지만, 그것을 모르는 준은 예나의 말에 왠지 안심이 되었다. 평소 한준은 흔히 T라고(심하면 T발놈이라고)* 불리는 사실주의자이지만, 예나의 말만큼은 그에게 위로가 되었다.

예나는 한준을 꼭 끌어안고 말했다.

"더 빨리 올 순 있겠지만 아마 더 늦게 오진 못할 거야. 그럼 내가 못 견디거든. 준이 없는 시간, 나 그렇게 오래 견딜 자신 없어."

"나도……그래. 너 없는 시간이 너무 싫어."

한준은 평소 닭살 돋는 달콤한 말을 전혀 못 하는 편이었다. 그래서 그 말은 '의외의' 달콤한 말이어서, 예나는 눈을 동그랗게 떴다가 활짝 웃었다.

둘은 다시 끌어안고 키스했다. 그 모습을 지켜보는 검은 그림자가 있다는 사실을, 그들은 꿈에도 몰랐다.

태린과 준의 배웅을 받으며, 예나는 친부모(를 연기하는 명연기자)와 함께 미국으로 떠났다. 공항에서 예나는 자꾸만 뒤돌아보았고, 명연기자들의 재촉을 받으며 간신히 공항으로 들어갔다.

---

* T: MBTI(Myers-Briggs Type Indicator:마이어스-브릭스 유형 지표)에서 나오는 성격 유형 선호 지표 중 하나. 이중 판단 기능에서 사고(Thinking) 중심의 '맞다, 틀리다'판단을 선호하는 성향인 T를 말한다. 이성/현실 판단 위주로 사고하여 공감이 부족할 경우가 많거나 그렇다는 오해가 있다.

예나의 모습이 보이지 않자, 준은 눈물을 흘렸다. 평소 우는 일이 거의 없는 준의 눈물을 보고, 태린은 깜짝 놀랐다. 아주 어린 시절, 여기로 이사 오기 전에 예나 보고 싶다고 울부짖던 이후로 처음 보는 모습이었다. 태린은 놀라면서도 약간 섭섭한 기분이 들었다.

"왜 그러니? 예나 떠난다고 우는 거야? 영영 가는 것도 아니고 2주 후면 보잖아?"

"그래도……그래도 너무 불안해요. 비행기 사고 날까봐도 불안하고……."

"너 수학여행 제주도로 비행기 타고 갈 때 내가 그거 걱정하니까 가장 안전한 교통수단이라며 걱정 말라며?"

"이론상은 그런데……그래도 자꾸만 불안해요."

준은 그렇게 말하며 자꾸만 눈물을 훔쳤다. 태린은 준처럼 똑똑한 애가 별일도 다 있구나 싶었다. 저 정도면, 아마도 언젠가 예나를 며느리로 들일 준비를 해야겠다고 생각하면서.

하지만 준의 예감은 틀리지 않았다. 한동안 보이스톡이나 페이스톡 등으로 자주 연락하던 예나는 언젠가부터 일절 연락이 되지 않았다. 로밍을 해놨는데도 전화조차 되지 않았다. 안절부절하던 준은 해당 지역의 한인 소식지 등을 미친 듯이 뒤져보다가, 예나의 친부모가 산다고 했던 주소의 집이 불탔으며, 거기 거주하던 교포 부부와, 오랜만에 재회해서 함께 살고 있던 딸이 사망했다는 뉴스를 접할 수 있었다. (물론 유진이 집을 불태운 후 조작한 뉴스이다.)

예나의 사망 소식에 태린은 심장이 무너져 내렸다. 마음에 딱 들지 않는 민며느리 정도로 생각하고 있던 예나는, 알고 보니 태린에게도 딸이었다. 예나가 살아 돌아올 수 있다면 지금 당장 목숨이라도 내어줄 수 있을 것만 같았다. 갑자기 세상이 불완전해진 느낌 속에서, 태린은 그 사실을 절실히 깨달았다. 한동안 밥도 안 먹히고 매일 밤 슬피 울기만 하던 태린은, 역시 정상이 아닌 상태인 아들을 보며 간신히 정신을 차렸다.

이상하게도, 예나가 떠날 땐 그렇게 울던 준이 이번에는 울지 않았다. 거의 식음을 전폐하고 있기는 했지만, 울지는 않았다. 표정도 없었다. 그런 준이 태린은 더욱 두려워졌다.

"차라리 울어. 실컷 울기라도 해. 엄마는 불안해."

하지만 준은 상기된 얼굴로 말했다.

"예나는 안 죽었어요."

준의 확신에 찬 말에 태린은 몸을 떨었다.

"준아……받아들이기 힘든 거 이해는 하지만……."

"예나는 안 죽었어요. 도무지 죽었다는 느낌이 들지 않아요. 저번부터 이상한 예감이 들어요. 예나는 그런 말을 한 적이 있어요. 누군가가 자신을 지켜보고 있는 듯한 느낌이 든다고. 그게 자신의 친부모였음 좋겠다고, 용서해 줄 테니 나타나서 사랑한다고 말해줬으면 좋겠다고 한 적이 있어요.

근데 이상해요. 그 예감은 저도 오래전부터 마찬가지였어요. 누군가가, 누군가가 나를 줄곧 감시하는 느낌이 들었어요……이 일도 그거랑 연관이 있는 거 같아요."

확신에 찬 준의 눈은 거의 광기에 가까웠다. 그것을 본 태린은 불안해졌다. 준은 머리가 대단히 좋지만, 어딘가 태생적인 결핍이 있다는 걸 알고 있었다. 혹시라도 조현병에 가까운 결함도 있는 게 아닌지 걱정되기도 했다. 하지만 그건 아닐 것이다. 감시하는 느낌에 대해 준은 티를 내기는커녕 말하는 것조차 이번이 처음이었다. 그 느낌이 보통은 정상적으로 생각하지 않는 느낌이란 걸 인지할 정도면 조현병 계열의 정신문제는 아닐 것이다.

어쨌든 태린은 준이, 예나인 것이 확실한 시신이라도 보기 전까지는 예나의 죽음을 절대 인정하지 않을 것임을 깨달았다.

아마 준은 올해 대학은 못 갈 것이다. 예나가 살았든 죽었든, 준은 예나 이외의 일에 당분간 신경도 안 쓸 것이니. 하지만 태린은 지금 준에게 대학이 문제가 아니란 사실을 인정하기로 했다. 언제 다시 학업을 시작하더라도 무엇이든 할 수 있는 머리를 가졌으니, 1년 정도 쉬는 건 문제가 아니었다. 하지만 그것이 과연 1년으로 끝날지가 태린은 걱정이었다.

준은 미국까지 갔다 왔지만 단서는 많이 찾지 못했다. 불타 버린 집터에, 재빨리 화장하여 무덤도 남아있지 않았지만, 있다 해도 직계가족이 아닌 준에게 무덤을 파헤칠 권리라도 있는 것은 아니었다.

하지만 얻은 것은 있었다. 여기저기 한인사회를 조사하고 다닌 결과, 예나의 부모에 대해 아는 사람이 묘할 정도로 적었다. (그 안다는 사람들도 최유진이 미리 돈을 주고 말을 맞춰둔 몇몇 사람들이었다.) 하고 있다는 사업도 무언가 유령회사를 연상케 하는 것이, 실체가 없었다. 추적해 보면 한국 기업인 '영원 바이오'의 지원을 받고 납품하는 구조인데, '영원 바이오'의 유령회사가 아닌가 하는 생각도 들었다.

준은 외부 공개를 꺼리는 '영원 바이오' 회장의 몇 안 되는 사진을 들여다보았다. 풍성한 수염과 반백의 머리가 어딘지 어색했다. 그리고 두꺼운 안경 밑으로, 아름다울 것이 분명한 눈매는 어딘지 익숙해 보였다.

준은 가끔 미칠 것 같은 밤이면 동네 공원으로 와서 하염없이 걷거나, 공원 의자에 앉아 하염없이 멍때리기도 했다. 예나와 마지막 데이트를 했던 곳이기도 하고, 자주 데이트를 했던 곳이기도 하다.

그날도 아무 생각 없이 의자에 앉아 멍때리고 있을 때였다. 옆에서 누군가가 캔맥주 한 캔을 건넸다.

준이 술을 처음 마셔본 것은 아니다. 몰래 친구들과 친구 집에서, 혹은 공원에 앉아 맥주 정도는 가끔 마시기도 했다. 지금도 간절히 술 한잔이 땡겼지만 아직은 술을 합법적으로 살 수 있는 나이가 아니라 참고 있었다.

"고맙습니다."

마침 술이 고팠던 준은 일단 술을 받고 인사를 한 다음, 딱, 하고 따서 한 모금 들이켰다. 맛은 시원하게 목구멍을 축여주었지만, 가슴은 여전히 답답했다.

한 모금 마시고 나서야, 준은 옆을 돌아보았다. 옆에 앉은 남자는 고급스럽고 멋스러운 옷차림에 훤칠한 체격이었는데 모자를 깊게 눌러써서 얼굴은 잘 보이지 않았다. (조민국을 겪고 나서, 유진은 이번엔 얼굴을 가리고 나타났다.) 하지만 아름다운 턱선과 입술 모양, 도자기처럼 매끄러운 피부, 무엇보다도 풍기는 분위기를 보면, 상당한 미남임에 틀림이 없었다. 그 당당한 분위기는 분명 평생 미남으로서 살아온 사람의 분위기였다. 예나도, 준도 가지고 있는 분위기이기에 준은 확신할 수 있었다. 10대라고 해도 믿을 정도로 피부가 대단히 좋지만 분위기를 보면 아마도 최소 20대 중반 이상일 거란 생각이 들었다. 모자 아래로 보이는 그 입술모양과 턱선이 어딘가 예나를 닮아서, 준은 마음이 아련해졌다.

"힘든 일이 있나 봐요?"

옆의 남자가 조심스레 물었다. 그 말투는 어딘가 이상했다. 목소리가 긴장에 절어 떨고 있었다. 동정을 연기하는 것 같기도 하고, 반가워하는 것 같기도 했다. 그리고 목소리. 힘을 줘서 꾸며낸 듯한 목소리였다. 그러면서도 이상하게 귀에 익은 목소리.

그래도 어딘가 예나를 닮은 턱선과 입술모양이 준의 경계를 낮춰 주었다. 그래서 준은 힘없이 털어놓았다.

"사랑하는 사람을 찾고 있어요."

"찾고 있다고요?"

순간적으로 옆의 남자는 놀란 듯했다. 하지만 곧 다시 침착하게 물었다.

"떠났나요?"

"아니요."

"그럼, 실종됐나요?"

"네."

이번엔 준은 차갑고 짧게 대답했다. '찾고 있다고요?'에서의 놀란 듯한 말투가 어딘지 수상하고 불안했기 때문이다.

"사랑은 다시 나타나요. 혹시 찾지 못한다 해도 너무 절망하지 마세요."

그 말에 준은 화가 나서 눈썹이 꿈틀했다.

"난 그 애밖에 없어요, 그러니 반드시 찾을 거예요! 당신이 뭔데 벌써 찾지 못한다고 말하는 건데요!"

거칠게 내뱉어놓고, 준은 방금 자신이 화낸 것이 실례일지도 모른다는 생각이 들었다. 하지만 방금의 대화, 어딘지 이상하고 찝찝한 느낌이 들었다. 분명 눈부시게 아름다울 게 분명한 이 남자, 두렵고 찝찝하고 불안했다.

"화내서 죄송해요."

준은 일단 사과했다. 태린에게 교육받은 사회성 덕분이었다.

"그런데……실례지만 누구시죠?"

예나를 닮은 입술로, 남자는 씨익 웃었다.

"학생이 너무 아름다워서 힘이 되어 주고 싶어요. 제가 도울 일이 있었으면 좋겠군요."

남자는 머리끝부터 발끝까지 외제차 한 대 값은 쳐발쳐발한 옷차림을 하고 있었다. 아마 상당한 재력가 집안의 아들일 거란 짐작은 할 수 있었다. 준의 어머니 태린은 대학교수로서 높은 지위와 안정적으로 살 만한 재력은 가지고 있지만, 직장 관련 사람들로만 이루어진 좁은 인간관계에, 무한정 쓸 재력도 아니어서, 예나를 추적하는 데 태린이 큰 도움이 되진 않을 것이다. 어쩌면 이 남자는 도움이 될지도 모르겠다는 생각이 들었다.

하지만 그렇다고 쌩판 모르는 남자의 도움을 받을 수는 없고, 받는다 해도 세상사 일이란 것이 반드시 주고받는 관계여야 한다는 걸 준도 태린에게 교육받아 알고 있었다.

남자는 일어나서 준에게 손을 내밀었다. 그 손길은 어딘지 간절해 보였다.

자신의 미모에 반해 조건 없는 도움이나 사랑을 베푸는 사람이 많은 삶을 살아온 준이지만, 이 남자의 간절함은 거북하게 느껴졌다. 그리고 다시 그 남자의 턱선과 입술을 보는 순간, 그것이 예나만 닮은 것이 아니란 것을 깨달았다.

대체 이 위화감은 무엇이란 말인가? 순간 준은 태린에게서 받은 사회성 교육을 무시하는 행동을 충동적으로 했다. 남자의 모자를 확 벗겨 버린 것이다.

모자 아래로 드러난 얼굴은 놀라울 정도로 화려하고 아름다웠다. 대략 20대 후반 정도로 보이는, 믿기지 않을 정도의 미모. 그리고 그 미모는……준의 등에 소름이 돋았다. 경악한 준의 얼굴을, 그 남자는 기묘한 미소를 지으며 보고 있었다.

"이 얼굴을 보고 놀랄 것이라고는 생각했어."

이제 남자는 목소리를 더 이상 꾸며내지 않았다. 귀에 익은 그 목소리는 자신의 목소리와 똑같았고, 그것이 이 남자가 처음에 목소리를 꾸며낸 이유였을 것이다.

"당신……정체가 뭐야?"

눈에 확 띌 정도로 아름다운 닮은 얼굴을 서로 쳐다보는 모습에 사람들이 이상하게 볼 법도 한데, 이상하게 주변이 고요했다. 준이 주변을 둘러보자, 가까운 거리에 사람이 없다는 것을 깨달았다. 대신 경호원처럼 보이는 사람 몇몇이 근처에 보였다.

"주변 사람을 일단 물렸어. 내가 그 정도 힘은 있거든."

"당신……누구지?"

갑자기 영화 속에 갇힌 기분이었다. 할리우드 영화에서 이런 장면을 본 것도 같았다. 미래의 내가 타임머신을 타고 나를 찾아온 것인가? 하지만 이과계열 공부를 해온 한준은 타임머신이 이론적으로 불가능하다는 것을 알고 있었기에, 미래의 자신이라고는 생각하지 않았다. 대신 이론적으로 가능한, 다른 추론을 해냈다.

"혹시, 내 유전적인 형제인가?"

어머니는 수정란을 기증받아 자신을 낳았다고 했다. 그렇다면 어딘가에 유전적인 형제가 있을 가능성이 없지 않을 것이다. 그 유전적인 형제가, 자신의 핏줄이 궁금해서 자신을 찾아왔을 가능성은 있었다.

최유진 생각에도, 한준의 추론은 틀리지 않았다. 한준이 최유진의 복제인간이라는 것은, 어떻게 보면 '나이 차이 많이 나는 쌍둥이 형제'와 같은 개념이니 말이다.

"비슷하군."

유진은 다시 손을 내밀었다.

"난 너와 친해지고 싶어. 넌 아직 모르는 게 많아. 일단 형으로서, 우리 친해져 보지 않겠어?"

오싹할 정도로 아름다운 유진의 얼굴을, 한동안 준은 공포에 질린 얼굴로 쳐다보다, 그만 그 자리에서 도망쳐 나왔다.

도망친 준의 뒷모습을, 유진은 아련하게 쳐다보았다. 심장이 아직도 빠르게 뛰고 있었다.

실제 이야기를 나눠 본 한준은 생각했던 것보다 더욱 아름다웠다. 젊음의 풋풋한 향내가 났고, 외모만으로 설명할 수 없는 말할 수 없이 아름다운 분위기가 감돌았다. 이거야말로 완벽한 결과물이다.

이제 지금 세대에선 마지막 남은 또 다른 자신, 한준을, 반드시 가지리라고 유진은 굳게 결심했다.

집에 도착한 준은 방에 처박혀 부들부들 떨었다. 온몸에 소름이 돋았다. 한기가 느껴지는 이 공포가 어디에서 온 것인지 당최 짐작할 수가 없었다.

준이 방에서 불도 켜지 않고 틀어박히자, 태린이 미숫가루 한 잔을 들고 걱정스러운 얼굴로 조용히 들어왔다.

준은 태린이 건넨 미숫가루를 단숨에 마셨다. 태린은 요즘 식사를 거의 안 하는 준을 위해 미숫가루로 준비한 거였고, 준은 갈증 때문에 마신 거였지만, 어쨌든 갈증과 허기가 동시에 가라앉으며, 마음이 다소 진정되었다.

"또 무슨 일이 있었니?"

태린이 조심스레 물었다. 준은 고민하다, 오늘 본 사람에 대해 털어놓았다. 놀라울 정도로 자신을 닮은 외모. 아마도 수정란을 기증받은 유전적 형제로 추정된다는 말.

"굉장히 부자인 것처럼 보였어요."

옷차림뿐만 아니라 분위기 자체가, 항상 부유하게 살아온 것이 분명한 분위기를 띠고 있었다. 그 오만하고 당당한 분위기는 언제나 최고로 군림해 온 듯한 사람의 분위기였다.

"미국 어느 남자는 정자 기증을 했는데 키 크고 금발에 푸른 눈의 미남이라 그 사람 정자가 인기가 많아서, 유전적 형제가 수십 명이라고 하긴 하더라. 우리나라도 그럴 줄은 몰랐네. 하긴, 네 수정란을 기증받을 때, 뜻이 있어서 수정란 기증을 하는 부부였다고 했어. 아마 유전적으론 부모 모두 같은 형제일 수도 있을 거야."

"그런데 이상해요."

여전히 두려운 말투로 준이 말했다.

"너무 닮았어요……미래의 내 모습일 것만 같이 닮았어요."

하지만 유진을 직접 보지 않은 태린은 준의 말이 그렇게까지 이상하진 않았다.

"부모 모두가 같은 형제인데 그럴 수도 있지."

어머니의 말도 이론상은 맞다. 하지만 어머니 아버지가 다 같다 해도 그 정도로 닮을 수 있을까 싶은 그 닮은 정도는, 이론을 뛰어넘는 공포를 주는 무언가가 있었다.

"어떻게 해야……할까요?"

"형제라며. 널 도와주고 싶고, 친해지고 싶고. 거기다 돈도 많은 형제라면 너한테 뭘 뜯어내려고 온 것도 아닐 거고. 나쁜 목적이 있어 보였니?"

준은 잠시 생각에 잠겼다.

자신에게 보인 호감과, 손을 내밀 때의 그 간절함. 그의 목적은 자신의 호감을 사는 것, 그것만이 가장 중요해 보였다.

"친해지고 싶은 게 진심인 거 같지만……그래도 이상해요. 왠지 무서워요."

"그래도 형제라면, 한 번 교류는 해 보는 것도 좋지 않겠니?"

태린의 설득에, 준은 한동안 생각에 잠기다 고개를 끄덕였다.

연락처도 받지 못했지만 준은 알 수 있었다. 그 남자가 조만간 직접 연락하거나 찾아올 것임을.

얼마 후, 그에게서 연락이 왔다. 사실은 연락처 알고 있었다고, 얼마 전부터 지켜보고 있었다는 조심스러운 양해와 함께.

남자는 자신의 이름이 최유진이라고 밝혔다. 어디서 많이 들어본 이름인가 싶어 떠올려 보니, 영원 바이오 회장의 이름과 같았다. 준은 피식 웃으며 고개를 저었다. 최유진 회장은 오십을 갓 넘은 걸로 알고 있다. 하지만 그 남자는 아무리 봐도, 아름다운 20대 중후반의 외모였다. 하지만 이 기묘한 동명이인의 우연에 준은 다시 불안해졌다.

준은 어머니를 소개해 드리고 싶다고, 어머니와 같이 보자 청했다. 유진은 아마도 원치 않았는지(당연하다, 유진은 준과 단둘이 있는 시간을 간절히 원했다) 약간 떨떠름한 듯한 태도로 수락했다.

유진이 초청한 식사 자리는 아마도 한 명당 수십만 원은 할, 고급 레스토랑의 룸이었다. 높은 빌딩 꼭대기에서 서울 시내가 한눈에 보이는 전망도 좋았다. 교수인 태린은 이런 곳을 한 번도 못 와본 것은 아니나, 지나치게 비싼 곳에서 대접을 받는 것이 기쁘고 자랑스럽다기보단 어딘지 부담스러웠다.

이윽고 유진이 룸으로 들어오자, 태린도 깜짝 놀랐다. 아무리 형제라 해도 너무 닮은 것이다. 하지만 자세히 보면 상당히 달라서, 태린은 준처럼 공포까지 느끼진 못했다. 아무리 준이 어리다는 것을 감안한다 해도, 거기다 자신의 아들인 것까지 감안한다 해도, 태린은 준이 훨씬 아름답다고 생각했다. 건강하고 활기찬, 특유의 반짝거리는 분위기가 준에게는 있었고, 저 남자에겐 없었다. 반면 어딘가 음침해 보이는 오만한 저 남자의 분위기는 준에게 없었다. 저 남자와는 달리, 준은 상큼하고 시원스런 분위기를 지니고 있었다. 언뜻 아주 닮았지만, 그래도 확연히 다른 분위기를 지니고 있었다.

"말씀으로만 들었어요. 실례지만 몇 살이죠?"

서로 인사를 건네고, 태린이 물었다. 유진은 기묘하게 웃으며 말했다.

"서른하나입니다."

"아, 네. 동안이시네요. 20대로 보여요. 우리 아들과는 띠동갑 정도겠

네요."

 태린의 말에 유진은 다시 희미하게 웃었다. 사실 유진의 나이는 방금 말한 나이보다 스무 살이 많지만, 그런 것까지 알 필요는 없을 것이다.

 식사 자리는 주로 유진과 태린이 이야기했다. 아드님을 참 잘 키우셨네요, 뭘요 애가 똑똑해서 알아서 큰걸요, 라는 등의 상투적인 이야기가 오갔다. 준은 침묵을 지키며, 유진의 시선을 피했다. 반면 유진은 태린과 이야기하면서도 끊임없이 준을 쳐다보았다. 고의는 아니고, 시선을 도저히 뗄 수 없었던 듯했다. 자신조차도 자신이 그러는지 의식을 못 하는 것 같았다. 그것을 알 수 있는 건 그의 눈빛이었다. 유진은 애정과 열정이 가득한 눈으로 준을 하염없이 보고 있었다.

 '친동생에 대한 애정이 강한 건가……?'

 분명 그렇게 생각하면 될 일인데도, 유진의 눈에 담긴 지나친 열정은 어딘지 집착적인 데가 있는 거 같고, 그것은 왠지 태린에게도 불안감을 주었다.

 "혹시 영원 바이오 최유진 회장과 관계가 있나요?"

 한준이 처음으로 입을 열었다. 준은 유진이 약간 움찔하는 것을 예리하게 포착해 냈다. 하지만 유진은 전혀 당황하지 않고 말했다.

 "그쪽과 같은 항렬의 친척이야. 같은 집안에 동명으로 유진이 이미 있으니 유준으로 하려다, 어차피 나이 차이도 나는 데다 외국에서 활동하려면 외국에서도 쓰는 이름이 좋을 거란 생각에 유진으로 한 거지."

 그 매끄러운 말은 왠지 미리 준비해 둔 말이 아닌가, 하고 한준은 생각했다. 한준은 영원 바이오를 조사하며 알아냈던 최유진 집안 가계도를 생각하며 그의 인척 관계를 물으려 했지만, 유진은 조용히 고개를 저었다.

"내가 기증된 수정란으로 태어난 것은 집안의 비밀이야. 집안 내력에 대해 자세히 밝히지 못하는 것, 양해해 주길 바란다. 어쨌든 우린 이제 두 번째 보는 사이잖아."

문득 한준은, 영원 바이오 가계를 조사하며 봤던 전 회장 최장수의 얼굴이, 유진과 약간은 닮았다고 생각했다. 수정란 기증으로 태어났다면 그럴 리가 없는데도 말이다. 하지만 기분 탓인 것 같기도 했다. 광대와 턱이 각진 최장수의 얼굴은 딱 봐도 유진과 다르고, 적당히 잘 생기긴 했어도 너무 부리부리하고 커서 부담스러운 최장수의 이목구비도 유진과는 달랐다. 하지만 크고 높기만 한 최장수의 코 모양을 좀 더 부드럽고 섬세하게 다듬으면 유진의 콧날이 나올 것만 같았다.

유진은 더할 나위 없이 아름다운 미소를 띠고 준을 보며 말했다.

"더 친해지면, 다 말해 줄게. 우리에겐 시간이 필요해."

그 후로, 유진과 한준은 몇 번 만났다. 주로 유진이 초청하거나 연락해서 한준이 나가는 형식으로, 유진은 운전기사까지 보내주었다. 한준을 대하는 유진은 더할 나위 없이 다정했다.

하지만 준은 유진의 연락이 귀찮고 버거웠다. 아직 예나에 관련된 일로 머리가 꽉 차 있었다. 예나에 대한 일을 도와달라고 했지만, 유진은 처음엔 뭐든 도와주겠다고 했던 태도와는 달리 자신은 그럴 힘까진 없다며 딱 잘랐다. 예나 관련 이야기 하는 것 자체를 별로 좋아하지 않는 듯한 태도였다. 그리고 한준이 거북해할 정도로 그윽한 눈빛으로 하염없이 한준을 쳐다보곤 했다.

한준은 유진의 그 눈빛이 점점 부담스럽게 느껴졌다. 아무리 동생에 대한 애정이라 해도, 그 시선은 너무나 끈적하고 부담스러웠다. 더군다나 한준은 예나에 대한 조사를 아직 계속하고 있었다. 별 성과는 없었지만 말이다. 이제 예나가 있던 보육원 원장은 한준이 찾아와도 만나주지 않았다. 예나의 실종(이라고 한준은 생각했다)으로 인해 머리가 그러잖아도 복잡했던 한준은 점점 유진을 피하기 시작했다. 전화가 오면 받긴 했지만 되도록 짧게 끊으려 했고, 보자 그러면 바쁘다거나 피곤하다는 핑계를 댔다.

물론 그렇다고 포기할 유진이 아니었다. 유진은 태린에게, 함께 여행 갈 것을 제안했다. 아직 동생이 자신을 어색해하며 피한다며, 태린에게 도와달라고 청했다. 근처에 마침 자신의 별장이 있으니 그곳으로 초청한다는 것이다. 마침 방학이라, 태린은 잠시 고민하다 유진의 요청을 수락했다.

사실 딱히 고민할 이유가 없는 건데, 왜 고민했는지는 몰랐다. 유진을 완전히 믿는 것은 아니나, 그렇다고 무언가 의심할 낌새도 없었으니 말이다. 어쨌든 한준은 수정란 기증을 받아 태어난 아이이고, 유진은 준과 형제라는 것 외엔 설명이 안 되는 외모이니, 형제가 아니란 가정은 할 수조차 없었다. 거기다 다른 건 몰라도, 유진이 한준에게 가진 애정은 진심이어 보였다.

가볍게 짐을 싸면서도, 태린은 어딘가 불안한 마음이 가시지 않았다.

부디 이 마음이 쓸데 없는 걱정이기를, 기우이기를 간절히 바랄 뿐이었다.

　아주 호화로운 별장이었다. 그곳은 유진이 민나를 위해 만들어준 곳으로 유진의 저택이자 연구실인 건물에서 그리 멀지 않은 곳에 있었다. 가끔 민나와 유진이 쉬러 오는 이곳은 민나 취향으로 아기자기하게 화려했다. 한준은 다시 한번, 최유진 회장의 가계도를 머릿속에서 훑었다. 이 정도 재력이면 영원 바이오 가계도에서 그리 멀리 떨어져 있진 않을 것 같았다.
　별장에서도 약간의 긴장감이 감도는 분위기는 여전했다. 요리사와 바텐더까지 초청되어 있었고, 유진은 기본적으로 경호원을 한두 명 정도는 달고 다녀서, 함께 있기로 한 사람은 세 명이었지만 별장은 은근히 북적였다.
　"어머니와 잠시 드라이브 갔다 와도 될까요? 준이 없을 때 준이 성장 시절에 관한 이야기 들을 겸요. 준이는 잠시 쉬고."
　저녁때쯤, 유진이 넉살 좋게 태린에게 부탁했다. 딱히 거절할 이유는 없었기에, 태린은 수락했다.
　요리사와 바텐더도 모두 물리고, 유진은 경호원과 태린을 모두 데리고 저택을 떠났다. 호화로운 별장에 혼자 남자, 오히려 한준은 편한 기분이 들었다. 별장을 한 바퀴 돌며 구경하면서, 왠지 예나 취향인 곳이란 생각을 했다. 이런 아름다운 곳에 예나와 단둘이 오게 되면 얼마나 좋을까 하는 생각에 울적해지기도 했다. 빨리 예나를 찾아야 할 텐데.

예나를 찾으면, 유진에게 부탁해서 둘이 놀러 오고 싶다는 생각을 하자, 상상만으로도 기분이 좋아졌다.

그러다 문득, 예나의 입술과 턱선 모양, 피부 톤 등, 자신과 예나도 약간은 닮았다는 것을 깨닫고, 갑자기 등 뒤로 소름이 오싹 지나갔다. 물론 예나는 수정란 기증받아 태어난 아이는 아닐 것이다. 예나의 친부모라는 사람들은 유전자 일치로 예나를 찾았으니까. 하지만 무언가 이상했다. 전부터 지켜보고 있었다던 유전적 형인 유진은, 왜 예나가 사라지자마자 나타났을까? 왜 예나의 친부모라는 사람들이 운영하는 회사가, 영원 바이오의 유령회사처럼 보이는 걸까? 왜 최유진은 영원 바이오 회장과 같은 이름을 가지고 있으며, 그 집안사람인 걸까?

이런저런 생각을 하고 있는데, 문을 열고 유진이 들어왔다. 최유진 혼자였다.

"엄마는?"

"어머니께 부탁해서 단둘이 있게 해달라고 했어. 우리 계속 어색했잖아."

한준은 유진이 잠시 자리를 비우면 핸드폰으로 연락해 태린에게 빨리 와달라고 부탁해야겠다고 생각했다. 아직 유진과 단둘이 있는 것은 어딘지 두려웠다. 자신을 바라보는 유진은 언제나 무언가 세상에서 가장 맛있는 음식을 보는 사람의 눈빛이란 생각이 들었었기에, 단둘이 있는 것은 무언가 육식을 하는 맹수와 함께 있는 것만 같았다. 하지만 유진은 그런 준의 기분에는 아랑곳하지 않고 술을 권했다.

"자, 형제끼리 한잔하자."

유진은 거실 테이블에 아까 요리사가 준비해 두고 간, 카나페와 치즈 등의 안주용 핑거푸드가 차려진 접시를 꺼내 세팅했다. 그리고 양주장에서 술을 꺼내가지고 왔다. 서양배 모양으로 생긴 병이 매우 고급스러워 보였다.

유진은 준의 앞에 얼음 잔을 세팅해서 따라주었다. 자신은 튤립처럼 생긴 스트레이트 잔에다 따로 따르고, 건배를 권했다. 준은 건배를 하고 나서도, 입만 대며 조금씩 찔끔찔끔 마셨다. 비싼 술 같긴 한데 긴장해서 무슨 맛인지 느끼지도 못했다.

긴장해서 무슨 맛인지 느끼지도 못하는 건 유진도 마찬가지였다. 드디어 한 공간에 처음으로 단둘이 있게 되었다. 그 긴장감에, 유진은 준과는 반대로 술을 빠르게 털어놓았다.

준은 유진의 빨개진 귓바퀴를 이상한 듯이 쳐다보며 생각했다. 술 때문인가?

문득 예나가 생각났다. 예나에게 첫 키스를 하던 날, 예나의 귓바퀴도 저렇게 빨개졌었다……그걸 떠올리자 정신이 번쩍 났다. 하지만 그들은 형제 아닌가? 형제로서의 정으로도 귓바퀴가 저렇게 빨개질 수 있는 것인가? 하지만 약간 취기가 올라온 유진의 눈빛은 더욱 그윽해졌다.

"난 일생 한 사람만 사랑해 왔어."

유진이 말했다.

"그 사람 이외엔 사랑해 본 적이 없어."

유진의 말에 안도해야 마땅하지만, 무언가 긴장감이 감돌았다. 유진은 주머니 손을 넣더니, 손거울을 꺼냈다. 익숙한 태도인 게, 자주 거울을 꺼내 보는 모양이었다.

"바로 내 자신이야. 내 모습만큼 아름다운 사람은 없는 것만 같았어."

준은 할 말을 잃었다. 무어라 대꾸해야 할지 몰랐다.

"하지만 내 자신을 사랑하는 건, 제대로 사랑을 나눌 수 없다는 거잖아. 그래서 난 결심했어. 또 다른 나를 만들기로. 나랑 똑같은 유전자를 지닌, 또 다른 나."

준의 등 뒤로 소름이 돋았다. 대체 이 자는 무슨 말을 하는 것인가?

"오랫동안, 정말 오랫동안 기다려왔고, 오랫동안 참아왔어. 드디어 완벽한 또 다른 나를 만들었는데, 나는 또 참고 있어. 더 이상은……못 참아."

그리고 유진은 준의 얼굴을 끌어당겨 키스를 했다.

너무 갑작스럽게 일어난 일이라, 잠시 동안 준은 무슨 일이 일어난 건지도 몰랐다. 입안으로 깊숙이 파고드는 혀의 움직임을 느끼고 나서야, 준은 있는 힘을 다해 유진을 밀쳐내고 입을 닦았다.

"이게 무슨 짓이야!"

"넌 나야! 넌 나를 사랑해야 해! 그게 당연한 거야, 그러라고 만들었으니까!"

유진은 다시 준을 붙잡고 소파 위에 힘으로 쓰러뜨렸다. 웨이트를 꾸준히 했던 덕분에 근력량은 유진이 위였고, 때문에 힘도 유진이 좀 더 셌다. 하지만 준도 운동을 안 한 건 아니었고, 한창 건강한 열여덟의 청년이었다. 준은 격렬히 저항했다.

6. 완벽한 결과물

싸우는 소리가 들리자 경호원들이 들어왔다. 유진이 눈짓하자 경호원들이 달려들어 준의 팔을 양옆에서 붙잡았다. 유진은 양옆에서 팔을 결박당한 준에게 다가가, 그의 뒷머리를 움켜쥐고 그의 얼굴을 아련히 보며 말했다.

"부탁이야. 날 사랑해 줘. 넌 그래야만 하는 운명이야. 넌 그렇게만 하면 모든 것을 가질 수 있어……."

준은 유진의 얼굴에 침을 뱉었다. 감히 아름다운 내 얼굴에 침을 뱉다니! 분노한 유진은 준의 얼굴에 바로 따귀를 갈겼다.

그때, 태린의 비명이 들렸다.

"이게 뭐 하는 짓이야!"

둘은 격렬히 싸우느라 태린이 들어온 줄도 몰랐던 것이다. 태린은 '오늘은 동생과 단둘이 있고 싶다'는 유진의 간곡한 청에 못 이겨 운전수가 딸린 유진의 차를 타고 집으로 돌아왔지만, 아무래도 준이 걱정되었다. 그래서 유진의 별장에서 미리 등록해 놓은 좌표를 따라 자신의 차를 몰고 이 저택으로 돌아왔는데, 이 말도 안 되는 사태를 목격한 것이다.

문득 태린은 유진이 준을 보는 눈빛을 준에게서 본 적이 있음을 깨달았다. 준이 예나를 보던 눈빛이 바로 그것이었으니 말이다. 이제야 유진의 본심을 깨달은 태린이 허겁지겁 핸드폰을 꺼내자, 유진이 무시무시한 얼굴로 소리쳤다.

"저년 막아!"

곧 경호원 한 명이 태린에게 달려들어 핸드폰을 빼앗고, 배에 힘차게 주먹을 가격해서 기절시켰다.

"엄마!"

준은 비명을 질렀다.

그리고 유진은 준의, 공포와 경멸에 질린 얼굴을 보았다. 일단 여기서 상황을 마무리해야 한다고 생각하며, 주머니에서 주사기를 꺼냈다. 조민국에게 썼던 바로 그 마취제였다.

곧 준의 의식이 희미해졌다. 준은 쓰러져 있는 태린을 보며, 문득 예나의 실종도 이 남자와 관계있을 거란 생각이 들었다. 하지만 많은 생각을 할 틈도 없이, 준은 정신을 잃었다.

7. 지옥

준은 엄청나게 호화롭고 커다란 방 침대에 멍하니 앉아 있었다. 순금으로 장식된 침대며, 어느 왕궁 부럽지 않은 호화로운 방이다. 그렇다고 정말 옛날 황실처럼 고리타분하게 호화로운 것이 아니라, 현대적인 센스도 함께 녹아 있었다. 명품 브랜드 베르사체의 창시자인 잔니 베르사체가 직접 인테리어했다는, 베르사체의 저택 침실을 연상케 하는 호화로움. 유진의 저택이자 연구소로 쓰이는 건물 안 깊숙이 위치한 이곳은 준을 데려오기 위해 미리 만들어 놓은 방이었다.

하지만 그곳은 준에게 지옥이었다. 지옥 감옥 그 자체.

일단 창문이 없었다. 최첨단 설비의 공기 청정과 환기 기술이 집약된 방이라 방의 공기 자체는 상쾌했지만, 혹여라도 근처 지나가는 사람이 소리를 듣거나 하지 못하게 하기 위함인지 창이 없었다. 창을 대신하여 여러 가지 바깥 풍경이 상영되는 영상이 창문 모양의 장식에 박혀 있었다.

문도 물론 밖에서만 잠글 수 있게 되어 있었다. 이 넓고 호화로운 방은, 유진의 노예로서 살게 하는 감옥이다.

준이 이 방에서 깨어났을 때, 두 손이 결박당한 나체 상태로 침대에 누워 있었다. 온몸이 욱신거리는 느낌과 항문 쪽에서 느껴지는 이상한 삽입감으로, 이미 자신이 전문용어로 수면강간을 당했다는 것을 알 수 있었다.

그의 옆에는 가운만 걸친 유진이 앉아 있었다. 유진은 준의 얼굴을 부드러운 손길로 쓸어내리며 태린과 예나를 입에 올렸다. 둘 다 살아있으며, 준이 자신의 말만 잘 듣는다면 그들의 안전을 보장한다는 협박을, 그렇게도 그윽한 눈빛으로 쳐다보며 부드럽게 말했다. 그리고 유진은 준의 흔들리는 두려운 눈빛을 확인한 후, 그의 입에 열정적으로 키스했다.

준은 이번에는 그를 뿌리치지 못했다. 뼛속 깊은 곳에서부터 격렬한 역겨움이 몰려왔지만, 쓰러진 태린을 보며 느꼈던 무력감을 떠올리며 그를 얌전히 받아들였다. 어떻게든 태린과 예나만은 지키고 싶었다. 이 역겨움 속에서도, 예나가 살아 있다는 사실만큼은 환희로 다가왔다.

그날의 유진은 끊임없이 준을 괴롭혔다. 그의 온몸을 구석구석 물고 빨았다. 그것은 고문에 가까웠다. 그 고통을 준은 태린과 예나를 떠올리며 간신히 참아냈다. 36년을 기다려온 관계라고 했다. 그의 정체가 영원 바이오 회장 최유진과 동일인물이라는 것과, 실제 나이가 51세인 것도, 준은 그때 처음 알았다.

한참 후에야, 유진은 지친 얼굴로 준을 끌어안고 그의 등을 쓰다듬었다. 그의 손길은 소름 끼치게 부드러웠지만, 그래서 더 소름 끼쳤다. 그래도 준은 지금이 타이밍이라 생각해서, 조심스럽게 그에게 말했다.

"엄마……예나……보고 싶어."

유진은 눈살을 찌푸렸다. 그의 표정이 질투라는 것을 한눈에 알 수 있었다.

"적어도 생사는 확인해야지. 잘 있는 거, 맞아?"

"그래, 조만간 확인시켜 줄게. 얌전히만 있어 준다면."

그리고 유진은 준의 이마에 입을 맞췄다. 유진은 할 수만 있다면, 준의 머릿속에 박힌 태린과 예나를 몽땅 끄집어내고 자신에 대한 생각만을 모조리 박아주고 싶었다. 일단 그의 몸부터 철저히 계속해서 취하다 보면, 언젠가는 이 뇌에 박힌 생각까지도 자신으로 교체될 것이라 기대하며.

그래도 아마 둘의 생사를 확인은 시켜주어야 할 것이다. 하지만 '잘 있냐'니……. 객관적인 대접으로는 그 둘은 준보다는 잘 있지 못했다. 특히 예나는.

예나는 애초 난자생산용으로 만든 민나의 도너였다. 미국으로 빼돌려져 정신을 잃은 채로 유진의 전용기를 타고 돌아온 예나는 이 건물의 정신병원 수용소 같은 방에 갇혀서 난자를 생산 중이다. 울고불고 소리쳐도 그 어떤 소리도 외부로 전달되지 않는 곳에서, 양질의 식사를 제공받으며, 매일 강제로 주사를 맞아가며. 덕분에 벌써 두 번의 난자채취를 끝내고, 새로운 복제인간을 만들고 있었다.

태린은 난자채취만 안할 뿐, 대접은 크게 다르지 않았다. 어차피 큰 문제 없이 생존만 시켜주면 되는 것이다. 사실 태린은, 유진의 본심과 행위를 목격한 '사회적 지위가 높은 사람'이기 때문에 그 자리에서 죽이고 싶었지만, 준을 다루기 위한 용도로만 일단 살려둔 것이다.

"예나가……보고 싶어."

예나가 살아있다. 일단은 그것만으로도, 준은 지금의 고통을 참을 수는 있었다. 예나의 생존을 확인하고만 싶었다.

"그 여잘……사랑하나?"

당연한 질문이었다. 준은 여기서 굳이 부정할 필요성을 느끼지 못했다. 자동반사적으로 고개가 끄덕여졌다.

질문하던 유진도 이미 알고 있던 사실이긴 했다. 하지만 대답한다는 의식조차도 못하고 나른하게 정신 나간 얼굴로 고개를 끄덕이는 준의 모습에서 질투와 분노가 일어났다.

"어차피 너희는 안 돼. 예나는 내 친어머니의 복제인간이고, 너는 내 복제인간이니까. 너와 예나는 유전적으로 모자관계야."

그 말에 준의 눈이 번쩍 떠졌다. 벌떡 일어난 준은 유진을 노려보았다.

"……거짓말!"

경멸하며 유진을 노려보는 준의 눈빛을 보니, 그는 유진의 말을 절대 믿을 생각이 없어 보였다. 왜 믿지 않는 것인가? 물론 민나와 유진은 완전히 똑같이 생기진 않았고 그것은 준과 예나도 마찬가지였지만, 그래도 분명 닮은 데가 꽤 있었다.

그때 호출이 왔다. 민나가 왔다는 호출이다. 유진은 예나가 그의 유

7. 지옥 89

전적 어머니라는 것은 어떻게든 믿게 하고 싶었다. 제발 그의 마음에서 예나를 포기하게 만들고 싶었다. 그는 충동적으로 말했다.

"옷 입어. 증거를 보여줄게."

영문도 모르고 유진이 던져준 옷을 입은 준은, 유진에게 손목을 잡혀 어디론가 끌려갔다. 유진은 민나가 기다리고 있는 민나 전용 방으로 가서, 문을 벌컥 열고 들어와 말했다.

"자, 봐! 저기 있는 사람이 내 친어머니야!"

민나는 반갑게 일어났다가, 갑자기 유진이 웬 청년 하나를 데려오자 화들짝 놀랐다. 그리고 그 청년이, 유진과 똑같이 생긴 앳된 청년이라는 데서 다시 한번 청천벽력같이 놀라 소파에 주저앉았다.

그 놀라는 표정은 예나와 놀라울 정도로 똑같았다. 예순아홉으로 이제 칠순을 코앞에 둔 민나는 여전히 30대 중후반의 우아하고 아름다운 외모를 하고 있었고, 그래서 그 얼굴이 예나와 똑같다는 것은 어렵지 않게 알 수 있었다.

"아들, 이게 무슨 일……."

"민나, 언젠가 사랑하는 사람이 생기면 당신에게 소개시켜 준다고 했지? 여기 있어, 내가 유일하게 사랑하는 사람!"

민나가 비록 놀라울 정도로 젊은 얼굴을 하고 있고 그것은 유진도 마찬가지이지만, 둘이 분명히 모자관계라는 것은 준도 어렵지 않게 짐작할 수 있었다. 민나의 얼굴에서, 예나가 민나의 복제인간이라는 것도 믿을 수밖에 없었다.

한준은 심장이 찢어지는 고통을 느꼈다. 예나와 내가 유전적 모자관계라니, 준은 머리를 부여잡고 쓰러지듯 주저앉았다. 유진이 경호원에게 눈짓하자, 경호원은 준을 데리고 그 방에서 나갔다.

방에 민나와 유진 둘만 있게 되자, 한동안 둘은 말이 없었다. 민나는 방금 상황이 대체 무슨 상황인지 도저히 이해를 못 해서 멍때리고 있었고, 충동적으로 일을 저지른 유진은 이 상황을 어떻게 수습해야 할지, 혹은 어떻게 설명해야 할지 고민하고 있었다.

하지만 유진은 오랫동안, 민나에게만큼은 자신의 생각과 마음을 이해받고 싶었다. 그리고 민나 역시 오래전부터 자신의 엄마로서 인정받고 싶어 한다는 것을 알고 있었다. 어쩌면 이번이 기회일지도 모른다. 민나와 완전히 소통하고 인정받을 기회.

"아들, 대체 이게 무슨……."

"방금 말한 그대로야. 당신에게만은 내가 사랑하는 사람을 소개시켜 주고 싶었어. 방금 본 애가 내가 유일하게 사랑하는 사람이야."

"근데 그 얼굴이……."

"내 복제인간이야."

"……으응……?"

민나는 전혀 이해하지 못하는 얼굴로 유진을 쳐다보았다. 사실 그녀는 아까의 당황에서 아직 벗어나지도 않은 상태였다.

하지만 유진은 원래부터가 상대방 입장을 생각하며 말하는 성격이 아니었다. 그냥 지금 민나만이라도 자신의 마음을 알아주었으면 싶은 마음뿐이었다.

"정신 차려, 민나. 당신은 날 이해해 줘야 하잖아."

"……응?"

민나가 다시 멍청한 얼굴로 물었다. 유진은, 원래는 싫지 않았던 저 멍청한 얼굴이 오늘따라 때려주고 싶게 미웠다.

"당신 내 엄마 노릇 하고 싶다며. 그걸 위해 내 손주라도 보고 싶다며. 평생 하지 못했던 엄마 노릇 할 기회, 지금 줄게."

엄마 노릇……그것이 민나의 현재 가장 큰 콤플렉스이자 아쉬움이라는 것을, 유진도 알고 있었다. 민나의 얼굴이 창백해졌다.

"내가 사랑하는 사람을 보고 싶다면서. 나도 내가 사랑하는 사람, 딱 한 명, 당신에게만큼은 소개시켜 주고 싶었어. 난 사랑하는 사람이 나 자신, 내 모습밖에 없었어. 그것을 위해 민나, 당신 난자를 채취한 거고, 오랜 시간에 걸쳐서 복제인간을 만들었어. 이제야 또 다른 나 자신과 사랑을 나눌 수 있게 됐는데, 걔가 날 거부해. 그래서 너무 화가 나."

대체 얘가 무슨 소리를 하는 걸까? 들으면서도 민나는 그의 말이 이해가 가지 않았다. 그가 민나 앞에서 충동적으로 내던진 가면, 지금의 목소리가 그의 진실이라는 것만은 본능적으로 알 수 있었다. 민나가 '엄마'이기 때문에, 그가 '엄마'를 드디어 비로소 필요로 하기 때문에 하는 소리라는 것을. 그래서 민나는 아무 말도 할 수 없었다.

"그 애가 날 사랑하게 만들 거야. 어떻게든 그 애를 다 갖고 말 거야. 그럼 다시 그 애를 정식으로 소개시켜 줄게. 이런 나를 응원해 줘. 당신만큼은 나를 응원해야 하잖아."

유진은 그렇게 말하고, 아직 혼란 속에서 멍청한 표정을 짓고 있는 민나를 두고 나갔다.

민나는 한동안 혼란 속에 있었다. 유진의 말을 종합하여 정리하기까지 하루 종일의 시간이 걸렸다.

민나는 그날 자고 가기로 하고 왔기 때문에 민나의 접대실에 놓인 침대의 시트도 깨끗하고, 깨끗한 잠옷도 놓여 있었다. 하지만 침대에 누운 민나는 도무지 잠이 오지 않았다.

그녀는 머리가 좋은 사람은 아니었지만, 그래도 내년이면 일흔 살이 된다. 여전히 머리가 꽃밭이지만, 그래도 아예 노회하지 않은 것은 아니었다. 얼굴로는 먹지 않은 나이를 정신으로는 먹은 덕분에, 민나는 현재 상황에 대해 일단은 침착하게 생각할 수 있었다.

일단 현재 유진이 하는 짓이 절대 올바르지도, 정상적이지도 않다는 것은 민나도 알고 있었다. 그녀는 비록 오랫동안 철딱서니는 없었고 지금도 마찬가지이지만, 적어도 도덕관념은 충분히 일반적인 도덕관념을 지니고 있었다.

문득, 아까 그 어린 남자애를 떠올렸다. 깔끔한 고급 와이셔츠에 면바지. 아마 유진의 옷일 것이다. 딴에는 자신한테 소개시킨다고 되도록 깔끔하고 고급스런 옷을 입힌 모양이다. 한데 옷깃 위로, 목에 울긋불긋한 자국이 나 있는 걸 분명 보았⋯⋯민나는 평생 성생활을 왕성히 했고, 지금도 하고 있어서, 그 자국이 무엇인지는 한눈에 알 수 있었다. 그리고 그 아이는 분명 유진을 거부하는 분위기였다.

민나는 비록 그런 것을 별로 인정하지 않았던 세대의 사람이었지만, 그렇게까지 고리타분하지 않았다. 사실 원래부터도 딱히 편견이나 고정관념이 없는 성격이기도 했다. 게다가 그녀는 아직도 최소 삼십 살은 어린 남자들과 연애를 하고 있고, 어려서 연예계에 있었다. 덕분에 그렇게까지 고리타분하거나 막힌 사람은 아니었다. 남자와 남자 사이에도 연애가 이루어지고, 성관계가 이루어지고, 성폭행이 이루어진다는 것쯤은 알고 있었다. 남자와 남자 사이에 이루어지는 연애 자체가 잘못된 건 아니지만 적어도 유진이 그 아이에게 하고 있는 짓이 범죄에 가까울 거란 것은, 민나도 어느 정도 미루어 짐작할 수 있었다. 자신도 당했기에 아직도 선명하게 기억하며 치가 떨리게 싫은 짓을, 유진이 하고 있을 것이다. 아마 유진은, 세상의 도덕관념으로도, 민나의 도덕관념으로도, 반드시 막아야만 하는 짓을 하고 있을 것이다.

하지만, 어떻게?

오랜 세월 지켜봐 왔기 때문에, 민나는 유진에 대해 어느 정도는 잘 알고 있었다. 사실상 현존하는 사람들 중에 유진을 가장 잘 아는 사람이 민나일 것이다.

유진은 한 번 가진 고집을 절대로 꺾지 않는다. 그래서 민나도 그 어떤 것도 유진에게 진지하게 오래 강요하지는 않았다. 끊임없이 여자 만나라고 여자 소개해 준다고 해도 유진이 귓등으로도 듣지 않는 것에 대해, 그 이상 강요하지는 않는 것도 그 때문이었다.

한데 34년 전, 난자채취 시절부터 기획해 온 일이라고? 유진이 지금 와서 생각을 바꾸는 것은 거의 불가능할 것이다.

그럼 어떻게 해야 할까?

민나는 머리를 부여잡았다. 평생 제대로 써본 적이 없는 머리를, 지금 최선을 다해 젖 먹던 힘까지 다 끌어 써서 굴렸다.

정신 차려야 한다. 이번에야말로, 유진의 말마따나 정신 차려야 한다. 하지만 그것이 유진이 원하는 방향의 정신은 아닐 것이다.

밤새도록 생각한 끝에, 민나는 결론을 내렸다.

일단은 유진에게 동조해야 한다. 그래서 유진이 어떤 짓을 하고 있는지, 정확히 알아야 한다. 자신이 어떻게 할지는 그다음에 결정할 일이다. 앞으로 어떤 진실이 나오든, 당분간 민나는 아들이 결정한 일이라는 이유만으로 무조건 동조하고 감탄하리라.

그것은 민나가 평생 한 생각과 판단 중에서, 가장 현명한 판단이었다. 그 사실을, 이후에 민나 스스로도 사무치게 깨달을 수 있었다.

다음 날부터, 민나는 아들의 업적에 무조건적으로 칭찬하는 맹목적이고 멍청한 엄마가 되어 있었다. 복제인간 그거 공상과학영화에나 나오는 줄 알았는데 그걸 만들다니 역시 우리 아들은 천재다, 나나 아들이 이렇게 기적의 미모를 유지하는 것이 우리 아들이 천재이기 때문이란 거 이미 알고는 있었지만 이 정도일 줄은 몰랐다, 이렇게 아름다운 우리 아들을 사랑하지 않는 놈이라니 걔가 아직 어려서 그렇지 아마 곧 걔도 널 사랑할 수밖에 없을 거다, 민나는 호들갑을 떨었다.

이제껏 아무도 진심으로 자신에게 동조하고 공감해 주는 사람을 만나지 못했던 유진은 사실 외로웠던 모양이다. 그런데 그것을 동조해 주는 사람이, 유진이 한준을 제외하면 유일하게 인간적 애정을 가지고 있는 대상인 '민나'라는 것은 유진에게도 몹시 기쁜 일이었다. 민나는 유진을 감탄의 눈으로 보며 호들갑스럽게 말했다.

"난 진짜 최신 리프팅 기술이니 콜라겐 재생 기술이니 스킨 부스터니 그런 걸로 내가 아직도 이렇게 젊은 줄만 알았지 뭐니?"

"그래, 그 기술들도 내가 개발한 영원 바이오 기술들이 세계 최고긴 하지. 언젠가 그런 기술로도 지금 우리 같은 정도로 젊음을 유지하는 것이 가능해지긴 할 거야. 하지만 현재로선, 당신이랑 내가 이렇게 압도적으로 젊어 보이는 건 복제인간의 세포 이식까지 받았기 때문이야."

"세상에, 복제인간이 또 있어?"

민나는 철렁하는 마음을 감추고 눈을 반짝이며 감탄을 하며 물었다. 사랑은 기적을 일으키는 것이 맞는 건지, 나이를 먹어 노회했기 때문인지는 몰라도, 연예인이었을 때는 지독히도 못했던 연기를, 민나는 지금 끝내주게 잘하고 있었다. 게다가 유진은 민나의 멍청함과, 민나가 자신을 예전부터 자랑스러워해 왔음을 너무 믿고 있었다. 유진은 의기양양해하며 말했다.

"당신의 복제인간은 둘, 내 복제인간은 다섯. 내 복제인간 중 넷은 이미 분해돼서 쓸 수 있는 세포들을 냉동해 놨어. 당신 복제인간 중 하나도 그렇고. 아, 당신의 난자로 만든 유전적 딸도. 당신이 맞았던 지방이식이나 줄기세포, 그리고 이제까지 두 번 받았던, 피부이식을 포함한 대수술이 사실 그들 꺼였어."

민나는 소름이 끼쳐왔다. 그녀는 사십 중반이 넘어가면서부터 줄곧 딸이 갖고 싶었고, 그래서 그때부터 유독 예쁘게 생긴 어린 남자들과 연애행각을 벌이며 뒤늦게라도 딸을 낳으려고 애썼지만, 그땐 이미 자식을 낳을 수 없었다. 3년여를 노력하다가 폐경을 맞고 포기하고 유진에게 자신의 난자에 대해 물으니 이미 다 썼다는 대답뿐이었다. 하지만 알고 보니, 유진은 실험용, 도너용으로 이미 자신의 유전적 딸을 만들고, 죽였다는 것이다.

하지만 아직 민나는 그 사실이 실감이 나지 않았다. 가진 적도 낳은 적도 키운 적도 없는 유전적 딸보다는, 직접 낳고 평생을 보고 살아온 유진이 훨씬 소중하니까.

"그럼 내 복제인간 하나는 남아 있단 말이네?"

민나는 조심스럽게 물었다. 보통은 착하거나 따뜻하다고 표현하는, 민나의 바보 같은 면모가 생각난 유진은 불안한 생각이 들었다. 하지만 민나가 나이를 허투루 먹은 건 아니었다. 그녀는 눈을 반짝이며 재빨리 덧붙였다.

"살아 있는 애면 나를 더 젊게 만들어줄 수 있는 거야?"

민나의 말에 유진은 안심했다.

"그렇지. 폐기할 때쯤엔 다시 환골탈태 시켜줄게. 이제까지 두 번 그런 적 있었잖아."

물론 기억난다. 젊어지는 타이밍이라며 했던 두 번의 수술. 아마 대규모 이식수술이었을. 그제야 그녀는 깨달았다. 자신의 이 비정상적인 젊음이, 두 명의 소녀를 먹고 유지하는 것임을. 민나는 다시 조심스럽게 물었다.

"폐기하기 전에 한 번 구경은 해볼 수 있을까?"

유진은 눈살을 찌푸렸다.

"왜? 그거 사람 아니야. 그냥 재료에 불과해. 그런데 왜 보려고 하는데?"

"알아, 물론 잘 알지. 내 미모를 유지해 줄 재료잖아. 근데 내 어린 시절 모습이 궁금해서. 알잖아, 연예인 하려고 찍은 거 외에는, 내 어린 시절 사진 없는 거."

불운한 가정사로, 민나는 어린 시절 사진이 없었다. 10대 후반까지도, 연예인 활동 관련된 사진 외에는 평범한 일상의 사진이 존재하지 않았다. 그 때문에 유진 역시 예나의 평범한 일상을 지켜보고 관련 사진을 보고받는 것이 재밌기도 했다. 그래서 민나의 지금 말도 일리가 있다는 생각이 들었다. 유진은 잠시 생각에 잠겼다.

"그래, 생각해 볼게. 하지만 다시 생각하는 것이 좋을 거야."

왜냐면 당신은 바보 같으니까. 유진은 뒷말을 삼켰다.

유진이 한 일들을 알게 된 민나는 이제 자신이 어떻게 해야 할지를 결심했다. 그것이 가능할지, 그리고 어떻게 해야 할지는 몰라도, 하나 남은 자신의 복제인간과, 유진의 복제인간인 그 아이를 구해내고, 유진이 복제인간들을 만들어내는 짓을 그만하게 해야 한다는 것을.

예나가 자신의 유전적 친어머니라는 것을 알게 된 한준은, 한동안 완전히 넋이 나가 있었다. 유진은 그런 한준을 처음엔 자신만 물고 빨고 박고 하며 자신의 욕망을 양껏 풀었지만, 갈수록 허무하고 심심해졌다. 아마도 자신만 열심히 하는 행위라서 그런다고 생각한 그는 이제 한준에게 자신이 했던 애무들을 구강성교부터 시작해서 강제로 시키기 시작했다. 처음에는 거부하던 한준도 태린과 예나를 가지고 협박해 오자 구역질을 하면서도 응하기 시작했다. 하지만 그런 그를 보며 유진은 마음이 더욱 공허해졌다. 그 공허함이, 아마 그의 마음속에 내가 없기 때문임을, 유진은 점점 깨달아갔다. 그가 역겨움을 꾹 참고 자신이 시키는 대로 하는 것조차도, 태린과 예나에 대한 사랑 때문임을 알 수 있었다.

외모도 갈수록 초췌해져 갔다. 주기적으로 운동도 강제로 시키고, 질 좋은 음식도 일정분량 이상 억지로 먹게 하는데도. 잠을 설치는 것 같아서, 영원 바이오에서 개발한 부작용 적은 최신 수면제까지 투입하여 잠도 재우고, 피부관리까지 받게 하는데도, 그의 모습은 처음 본 그 반짝거리는 모습이 점점 옅어지며 초췌해져갔다.

그럼에도 그는 아름다웠다. 왜 그런지는 모르겠으나, 여전히 그는 유진보다 아름다웠다. 그에겐 유진에게는 없는, 어떤 고상하고 맑은 분위기가 있었다. 그것이 인격에서 나오는 것임을 유진은 영원히 알지 못하겠지만, 적어도 그가 자신보다 더 매력적이고, 더 아름답다는 것은 알 수 있었다. 그렇게 아름다운 또 다른 내가 나를 사랑하지 않는 것이 너무나 공허하고 쓰라렸다.

유진이 와서 성관계만 하고 간 건 아니었다. 관계가 끝나고 나면, 유진은 그의 옆에 눕거나 앉아서 이런저런 이야기를 하기도 했다. 의학에 관한 이야기를 하기도 하고, 신약에 관한 이야기를 하기도 했다. 최근 개발한 기술의 원리나, 노화방지를 위해 연구했던 것들 등을 이야기하면, 그나마 준에게 표정이 돌아왔다. 확실히 뇌구조 자체는 어느 정도는 비슷할 것이기 때문인지, 그런 이야기를 하면 자기도 모르게 경청하던 준은 문득 질문을 하기도 했다. 어느 순간 둘은 죽이 잘 맞는 스승과 제자처럼 몇 시간씩 설명하고 질문하며 이야기를 나눌 때도 있었다.

유진의 이야기가 근본적으로는 한준에게 흥미가 있는 이야기이기 때문도 있었지만, 준이 배알이 없어서 그러는 것은 결코 아니었다. 사람은 적응의 동물이라고, 유진의 성노예처럼 지옥 같은 호화로움에 갇혀 사는 생활이 어느 정도 익숙해지자, 준은 유진과 친해질 필요를 느꼈다. 그의 경계를 풀고, 조금 더 자연스러운 사이가 되어서, 그래서 태린과 예나의 생사를 확인하고 그들을 만나는 것. 그게 가장 중요했던 것이다.

그와 친밀하게 이야기하는 것이 준에게는 자괴감이 들기는 했지만, 한편으로는 착잡한 심정이 들기도 했다. 어떤 부분에서는, 유진은 준과 놀라울 정도로 관심사나 생각하는 방식이 비슷했다. 말하면 할수록 유진은 준이 가장 이상적으로 생각하는 천재로서의 면모도 갖고 있었다. 자신이 결국 그의 복제인간임을 새삼스럽게 느끼게 할 만큼, 어떤 부분에서는 생각하는 구조가 비슷했다. 자기도 모르게 그와의 대화에 즐거움을 느낄 때도 있었다.

하지만 그것은 일종의 동질감이지, 영원히 사랑은 되지 못할 것이다. 그의 사랑은 두 여자에게 있었다. 태린과 예나. 그들만큼은 잃을 수가 없었다.

"엄마랑 예나를 보고 싶어. 정말 살아 있는 거 맞아?"

분위기 좋을 때를 골라, 준이 조심스럽게 물었다. 그 말에 유진은 쓰디쓴 표정으로 준을 보다가, 부드럽게 입을 맞췄다. 준은 이번에는 유진에게 적극적으로 응해 주었다. 태린과 예나의 생존을 어떻게든 확인하고 싶은 몸부림임이 느껴져서, 기분이 좋지만은 않았다.

하지만 더 이상 미룰 수는 없을 것 같았다. 유진은 준에게 그들의 영상도, 통화도, 직접 보는 것도 허락하지 않았다. 그가 진짜로 사랑하는 사람과 접촉하는 것 자체가 싫은 것도 있고, 그렇게까지 좋은 곳은 아닌 곳에 가둬둔 걸 들키는 것도 그랬다. 이제 적어도 태린은, 준의 방 정도는 아니어도 좀 더 잘 꾸며진 곳에 갇혀 있었다. 그날의 관계가 끝나고 나서, 유진은 드디어 그가 태린과 예나와 '면회'하는 것을 허락했다.

준은 유진에게 간곡하게 부탁했다. 예나와 자신이 유전적 친모자 관계라는 것을, 예나만은 모르게 해달라고. 유진은 비틀리고 씁쓸한 미소를 지으며 고개를 끄덕였다. 유진은 그 말에서 느껴지는 사랑의 감정이 매우 싫었다.

준을 본 태린은 한동안 준을 끌어안고 울었다. 그리고 걱정 가득한 눈으로 준을 보았다.

"괜찮은 거니? 별일……없는 거지?"

"네, 괜찮아요. 친형처럼……잘해줘요."

물론 준의 말이 거짓말임을 태린은 알 수 있었다. 수척하고 퀭한 얼굴, 그리고 준을 바라보는 유진의 눈빛……. 태린은 준에게 무슨 일이 일어났는지 어렴풋이 짐작할 수 있었다.

준은 예나의 생존 소식도 태린에게 전해주었다. 예나의 생존은 그녀에게도 기쁨이었다. 태린은 안도하며 눈물을 글썽였다.

"너랑 나……그리고 예나. 나갈 수 있는 거니?"

그건 준도 너무나 궁금한 것이었다. 일단 계획한 것은, 그의 곁에 남아 그의 '연인'이 되길 받아들이면서, 그를 사랑하는 척하면서, 태린과 예나의 안전을 확보하는 것이다. 자신이 그에게서 벗어나는 것은 그다음에 생각해 보고.

"조금만 기다려 보세요. 곧 나갈 수 있을 거예요."

유진이 허락한 30분여의 시간은 순식간에 지나갔다. 그 시간 동안도 유진은 CCTV로 그들을 지켜보며 안절부절 초조하게 있었다.

예나가 준을 만나기 전, 유진이 미리 예나의 방으로 들어왔다. 예나의 방으로 가는 길의 여러 겹의 문이 차례차례 열리는 소리가 나면서, 유진이 들어왔다. 그들의 첫 만남이었다.

유진을 본 예나는 처음에는 한준인줄 알고 기쁘게 놀란 표정이다가, 곧 그것은 공포와 경악의 표정으로 변했다. 그 놀라는 표정이 민나와 똑같아서, 유진은 질투로 인한 미움을 조금 가라앉혔다.

그동안 예나는 조금 변해 있었다. 얼굴이 해쓱하고 파리해졌다. 비록 얼마 전부터 외관상 모습이라도 티가 안 나게 하려고 피부관리사며 뭐며 초청해서 관리도 시켜주고 식사도 영양가 높은 음식만 골라 먹였지만, 그래도 납치되기 전에는 눈부시게 반짝반짝 빛나던 그 모습은 아닌 것은 어쩔 수 없었다.

예나는 준이랑 똑같이 생긴, 하지만 어딘가 기분 나쁜 오만함과 요사스러움이 느껴지는 이 남자가 공포스러웠다.

"한준은 내 복제인간이야."

예나가 질문을 하기도 전에, 유진이 내뱉듯이 말했다.

"한준은 내 것이 되기 위해 태어난 애야. 너 따위가 빼앗아 갈 애가 아니야."

유진의 말을 금방 이해하지 못하고 멍청한 눈으로 유진을 보는 표정은 놀라울 정도로 민나와 비슷했다. 잠시 후, 예나는 조심스럽게 물었다.

"준은 잘 있나요?"

아마도 예나에게 가장 중요한 것은 그 사실인 듯했다. 그 눈에는 걱정과 사랑이 넘쳐흘렀고, 그것은 유진의 질투심을 다시 불러일으켰다.

"곧 만나. 준도 그걸 궁금해하거든."

예나의 표정이 기쁨에 반짝이며, 눈에는 눈물이 맺혔다. 그런 예나에게, 유진은 몇 가지 협박의 말을 늘어놓았다. 잘살고 있다고 말할 것, 힘든 모습 보이지 말 것, 사랑 고백 같은 거 하지 말 것 등이었다. 만약 어긴다면 두 번 다시 준을 볼 수 없을 거란 협박도 함께. 그녀는 그저 준을 다시 볼 수 있다는 사실만으로도 기쁨에 차올라 두 손을 모으고 환희에 찬 얼굴로 고개를 끄덕였다.

하지만 태린과는 달리, 예나와 준은 서로를 끌어안거나 만질 수 없었다. 그 꼴을 유진이 그냥 볼 리가 없었다. 둘은 마치 감옥 면회 오는 사람이 만나는 것처럼 두꺼운 유리를 사이에 두고 만나야 했다. 둘의 만남을 위해 일부러 유진이 만들어 놓은 면회실이었다. 유진은 두 사람이 손가락 끝이라도 닿지 않길 바랐다. 사실 목소리만 듣게 하고 싶었지만 목소리 정도는 조작 가능한 시대에, 예나의 안전을 믿게 하려면 이 방법밖엔 없을 거 같았다.

둘은 처음엔 서로의 모습을 볼 수 있다는 사실에 눈물이 차오를 정도로 감격했지만, 서로를 끌어안을 수도, 입을 맞출 수도 없는 현실에 다시 절망하여 눈물을 흘렸다. 견우와 직녀도 이것보단 나을 것만 같았다.

"난 네가 살아있을 줄 알았어. 기사엔 사망한 걸로 나와 있었지만, 도저히 네가 죽은 것 같지 않았어."

"준은 괜찮아? 얼굴이 안 좋아."

자신부터 걱정하는 예나의 말에, 준은 눈물이 핑 돌았다. 사실 예나의 모습도 그리 좋아 보이지는 않았다. 그래도 여전히 너무나 맑고 아름다운 그녀가 살아 있다는 사실만으로도 준은 살 것 같았다. 아직 세상이 살만한 것만 같았다.

문득 그녀가 자신의 유전적 친어머니라는 사실이 생각나, 마음이 괴로워졌다. 나의 영원한 연인이 나의 어머니라니. 이것은 오이디푸스보다도 더 기가 막히다. 자신보다 나이도 두 달 어린 영혼의 단짝이 내 어머니의 유전자를 가지고 있다니.

이 고통을 그녀만은 몰랐으면 싶었다. 다행히 눈치를 보니 예나는 그 사실은 모르는 모양이었다.

그리고 예나를 보고 있다 보면, 그녀가 자신의 유전적 어머니란 사실이 그렇게까지 중요한가 하는 생각도 들었다. 예나가 준을 낳은 것은 아니지 않은가? 유전자를 떠난 사회통념상이나 도덕적으로는, 그들은 절대 모자관계가 아니다. 하늘도 우리 둘의 사랑만큼은 이해할 거란 생각에, 준은 마음을 굳혔다. 유전적으로 모자관계고 나발이고, 예나는 영원한 나의 여자고, 나의 연인이라고.

"힘들지……."

준의 말에 예나는 고개를 힘차게 도리질했다. 굳이 유진의 협박이 아니라도, 그녀는 준에게 고통이 되고 싶지 않았다.

"괜찮아. 지낼 만해. 나 데려간 부모……미국 저택에 도착하자마자 태도가 변해서 날 방에 가둬버렸어. 그 부모들, 내 친부모 아니지?"

준은 고개를 끄덕였다. 준을 물끄러미 보던 예나는, 문득 유진이 '한준은 내 것이 되기 위해 태어났다'던 말이 떠올랐다. 그 말에는 분명……분명 집착과 애정이 담겨 있었다. 그것을 떠올린 예나는 울음을 터뜨리며 말했다.

"미안해……미안해……. 지켜주기 못해서 미안해. 나는 늘 네가 지켜줬는데, 그래서 할 수만 있다면 내가 널 지켜주고 구해주고 싶은데, 그러지 못해서 미안해."

준의 심장이 내려앉았다. 이것은 내가 할 말인데. 하지만 예나는 이런 아이였다. 더 해주지 못해 안타까워하고, 더 사랑해 주고 싶어서 안달 난 아이. 어머니와 아들 사이에서나 존재할 사랑을, 예나는 준에게 퍼부었다. 아이러니하게도, 그들은 유전적으로 진짜 모자관계이지만 말이다.

"아니야. 다 나 때문일 거야 아마……."

"아니야! 왜 준때문이야! 너랑 똑같은 얼굴을 한, 그 악마 같은 남자 때문이잖아!"

순간 준은 당황해서 입술에 손가락을 갖다 댔다. 자신과 예나의 면회 장면을 유진이 CCTV로 지켜볼 것이기 때문이다.

물론 유진은 그것을 CCTV로 지켜보고 있었다. 예나가 준에게 자신의 험담을 했다는 사실에, 유진은 열이 받아서 들고 있던 컵을 벽으로 던져 깨버렸다.

준은 재빨리 예나를 달랬다.

"그래, 나 때문도, 너 때문도 아냐. 조금만 참아. 내가 꼭 너를 구해줄게."

"내가, 내가 준을 구해주고 싶었는데……그러지 못해서 미안해…….."

"그런 말 하지 마!"

준은 참을 수 없이 못난 사람이 된 기분에, 그만 버럭 소리쳤다.

"왜 니가 날 구해! 넌 이미 살아있는 것 자체로 날 구해주는데! 네가 죽었을 수도 있다는 것만으로도 미쳐버릴 것 같았는데!"

그것은 준이 해본, 가장 강렬한 사랑고백이었다. 그리고 예나 역시 그것을 느끼고 있었다.

예나는 유리창으로 다가와, 창에 입술을 갖다 댔다. 이 순간만큼은 준도 이것을 유진이 보고 있다는 사실조차 망각하고, 유리창으로 가까이 다가가 입술을 갖다 댔다.

그것은 흡사, 유진이 거울이 비친 자신에게 키스할 때와 비슷했다. 그 사이에 누구도 끼어들 수 없는 사랑이 있음을, CCTV로도 유진은 쉽게 느낄 수 있었다. 그것을 느끼자, 유진은 강렬한 살의를 느꼈다.

'한준은 나 외에 아무도 없어야 해. 나만을 사랑해야 해.'

그것이 유진의 법칙이고 진리이다. 그것을 방해하는, 저 인간조차도 아닌 실험체, 즉 '이예나'에 대해, 그 순간부터 유진은 격렬히 증오했다.

그날, 준은 유진의 관계에 적극적으로 응했다. 물론 계산한 거였다. 오늘 예나와 준의 만남을 유진이 봤을 거고, 분명히 예나에게 분노했을 거란 걸 준도 알고 있었다. 비참했지만, 이렇게라도 예나를 지켜야 했다.

유진과의 관계가 끝난 후, 준은 유진을 끌어안고 다정하게 키스했다. 이러한 행동을 준이 자발적으로 한 건 처음이라, 유진은 잠시 놀란 듯했지만 곧 자조적인 미소를 지었다. 준이 왜 이러는지를 유진도 알고 있는 것이다. 그것이 자신이 아닌, 예나에 대한 사랑 때문이라는 것까지도. 하지만 그럼에도 불구하고 준의 키스에 마음이 떨려와, 유진은 조심스레 준을 자신의 가슴 깊숙이 끌어안았다.

"이상해. 당신이 젊고 아름다운 모습을 유지하고 싶어 하는 것은 자연스러운 본능이란 건, 나도 인정하는 거거든."

준이 중얼거리듯 말했다. 영원히 젊고 아름답길 바라며 그러기 위해 수단과 방법을 가리지 않는 그의 방향성은 전혀 동의하지 않았지만, 물론 그 이야기는 하지 않았다. 유진도 준의 말에 흥미가 동하여 고개를 끄덕이며 말했다.

"그래. 사람들은 늙는 것이 자연스러운 것이라 말하지."

"하지만 생명 자체가 그 '자연스러움'을 거부하여 나온 거니까."

준이 유진의 말을 이어받자, 유진은 얼굴에 기쁜 빛을 띠었다. 준이 자신과 비슷한 생각을 한다는 것이 몹시 기뻤는지, 유진은 신나서 이야기했다.

"그래. 항상성. 그것 자체가 파멸로 향해 가는 세상의 법칙에 대항하여 나온 거니까, 지금 그대로를 유지하고 싶은 것은 생명체로서의 본능이지. 무질서로 향해 가는 세상의 법칙에 따라 늙고 죽는 건 자연의 법칙일 수 있지만, 지금 그대로이고 싶은 건 생명체의 기본 성질이자, 생명체로서의 본능이야. 난 본능을 추구할 뿐이야."

유진의 말을 들으며, 자신만 지키려고 주변을 모두 파괴하는 것은 암이나 다름이 없어, 라고 준은 속으로 생각했다. 자신을 증식시키며 주변을 파괴하고, 결국 숙주마저 죽여서 스스로도 파멸하는 비정상적인 세포. 그것이 암이라면, 유진은 정상적인 생명체, 정상적인 세포가 아니라, 암이나 다름이 없다. 암세포도 생명이라는 드라마 대사가 생각나 준은 실소했다. 하지만 그 마음을 감추고 말했다.

"나도 그걸 연구하고 싶었어. 지속되는 젊음, 지속되는 건강, 지속되는 생명."

그건 사실이었다. 준이 의학에 관심을 가지고, 의료 연구원이 되려 한 이유.

준은 유진처럼 다른 생명을 희생시키며, 도덕성을 무시하며, 그 방법을 찾을 생각은 없었다. 세상이 파괴를 향해 가는 것이 법칙이라면, 현실을 지키고 생(生)을 위해 가는 것은 생명체의 법칙이기에, 결국 선

(善)이 본능이라 믿었다. 단적으로, 이유 없이 사람을 죽인 자는 모두가 본능적으로 경멸하며 욕하지만, 이유 없이 사람을 살리거나 돕는 자는 모두가 본능적으로 호감을 느끼며 존경하고 칭찬하지 않는가? 그것은 생을 추구하는 것이 생명체의 이치이기 때문이리라 믿었다. 하지만 선을 행하고 지키는 것보다, 악을 행하고 파괴하는 것이 더 쉬운 까닭은, 세상 자체는 원래 파괴를 향해 가기 때문이리라. 거기에 대항하는 생명체의 본능으로서 지금 상태를 최상의 상태로 지키려는 것은 생명체의 본능이자 기본이라는 생각 하에, 인류의 영원한 꿈인 '불로불사'에 한 발짝 다가가는 사람이 되는 것. 그것이 준의 꿈이었다. 방향성은 달라도, 어찌 보면 유진과 생각하는 구조가 비슷한 부분이 있는 셈이다. 다만 교집합은 분명히 있을지언정, 차집합이 너무 결정적이었다.

"내 꿈을……이룰 수 있을까?"

준은 조심스럽게 물었다. 자신이 사회로 돌아가는 방향으로 그가 생각해 주고, 그 전에 태린과 예나가 세상으로 돌아가게 해야 하니까. 그와 내가 거의 같은 유전자를 지닌 사람으로서, 비슷하게 생각해 주길 바랐다.

"너의 꿈은 나여야지."

유진이 눈살을 찌푸리며 말했다.

준은 그때 깨달았다.

그와 나는 비록 유전자는 비슷하고 생각하는 구조도 일부 같을 순 있지만, 영원히 서로를 이해할 수 없는 종류의 사람임을.

8. 괴물

　그래도 준이 그의 비위를 맞추고 달래며 얻은 것이 없는 건 아니었다. 몇 달 뒤, 유진은 태린을 사회로 돌려보내겠다고 했다. 안식년 처리까지 모두 하여 아직 약간의 여유가 있긴 하지만, 그래도 사회적 지위가 있는 사람을 계속 가두고 있는 건 의심을 살 수 있었다.
　일단 예나의 친부모가 나타난 것을 원인으로, 예나는 미국으로 가서 살기 위한 자퇴 처리를, 준도 따라가는 듯한 그림으로 미국을 가야 한다는 이유로 자퇴 처리를 해 놓긴 했다. 태린도 같은 이유로 학교에 사직서를 제출해 놨으나 수리되지 않았다. 현재 교수를 구하기 힘드니 안식년 마치고 일단 돌아오라는 것이다. 여기서 학교에 나타나지도 않고 연락도 받지 않으며 계속 사직을 고집하면 무언가 의심을 살 수 있었다. 아예 죽여서 사고나 자연스러운 죽음으로 위장을 하거나, 사회로 돌려보내야 했다. 솔직한 심정으로 유진은 전자를 실행하고 싶었다. 특히나 자나 깨나 태린과 예나만 생각하며 자신의 눈치를 보고 비위를 맞추는 준을 보면 더더욱이. 그가 생각하는 사람은 나 하나여야만 하는데 그게 아니란 것이 화가 났다. 하지만 아직 그러기는 망설여졌다. 마음으론 준에게 오직 자신만이 남게 하고는 싶지만, 머리로는 그 결과를 아직 장담할 수 없었다.

태린이 나가기 전, 유진은 준을 들먹이며(예나는 들먹이지 않았다. 사람조차도 아닌 실험체이자 태린이 낳지도 않은 예나가 태린에게 효과적인 협박 대상이 될 거라고 유진은 생각하지 못했기 때문이다) 단단히 협박했다. 준 역시 마지막으로 태린을 보며 간곡히 말했다. 아무것도 하지 말라고. 유진은 매우 만만찮은 상대이니, 되도록 아무것도 하지 말고 스스로를 지키라고.

하지만 태린이 그 말을 들을 리가 없었다. 그녀는 어머니로서, 빨리 준과 예나를 구해야 했다. 그녀는 친분이 있는 온갖 교수들이나 법조계 사람들에게 연락을 돌려, 경찰이나 검찰 쪽에 힘 있는 연줄을 알아보는 한편으로, 몰래 사설탐정을 알아보았다.

태린은 바보가 아니었다. 한동안 자신을 미행하는 사람들의 존재를 알고 있었고, 집에도 도청장치 등이 있을 것을 대비해 행동도 말도 조심했다. 자신이 근무하는 학교까지 그런 장치들을 하지 않았을 것으로 생각해서 주로 학교에 가서 행동했고, 학교에서 친한 사람에게 부탁해 대포폰을 얻어 그걸 이용해 필요한 사람들에게 연락했다.

한 달도 안 되어, 성과가 나왔다. 영원 바이오의 비리를 추적하던 국가안보 요원과 연락이 닿은 것이다. 태린은 복제인간 이야기는 비록 현재도 과학적으로 가능한 기술이라고는 하나 보통 사람에겐 너무 SF적인 이야기로 들릴 것으로 생각하여 말을 아끼고, 유진이 자신의 수명연장을 위해 자신의 정자로 도너용 아들을 여럿 만들었고, 그중 하나가 자신의 아들이며 아들이 납치상태에 있다는 것을 국정원 요원에게 전달하는 것에 성공했다.

해당 부서에서는 유진이 나이에 비해 지나친 젊음을 유지하고 있다는 것과, 비밀스러운 연구를 많이 진행한다는 것은 알고 있었다. 태린의 정보를 받은 요원은 해당 사실들을 문서로 만들어 상부에 보고할 준비를 했다.

하지만 거기까지였다. 국정원에서 본인의 회사를 예의주시하고 있단 걸 이미 알고 있던 유진은, 그 부서에 난치병 환자 가족을 둔 요원을 섭외해 가족의 치료를 조건과 협박으로 걸고(이것은 유진이 자신의 편을 만드는 가장 흔하고 대표적인 수단이었다) 스파이를 심어두었다. 그리고 그 스파이에게 기술적으로 지원하여, 부서 사람 전부의 컴퓨터나 노트북을 해킹하여 볼 수 있게 해놨었다. 요원이 태린에게 넘겨받아 정리한 정보를 상부에 올리기도 전에, 유진은 모든 상황을 알 수 있었다.

유진은 태린이 민나같이 멍청한 여자가 아니란 것은 알고 있었다. 애초 대학교수이자 학자인 사람이다. 멍청할 리가 없었다. 하지만 이 정도까지 상황을 뒤엎을 준비를 할 줄은 몰랐다. 이제 태린은 없애야만 하는 시점이 온 것이다. 어차피 유진은 태린도, 예나도 언젠가는 없앨 생각이었다. 준에게는 자신만 남아야 한다. 그에게 아무것도 남은 것이 없어야, 그를 사랑하는 사람이 이 세상에 나 하나뿐이어야, 자신을 사랑하고 의지하게 될 것이라고, 유진은 생각했다.

얼마 뒤, 태린이 정보를 건네준 요원은 다른 임무의 현장출동 과정에서 사망했다. 그리고 그로부터 얼마 지나지 않아, 한태린 교수가 극단적 선택을 했다는 것이 작게 기사화되었다.

한준은 어느 날 끔찍한 악몽에서 깨어나 식은땀을 흘렸다. 예나의 가짜 사망 소식을 들었을 당시엔 없던 느낌이었다.
"엄마……태린과 예나는 지금 무사한가? 확인시켜 줘."
그날 유진이 들어오자마자, 유진을 붙잡고 준이 다급하게 말했다. 마침 태린이 사망한 날이었다. 유진은 잠시 고민하다 말했다.
"조만간 확인시켜 줄게."
유진이 확인시켜 줄 것은 태린의 사망 소식이었다. 그걸 지금 당장 밝힐 생각은 없었다. 아직 협박용으로 예나가 남아 있긴 하지만, 태린의 사망 소식을 들으면 준은 길길이 날뛰며 유진을 증오할 확률이 있었다. 감히 그런 별것도 아닌 사람의 죽음 따위로, 날 사랑해야만 하는 의무가 있는 준이 자신을 미워할 확률이 있다는 것만으로도 유진은 참을 수 없었지만, 일단 그는 준에게 당장 미움받기는 싫었다.
그날 준은 얼굴이 창백한 것이, 줄곧 불안한 기색이었다. 유진은 더더욱 그에게 적극적으로 성행위에 응할 것을 요구했다. 하지만 이미 다른 세계로 가 있는 듯한 눈빛으로 무의미하게 따르는 준의 모습은 갈증만 더 일으켰다.
어느 순간부터, 유진은 거울을 그렇게 자주 들여다보지 않았다. 거울을 보는 것보다 준의 모습을 보는 것이 더 좋았다. 아무래도 빛의 반사

효과로 인한 가짜 상을 보는 것보단 실제 살아 있는 현물을 보는 것이 더 실감 나고 좋은 모양이라고, 유진은 생각했다.

무감정한 얼굴로 유진의 품에 안긴 준은 차갑게 말했다.

"다음엔 태린과 예나에 대해 확인하고 싶어."

아무래도 무언가 눈치챈 모양이었다. 저런 형이상학적인 '감'은 어디에서 오는 것일까? 유진은 그것에 대해, 의학적으로 추론을 하고 싶어졌다. 뇌파 때문인가? 유진은 뇌파를 정밀히 측정하는 기계를 개발했고, 현재도 개발 중에 있었다. 무언가 본인에게 부정적인 사건이 일어난 것에 대해 내가 생각을 했고, 그것과 관련된 뇌파를 상대가 인지하여 어렴풋하게 해석을 하는 것일까? 아무리 감추려 해도 들키게 되는, '감'이라는 건 그런 데서 오는 것일지도 모른다. 사람이란 건 생각하지 않기로 한 것에 대해 전혀 생각하지 않는 것이 불가능하니까. '앞으로 십 분 동안 절대로 코끼리에 대해 생각하지 마세요'라고 하면 십분 동안 코끼리만 생각하게 되는 것이 사람인 것이다.

뇌파 때문일지 아닐지는 몰라도, 무성의하게 조만간 그렇게 하겠다고 대답하는 유진의 모습에 준은 불안감을 느꼈다. 어차피 언제까지나 그의 명령에 개처럼 따르며 사는 노예로 살아갈 생각은 없었다. 이제 스스로 무언가를 해야 했다.

그동안 유진을 보며 준이 느낀 결과, 결론은 하나였다.

유진은 절대 변하지 않을 것이며 따라서 이 사태를 끝내려면, 방법은 유진의 죽음밖에 없다고.

하지만 유진은 준이 자신에게 살의를 가지고 있다는 것을 모르지 않았다. 자신이 죽으면 바로 예나와 태린이 죽게 되어 있다고 넌지시 말한 것부터가 그것을 증명하고도 남았다. 그 외에도, 유진은 준과 함께 있을 때 주의 깊게 행동했다. 반드시 두 손이 묶여 있는 상태에서 만났고, 근처에 버튼만 누르면 경호원이 달려올 수 있게 했다. 준 옆에서는 어지간하면 잠들지 않거나, 혹은 준의 손을 침대 머리맡에 묶어 놓고 잠이 들었다. 신체 능력 자체가, 꾸준히 운동을 해온 유진이 조금 더 높은 편이었다. 아마 준 혼자만의 힘으로는 유진을 죽이지 못할 것이다. 준이 유진을 죽이려면, 협력자가 필요했다.

준이 보게 되는 사람이 유진만 있는 것은 아니었다. 경호원, 피부관리사, 청소하는 아줌마까지, 어찌 됐든 마주치는 사람들이 있었다. 여기는 북한 사회도 아니고, 그들은 AI가 아니지 않은가? 이제 준은 '미남계'를 적극적으로 쓰기 시작했다. 가만히 있어도 살아 움직이는 미남계라 오히려 평생 쓸 일이 없었지만, 그래도 자신이 미남계를 쓰면 세상에서 가장 잘 먹히는 외모를 지니고 있다는 것 정도는 알고 있었다. 그 결과, 청소하는 아줌마를 자신의 편으로 만들고, 남자인 경호원 중 한 명도 자신을 좋아하게 만드는 데 성공했다. 그들을 포섭하며 살살 정보를 캐면서 알아낸 것은, 그들 모두 유진에게 거부할 수 없는 약점이 잡혀 있다는 사실이었다. 가장 흔한 형태는 가족 중 한 명이 난치병이나 불치병 환자이고, 그것을 유진이 지원하는 형태였다. 그것 외에도 상당한 빚을 지고 있는 사람을 쓰기도 했다.

유진은 모든 질병의 치료와 모든 건강의 유지가 진정한 안티에이징

이란 생각 하에(이 생각 역시도 준과 비슷했다), 피부관리 기술만 개발하는 게 아니라 온갖 질병의 신약도 개발했다. 한국엔 아직 상용화가 안 된 고가의 신약을 유통하거나 들여오기도 했다. 경호원이든 청소부든 간에 유진 주변에서 밀접하게 일하는 사람들은 직업의 종류를 막론하고 가족 중에 유진이 유통하거나 개발한 신약을 필요로 하거나, 유진의 지원을 받아야만 하는 병자들이 있는 경우가 많았다. 준의 방을 청소하는 아줌마 강현주만 해도 아들이 '로렌조 오일' 영화에 나온 희귀병 질환자로, 로렌조 오일 자체를 유진에게 지원받고 있었다.

현주는 아들이 한준뻘이라 준을 남자로는 보지 않았고, 그녀를 여자로 유혹한 것은 아니었다. 하지만 아들뻘이기에, 그녀의 모성을 자극할 수는 있었다.

현주도 유진이 준에게 어떤 짓을 하는지는 알고 있었고, 그것에 공포를 느끼기는 했다. 놀라울 정도로 닮은 그 둘의 관계를 정확히 알고 있는 사람은 드물었는데, 준은 현주에게 자신이 유진의 아들이라 밝혔다. 유진은 아들에게 반해 성폭행하는 쓰레기 아버지이며, 유진을 없애고 회사를 물려받으면 현주의 아들을 적극적으로 치료해 주겠다고 약속했다.

거짓말은 아니었다. 현주를 설득하는 설명에서 그게 더 쉽기 때문에 그렇게 말했을 뿐이었다. 유진은 아마 아버지 최장수의 유전자 정보를 가지고 있을 것이다. 유진이 죽으면 그것을 바탕으로 자신이 최장수의 아들임을 증명해서, 회사를 상속받는 절차를 밟는 것이 불가능하진 않을 것 같았다. 준은 유진의 회사 따위엔 별로 욕심이 없지만, 이 회사 관련 사람들을 포섭하기 위해서, 그리고 유진을 죽이고 나서도, 자신과, 사랑하는 사람들을 지키기 위해서, 진짜로 회사 상속받는 것을 염두에 두기로 했다.

현주의 핸드폰을 받아 태린에 대해 검색하고 나서야, 준은 태린의 죽음을 알 수 있었다. 유진은 준이 볼 수 있는 모든 미디어를 차단했기 때문에 볼 수 없으리라 생각하고, 태린의 부고소식까지 기사에서 전부 내리진 않은 모양이었다. 태린의 죽음 원인이 기사에서처럼 극단적 선택일 리가 없다는 것은 누구보다도 준이 가장 잘 알았다. 태린은 아마 자신을 구하려고 행동하다가 그것이 유진에게 들켜 살해당했을 것이다.

한동안 정신 못 차리고 울던 준은 현주가 등을 쓸어내리는 것을 한참 후에야 느꼈다. 현주는 너무 오래 있으면 수상하다며 곧 나가 봐야 한다고 했다. 그리고 도울 수 있는 것이 있다면 무엇이든 돕겠다고 약속했다.

경호원인 이재혁은 빚이 많은 경우였다. 도박으로 사채빚을 졌던 재혁은 사채업자에게 소개받아 유진을 만났다. 유진은 빚 갚아주기 부담스럽지 않은 사람에 한해 제휴 받듯이 소개받아서, 자신이 운영하는 금융회사에서 돈을 빌려주는 형태로 갚아주고 자신의 휘하에 두곤 했다. 비밀스러운 일을 많이 하는 유진이다 보니, 가족의 질병이나 돈 등, 확실하게 약점이 잡혀 있는 사람을 쓰는 것을 선호했다.

재혁은 건장한 남자로 동성애자였지만 우락부락한 외모로 미남은 아니라 그런지, 유진과 성적으로 관계한 적은 없었다. 경호원 중에 가

8. 괴물 117

꼼 그와 관계하는 사람이 있다는 걸 알고 있었고, 자신도 그것을 꿈꾸기도 했다. 처음에 유진을 보며 그 외모에 감탄했고, 마음이 설렌 적도 있었지만, 유진은 자신과 비슷한 유형의 전형적인 미남을 선호했다. 그래도 재혁은 유진에 대한 호감과 동경으로 인해, 꼭 약점이 잡혀서인 이유가 아니라도 그에게 충성을 다하고 싶은 마음도 있었다. 하지만 그가 추진하는 복제인간 프로젝트는 도저히 이해가 안 가는 면도 있었다. 자기 자신에게 반했다고 자기 자신을 또 만들어? 그건 나이 차이 많이 나는 쌍둥이 형제를 강간하겠다는 것과 다름이 없지 않은가?

아마 유진은 자신을 동경하는 재혁이 다른 사람에게 넘어갈 것이라 생각을 못 했던 모양이다. 자신을 동경하는 사람의 마음에 대해 너무 자신하는 것이 유진의 단점이었다. 빚으로 약점을 쥐고 있는 것이 환자 가족을 약점으로 쥐고 있는 것보단 보안이 취약하단 걸 알고는 있었지만, 그래도 준을 만나러 갈 때 재혁을 너무 자주 대동하고 갔다.

재혁은 사실 준을 동정하고 있었다. 격렬히 반항하는 준의 팔을 옆에서 꺾고 붙잡은 것도 재혁이었다. 그러면서, 자신은 거들떠보지도 않는 유진에게 약간은 서운한 마음을 갖기도 했다. 그리고 풋풋한 젊음의 냄새가 나며 더 맑게 빛나는 준이, 유진보다 더 매력적인 것 같다고 생각했다. 가끔 유진이 준을 학대한 듯한 흔적을 준에게서 발견할 때면 화가 치밀어 오르곤 했다. 이런 보물 같은 존재에게 상처를 낸다는 것이 참을 수가 없었다.

어느 날엔가부터, 재혁은 준이 자신을 야릇한 눈빛으로 쳐다본다는 것을 느끼기 시작했다. 유진보다 더 아름다운 준은 재혁에게도 탐나는 인물이었다. 결국 어느 날 밤, 유진이 집을 비운 틈을 타, 준의 감시 역할로 배치된 재혁은 준의 방에 몰래 숨어들었다.

재혁에게 꿈같은 밤이었다. 그동안 유진에게 훈련받아 온 준은 기꺼이 재혁을 최선을 다해 만족시켜 주었다. 그날 밤만으로, 재혁은 준을 사랑하게 되고도 남음이 있었다.

성관계가 끝나고, 준은 재혁에게, 처음 봤을 때부터 사실 재혁에게서 처음으로 남성에게 사랑을 느꼈으며, 줄곧 좋아해 왔다고 고백했다. 그리고 유진의 억압과 강간으로 인해 유진을 증오하며, 거기에서 해방되고 싶다고 했다. 자신은 나이만 어릴 뿐 유진과 거의 비슷한 외모이니, 유진으로 위장하여 회사의 실권을 장악할 수 있다고 했다. 시간이 좀 흐르고 나선, 아마 유진은 아버지 최만수의 유전자 정보들을 가지고 있을 것이니(이것은 사실이었다), 나중엔 유진의 아들로 위장하여 완전히 자신의 것으로 정리할 수 있다고. 그렇게 되면 재혁은 단순 경호원이 아니라 그 최측근으로서 회사 실권의 중심에 서게 될 수 있다는 것이다.

이미 준에게 홀린 재혁에게 그 말은 상당히 설득력 있게 들렸다. 세상에서 가장 아름다운 사람이 온전히 자기만의 것이 되면서, 영원 바이오를 호령하는 인물이 된다는 비현실적인 환상은, 도박에 빠졌던 사람답게 재혁에겐 현실적으로 충분히 이룰 수 있는 야심처럼 여겨졌다.

준을 밤새도록 탐하고 싶었지만, 준은 재혁에게 수상해 보이기 전에 나가라고 타일렀다. 그리고 다음 밤은 유진의 죽음 다음일 것이라 했다.

"유진은 이 방에는 CCTV를 설치하지 않았어요. 만약 수상한 낌새를 보여서 이 방마저 CCTV를 설치한다면 계획이 더 어려워질지도 몰라. 그전까진 우리 참도록 해요."

준은 재혁에게 달콤하게 속삭이며 키스했다. 속으론 역겹기 그지없었지만, 언젠가 되찾을 예나를 위해 준은 그 모든 것을 참아냈다.

준의 키스를 받으며 재혁은 결심했다. 수단과 방법을 가리지 않고 꼭 이 아름다운 남자를 구출해 내서, 세계 최고의 미남과 이 회사를 모두 손에 넣겠다고.

한동안 평화로운 나날들이 지나갔다. 준은 태린의 죽음을 알고 있다는 사실을 감추고, 모르는 척하며 가끔 태린의 안부를 물었다. 유진은 새 학기가 시작하기 전에 태린과 예나를 만나게 해주겠다 약속했다. 그전까지는 준이 자신을 사랑하게 만들 생각이었다. 준은 점점 유진에게 의지하는 듯한 모습을 보여줬다. 새로운 의약품 프로젝트에 대해 몇 시간씩 함께 토론한 적도 있었다.

유진의 기분이 좋아 보이자, 민나도 유진에게 조심스럽게 묻기 시작했다.

"그래서 내 어렸을 적 모습은 언제 구경하게 해줄 거니? 폐기하기 전에 한 번은 보게 해 줄 거지?"

민나는 진심으로 궁금한 듯 눈을 반짝였다. 흡사 비싼 가방 사달라고 할 때와 비슷한 눈빛. 아니, 인형 사달라는 소녀와 비슷한 눈빛이려나. 그날 준과 다정하게 성관계도 하고 대화도 몇 시간씩 했던 유진은 준의 마음이 점점 자신에게 넘어오는 것을 느끼고 기분이 좋았다. 민나의 부탁도 대충 들어주고 치우는 게 낫겠다 하는 생각도 들었다.
"경호팀에 말해 놓을게. 마취해 놓고 잠들어있을 때, 십분 이내로만."
예나의 폐기도 멀지 않았다. 난자는 이미 충분히 확보되었다. 그 전에 민나의 호기심 정도는 충족시켜도 될 거 같았다.
"언제 보러 갈 거야?"
유진의 질문에 민나는 대수롭지 않은 일이라는 듯, 보란 듯이 하품을 하며 말했다.
"이번 달 내로? 잠깐 구경만 할 거야. 경호팀에 미리 말해 놔줘."
예나의 존재에 대해 신기한 인형처럼 이야기하는 민나의 태도에 유진은 안심하며 고개를 끄덕이고, 그 자리에서 전화를 들어 이번 달 내로 민나가 예나를 보러 간다는 이야기를 해두었다.
민나가 노린 것은 바로 그것이었다. 사실 민나는 공식적으로 예나를 보러 갈 생각 없었다. 일단 유진이 허락했다고 언질만 줘놓으면, 유진 몰래 보러 갈 생각이었다. 어쨌든 유진의 허락은 떨어졌으니, 경호팀 몇몇 매수하면 가능한 일이었다. 그동안 여기를 뻔질나게 드나들며, 가끔 경호원이랑도 사귀었던 민나였다. 이 건물 시스템이나, 관계된 사람들을 전혀 모르는 것은 아니었다. 물론 이들이 대부분 영원 바이오에 약점이 잡혀서 유진에게만 절대적인 충성을 바치는 것은 알고 있었으나, 유진이 자신에게만은 특별대우를 해준다는 것도 이들이 알고 있었다. 몇몇 사람에게 돈을 듬뿍 쥐여주며 안 들어주면 유진에게 말해서 가족의 치료를 끊어버리게 해버리겠다거나 잘라 버린다고 협박하면, 들어줄 수밖에 없는 구멍도 있었다. 이미 유진도 허락한 일인데, 라는 합리화로 들어주고 나면, 몰래 자신을 최대 비밀구역으로 입장시켰다는 걸 유진에게 들키기 싫어서라도 철저히 입을 다물어 줄 것이었다.

그날은 유진이 재혁만 데리고 연구실로 내려간 날이었다. 그는 가끔 집중을 위해 경호원 한두 명만 데리고 연구실에서 하루 종일 시간을 보낼 때가 있었다. 기본적으론 천재 생명공학자인 유진은 그렇게 몇 날 며칠을 있기도 했다. 어쩌면 언제 변덕을 일으켜 여기로 돌아올 수도 있는 출장보다는, 이런 날이 더 안전할 수도 있었다. 아마 민나도, 재혁도, 그렇게 생각했기에, 그들이 생각한 계획을 그날 실행했을 것이다.

재혁은 교대 시간이 오기 전에, 오늘 계획을 실행할 생각이었다. 오늘 유진은 딱히 예민한 실험을 하는 게 아니라 학문적인 연구라서 마침 혼자이고, 온갖 논문들을 훑어보며 고민을 하고 있었다. 기기들의 설계를 보며 고민하는 것이, 아마 안티에이징 관련 기기를 새로 개발하려는 모양이었다.

오늘 여기 청소 담당은 준이 포섭한 청소부인 강현주다. 재혁은 청소 교대 시스템을 몰래 그렇게 배치해 놓았다.

혼자 책상에 앉아 생각에 잠긴 유진의 뒷모습은 매력적이었다. 저 뒷모습에 가슴이 설렐 때도 있었지만, 이제 더 아름다운 뒷모습을 알고 있는 재혁은 거기에 마음이 약해지진 않았다.

교대가 삼십 분 후로 다가오자, 재혁은 지금 실행하기로 마음먹었다. 소리 없이 죽이려면 목을 조르는 것이 제일이다. 그는 미리 준비해 둔 가느다란 철사 로프를 들고, 재빨리 유진의 목에 감고 힘을 주었다.

탕!

바로 총소리가 울려 퍼졌다. 유진은 자기방어용으로 초소형 총을 항상 몸 어딘가에 숨겨 놓고 다녔고, 이것은 경호팀조차도 아는 사람이 없었다. 언젠가는 경호원 중에 자신을 배신하는 사람이 있을 수도 있다는 생각을, 유진도 아예 안 했던 것은 아니었던 것이다.

거기다 역시 '뇌파'라는 것이 있는 것인지, 유진은 재혁이 그날따라 불안하게 느껴졌다. 복도에서 잠깐 본 청소담당 아줌마는 분명 로렌조 오일을 지원해주는 그 아줌마인데, 그날 거기 담당이 아니란 것도 유진은 알고 있었다. 물론 급하게 순번이 바뀔 수는 있지만, 재혁의 분위기와 현주가 불안해하며 눈을 까는 분위기가, 유진은 수상하게 느껴졌었다. 그래서 무언가 뒤에서 움직임이 느껴지자마자 바로 총을 꺼내 쏠 수가 있었다.

총은 재혁의 머리에 명중했다. 덕분에 그는 즉사하고, 유진으로서는 애석하게도 재혁이 왜 그랬는지, 뒤에 누가 있던 건지 알 수 없었다.

하지만 강현주가 있었다. 그날 재혁이 유진을 죽이기로 했고, 뒤처리를 현주도 같이 하기로 했기에, 총소리에 그녀는 재혁이 유진을 죽이는 것인 줄만 알고 달려왔다.

경악한 현주의 얼굴을 보며, 유진은 씩 웃었다. 저 아줌마를 심문하면 누가 꾸민 일인지 바로 알 수 있을 테니 말이다.

"에, 에그머니나……이게, 이게 무슨……."

현주는 당장 머리가 돌아가진 않았지만, 자신에게 다가오는 유진이 무언가를 눈치챘다는 것은 알 수 있었다.

"당신 아들."

유진이 말하자마자, 현주는 무릎을 꿇고 바로 두 손을 싹싹 빌었다.

"잘못, 잘못했어요, 회장님. 내 아들 같아서, 너무 불쌍해서 그랬어요. 자기가 회사 장악하면 아들도 살려줄 수 있다기에, 자기가 집중적으로 연구해 주겠다기에……. 회장님은 바빠서 우리 아들 병에 대해선 연구하지 못하셨잖아요……."

"누구를……말하는 거지?"

"준이요, 한준이요, 회장님 아들이라는. 아드님은 예나라는 애만을 사랑한다는데, 회장님이 아들한테…그러면 안 되는 거잖아요. 그래서 그랬어요, 제발 용서해 주세요……."

그러면서 현주는 엎드려 엉엉 울었다. 유진은 잠시 머리가 멍해졌다가, 현주의 멱살을 잡고 분노해서 소리쳤다.

"웃기지 마! 준은 나를 사랑해! 그런데 준이 나를 죽이려 했다고? 그게 대체 무슨 소리야?"

"그 청년이 엄마 죽은 걸 알아요. 그래서 유일하게 사랑하는 애도 죽을까봐 걱정이 됐대요. 예나라는, 그 애를 구하려고 그랬대요, 그러니 용서해 주세요, 회장님! 그 애를 너무 사랑해서 그랬대요. 저도 제 아들 구해준다는 말에 깜박 넘어가서……죄송해요, 회장님, 죄송해요!"

그제야 유진은 깨달았다. 한동안 준이 자신에게 고분고분했던 것, 자신을 점점 사랑하는 것처럼 행동했던 것, 그것이 다 연기였던 것이다. 오로지 예나를 구하고자 하는 일념에서 했던 연기. 준이 미치도록, 사무치게 사랑하는 것은, 여전히 예나뿐이라는 것을.

분노로 머리가 폭발하는 것만 같았다. 어느새 화풀이로 유진은 총을 들어 현주를 쏘고 있었다. 하지만 현주가 죽은 걸로는 성이 차지 않았다.

예나. 준의 마음을 차지하고 있는, 그 사람조차도 아닌 도너. 그 존재에 대해, 유진은 머리끝까지 격렬한 증오가 뻗쳤다.

어차피 언젠가는 처리하려 했다. 이미 난자도 충분히 뽑아냈다. 준이 사랑하는 모든 존재를 없애고, 미래도 없애고, 자신만이 남게 하리라. 그럼 결국 자신을 사랑하게 될 수밖에 없을 것이다. 유진은 그렇게 결심하고, 분노에 차서 예나가 갇혀 있는 곳으로 달려갔다.

한편, 민나는 미리 포섭해 둔 경호원의 안내로 예나를 보러 가고 있었다. 여러 겹의 철문을 지나 깊숙이 숨겨진 방에 이르자, 민나는 단둘이 볼 테니 돌아가 있으라 일렀다. 면회가 끝나고 나면 CCTV를 통해 다시 부르거나, 전화를 할 테니 문을 열어달라는 것이다.

경호원이 돌아간 후, 민나가 경호원에게 넘겨받은 카드키를 갖다 대자, 철컥, 하고, 육중한 철문이 열렸다. 정신병원 입원실 같은 그 방 침대에, 한 소녀가 초췌한 모습으로 누워 있었다.

민나는 그 소녀의 모습에서, 한눈에 자신의 모습을 볼 수 있었다. 그동안의 시달림도 소녀의 젊음과 아름다움을 완전히 해치지는 못했다. 소녀의 모습에서 민나는 정확하게 자신의 모습을 발견할 수 있었다.

눈물이 왈칵 나왔다. 자신이 꿈꾸던 손녀 혹은 딸 그 자체의 모습. 자신보다 훨씬 더 젊고 아름다운 자신의 모습. 민나는 자신도 모르게 소녀에게 다가가 끌어안았다.

자신을 끌어안는 인기척에, 예나는 눈을 떴다. 묘하게 자신을 끌어안고 있는 여자가 무섭거나 낯설게 느껴지지 않았다.

이윽고 그 여자가 자신에게서 몸을 떼고, 눈물이 그렁그렁한 눈으로 자신을 안쓰럽게 바라보는 것이 느껴졌다. 그리고 그 얼굴은……. 예나는 자기도 모르게 민나의 얼굴에 손을 갖다 댔다.

"내 얼굴 같아요……나랑 너무 닮았어요."

예나의 눈이 갑자기 기쁨으로 빛났다.

"엄마……? 혹시 제 친엄마예요……?"

그렇게 생각할 수밖에 없을 정도로, 자신을 끌어안은 그 여인의 얼굴은 놀랍도록 자신을 닮아 있었다. 이렇게 나이 들고 싶을 만큼, 본연의 아름다움을 그대로 간직한 우아한 모습으로.

물론 민나는 예나의 엄마가 아니다. 만든 적도, 가진 적도, 낳은 적도 없다. 실제 나이 차이도 엄마보다는 할머니에 가깝다. 하지만 유전적으론 엄마보다도 더 가까운 존재라 할 수 있을 것이다. 실제 엄마는 유전자의 반만 공유하지만, 민나와 예나는 유전자가 거의 일치하니까. 하지만 이 순간, 민나 역시 예나가 딸처럼 생각되어, 그녀는 눈물이 그렁그렁한 눈으로 고개를 끄덕였다. 그러자 원체 낙천적인 성격이었던 예나는 해맑게 웃었다. 왜 날 버렸냐, 왜 이제야 나타났냐가 아닌, 꿈에 그리던 친엄마를 만난 기쁨에 그저 해맑게 웃었다. 아무 생각 없이 세상이 꽃밭이기만을 믿는 웃음. 자신이 아직 상처받기 전의 소녀시절을 떠올리며, 그 해맑은 웃음을 잘 아는 민나의 두 눈에서 눈물이 주르륵 흘렀다.

"늘 꿈꿨어요. 너무 지옥 같을 때마다……어딘가에서 친엄마가 나타나 날 구해주는 꿈……."

민나는 예나를 와락 끌어안았다.

"그래, 내가 구해줄게. 꼭 구해줄게."

이 아이를 가둔 것은 자신의 아들이다. 어떻게든 설득하거나 데리고 나갈 방법이 있을 것이다.

그때 무언가 멀리서부터 문이 하나씩 열리는 소리가 났다. 보통 때와는 달리, 카드키를 갖다 대지 않고 생체 인식 시스템으로 바로 열리는 문소리. 이 소리를 딱 한 번만 들어 봤고 그날의 공포를 절대 잊을 수 없었던 예나는 누가 오는지 짐작할 수 있었다. 예나의 안색이 변했다.

"엄마, 숨어요. 그가 왔어요. 준이랑 똑같은 얼굴을 하고 있는 악마 같은 남자."

예나의 말에 민나도 안색이 변했다.

"그는 괴물이에요. 엄마를 보면 죽일 거야. 엄마 빨리 숨어요. 침대 밑에 숨어요. 그리고 그 남자가 갈 때까지 절대로 나오지 말아요."

예나의 얼굴은 지금 다가오는 악마 같은 남자에 대한 두려움보다도, 민나에 대한 걱정으로 가득했다. 민나는 의아했다. 자신은 저 나이 때, 저렇게 다른 사람을 먼저 걱정하고 생각하는 사람은 아니었기에, 이런 예나의 모습이 신기하면서도 기특했다. 어쨌든 지금은 숨어야 할 것이다. 민나도 설득할 방법을 찾기 전까지는 유진에게 들킬 생각 없었다. 민나는 예나의 권유에 따라 침대 밑에 몸을 숨겼다.

문이 철컹 열리면서 유진이 들어왔다. 유진은 식식대며 분노의 눈으로 예나를 노려보았다.

"너 따위가……너 따위가……."

유진의 눈이 질투와 분노로 이글이글 타올랐다. 준이 미치도록 그리워하고 사랑하는 존재. 그것이 자신이 아니라 이따위 도너라는 것이 참을 수 없이 미치게 만들었다. 그의 관념에서, 그가 만든 도너들은 인간조차도 아니었다. 인간조차도 아닌 것에, 자신처럼 고귀한 존재가 밀렸다니, 그것이 참을 수 없었다.

유진은 예나의 머리채를 잡고 침대로 내동댕이쳤다. 그리고 우악스럽게 예나의 옷을 벗겼다.

예나가 공포에 휩싸인 비명을 질렀다. 그 비명은 공포에서 고통의 비명으로 변해갔다. 살과 살이 맞부딪히는 소리가 폭력적으로 났다. 유진은 예나를 강간하고 있는 것이다.

그 비명 소리와 분위기는, 민나에겐 익숙한 것이었다. 그녀는 열네 살과 열여섯 살 때 같은 일을 당했다. 오십 년도 더 전 일인데도 비슷한 상황이 벌어지자 그 일은 어제 같은 생생함으로 다시 기억나 민나를 지배했다. 민나는 공포에 질려 꼼짝도 할 수가 없었다. 그 순간만큼은 민나는 예나보다 더 어린 열네 살의 소녀가 되어, 공포에 부들부들 떨었다.

그리고 잠시 후, 캑캑거리는 소리가 났다. 유진은 예나의 목을 조르고 있었다. 유진이 들어올 때부터 이 공간을 지배하는 살의를 민나도 느낄 수 있었다. 하지만 그녀는 나갈 수가 없었다. 이미 어린 시절의 기억에 사로잡혀 공포에 질린 민나는 그 어떤 용기도 낼 수가 없었다.

곧 절망적인 침묵이 찾아왔다. 유진의 식식거리는 소리만 남아 있었다. 유진은 예나를 침대 밑으로 내동댕이쳤다.

바닥으로 떨어진 예나의 눈이, 공포에 질린 민나와 마주쳤다. 놀랍도록 똑같이 생긴 눈. 예나는 죽어가며 마지막 힘을 다해 입술을 움직였다.

'준이를……구해줘요…….'

비록 소리는 들리지 않았지만, 그녀의 마지막 힘을 다 담은 그 말은 마치 텔레파시처럼 민나에게 전해졌다.

예나가 끔찍하게 죽어가는 와중에 선택한 것은 증오가 아니라 사랑이었다. 그것이 아마 예나에게 남긴, 태린과 준의 흔적일 것이다. 그녀가 죽어가는 순간 담았던 감정은 사랑이었다. 준에 대한 사랑으로, 준만큼은 살기를 간절히 바라면서 죽은 것이다. 아마도 민나였다면 그러지 못했을 텐데.

민나는 생각했다. 소리조차 없었던 그 아이의 마지막 말은, 다시 태어나도 자신의 머릿속에서 없어지지 않을 것이라고. 그리고 처음으로 딸로서의 모성을 느낀 그 아이, 처음으로 얻은 딸이 자신의 아들에게 강간당하고 살해당하는 와중에 아무것도 못하고 무기력하게 떨고만 있었던 자신을, 다시 태어나도 용서하지 못할 것이라고.

'내 아들이……괴물이 되었구나.'

애써 외면하고 있던 그 사실을, 민나는 드디어 진정으로 깨달았다.

'내 아들은……괴물이야.'

살려두면 앞으로 계속 엄청난 짓을 저지를, 괴물 중의 괴물. 자신이 키우지 않은 그 아들이 세상에서 가장 아름다운 괴물로 자랐다는 걸, 민나는 그제야 절실히 깨달았다.

9. 모성

　다행히 민나는 들키지 않았다. 갑작스럽게 찾아온 유진을 CCTV로 확인한 경호팀은, 민나를 몰래 입장시킨 것을 들킬까봐 바들바들 떨고 있었다.
　마침 그 건물에 있는 모든 CCTV 자료는 유진이 그 자리에서 없앨 수 있는 시스템을 가지고 있었다. 예나를 죽인 직후, 유진은 핸드폰을 꺼내 바로 예나쪽 방의 CCTV 자료들을 모조리 삭제하고 폐기하는 시스템 명령을 내렸다. 예나 관련된 자료 자체가 알려져선 안 되는 데다, 자신이 예나를 강간하고 살해하는 장면은 절대적으로 영원히 폐기해야 한다는 것을 유진도 알고 있었다. 만에 하나 혹시라도 그 장면을 준이 보게 된다면 준은 아마 자신을 영원히 증오할 것이다. 그리고 방을 나간 유진은 경호팀에게 정리를 명령했다. 민나를 입장시킨 것을 들킬까봐 바들바들 떨고 있던 경호팀은 안심하고 몰래 민나를 빼돌려 주었다.
　유진은 바로 민나를 호출했다. 회춘하는 대수술을 시켜준다는 것이었다. 그것이 그 소녀를 먹고 젊어지는 것임을 알게 된 민나는 역겨움이 밀려오면서 거부하고 싶었지만, 그러면 안 된다는 것을 알고 있었다. 예나의 마지막 소원을 들어주기 위해서는 이제 최대한, 유진이 가장 믿는 사람이 되어야 한다는 것을 알고 있었다. 민나는 젊어진다는 기쁨에 자기 어릴 적 모습을 확인 못한다는 것을 잊은 것마냥 뛸 듯이 기뻐하며 유진의 제안을 받아들였다.

그 처리까지 해놓은 후, 유진은 바로 준을 찾아갔다. 준은 이제나저제나 재혁이 오기를 기다리고 있었다. 문소리가 나자 반갑게 일어선 준은, 유진이 분노에 찬 얼굴로 들이닥치는 것을 보고 얼굴이 경악과 절망에 물들었다.

유진은 준의 머리채를 잡고 거칠게 침대로 메다꽂은 후, 평소보다 훨씬 거칠게 강간했다. 준은 그 고통을 느낄 새도 없었다. 머릿속에 오로지 예나밖에 없었다. 그동안 자신이 한 것이 연기였다는 것을 알게 된 유진이, 과연 예나는 그대로 두었을까?

"예나……예나는 어떻게 됐지?"

유진이 무슨 짓을 하든 말든 다급하게 묻는 준의 말에 유진은 한층 분노로 차올랐다. 저 머리에서 예나고 태린이고 모조리 꺼내서 없앤 후, 자신으로만 채우고 싶었다.

"죽었어! 그러니까 그 얘긴 두 번 다시 하지 마!"

유진의 말이, 어딘가 저 멀리서 들려오는 것만 같았다. 시간이 멈춘 것만 같았다.

준은 어느새 울부짖으며 유진에게 달려들고 있었지만, 그동안 홀쭉

하니 살이 빠지고 두 손이 묶인 준을 유진은 가볍게 제압했다.

나동그라져 미친 듯이 울고 있는 준이, 유진에게도 안쓰럽게 느껴졌다. 그가 자신을 보며 행복하게 웃는 모습을 보고 싶었다. 언젠가는 꼭 그렇게 만들리라. 그것은 처음부터 불가능했지만 이젠 진짜로 무슨 짓을 해도 영원히 불가능하게 되었다는 것을, 유진은 아직 알지 못했다.

그 이후 준은 모든 것을 놓아버린 얼굴을 하게 되었다.

가끔 정신이 드는 건, 민나가 들어올 때였다. 민나는 어떻게 유진을 사랑하지 않을 수가 있냐며, 자신이 한번 설득해 보겠다면서 준의 방에 드나들었다. 예나를 꼭 닮은 민나의 얼굴을 보면 준은 잠시 정신이 돌아오기에, 유진도 그것을 허락해 주었다.

하지만 처음에 민나를 보았을 때, 준은 다시 발작하며 울부짖고 소리쳤다. 민나가 처음 봤을 때보다 더 젊어진 얼굴을 하고 있다는 걸 준도 느꼈고, 그 이유도 눈치챘기 때문이었다. 당신이 사람이냐며, 손녀뻘 여자애를 먹고 젊어진 괴물인 걸 알고 있냐며 소리쳤다. 민나는 당황했지만, 뒤에서 유진이 보고 있었다. 민나는 준에게 뺨을 때린 후, 정신 좀 차리라며 쏘아붙였다.

그래도 두세 번쯤 보고 나자, 준은 발작이 잦아들며 민나를 보면 약간 눈빛이 돌아왔다. 그리고 아들 자랑이며 우리 아들을 사랑하기만 하면 모든 것을 얻을 수 있는데 왜 그러냐고 재잘재잘 떠드는 만나를 묘한 눈빛으로 쳐다보곤 했다. 그런 날의 밤엔 준은 여느 때처럼 정신 나간 얼굴을 하고 있되, 눈빛은 예전을 회상하듯 약간 아련하게 꿈꾸는 듯한 눈빛이 되는 것이 반가워서, 유진도 민나가 준을 설득한답시고 보는 것을 말리진 않았다.

그리고 유진은 중대한 결심을 했다.

'준이 여자가 된다면, 남자로서의 인생을 포기하고 더 이상 여자를 사랑하지 않을 거야.'

어차피 유진은 딱히 동성애자인 것은 아니었다. 자기 자신을 사랑할 뿐이었다. 여성화된 자기 자신도 충분히 사랑할 수 있었다.

곧 막대한 돈을 들여 수술 가능한 의사를 섭외하여, 그 건물에서 수술이 진행되었다. 성전환수술 과정도, 준은 나른한 얼굴로 받아들였다. 어차피 자신에게 무슨 짓을 하든 관심이 없어 보였다. 혹시라도 발작할까봐, 준은 수술이 마무리되고 회복되는 내내, 부작용을 최소화하는 방식으로 유진이 개발한 약물에 거의 늘 취해있었다. 자신이 주변의 부축을 받으며 여자가 보는 방식으로 소변을 본다는 것을 인지는 했지만 처음엔 꿈인 줄만 알았다. 그러던 어느 날, 준이 문득 정신이 들었을 때, 그는 여자로서 유진과 성관계를 하고 있었다. 정신이 있는 상태에서 이것을 어떻게 받아들일지 궁금했던 유진이 약물을 약간 조절한 것이다.

"나한테 무슨 짓을 한 거지?"

실로 몇 달 만에 입 밖으로 나온 준의 말이었다.

"이제야 정신이 드나 보네."

유진은 웃으며 말했다.

"넌 이제 여자야. 나만의 여자로서, 제2의 인생을 사는 거야. 네가 원하는 모든 것을 줄 수 있어. 이제 나의 여자로서, 제2의 인생을 행복하게 살아나가자."

준의 귀에 유진의 개소리가 아득하게 들려왔다. 처음에는 이것이 꿈인가 했다. 하지만 몇 달 동안 희미하게 누적된 기억으로, 준은 자신이 여자로 수술 당했다는 것을 깨달을 수 있었다.

더 비참해질 일은 없을 것 같았는데. 아득한 절망감에, 준은 눈물을 흘렸다.

"차라리 죽여."

준은 흐느껴 울며 사정했다.

"더 이상 날 가지고 장난치지 말고, 차라리 죽이라고."

그런 준을 유진은 부드럽게 입 맞추고 얼굴을 쓰다듬으며 말했다.

"곧 익숙해질 거야. 곧 나만 바라보게 될 거야. 행복하게 해줄게. 그러니 부디 나만 바라봐줘."

그러면서 유진은 준에게 키스를 퍼부었다. 유진의 그 진심 어린 눈빛과 태도에, 준은 깊은 절망을 느꼈다.

몸이 여자가 돼서, 그래서 뭐가 어떻단 말인가? 태린이 죽었다. 예나가 죽었다. 그 사실에 비하면, 자신이 여성이 되었다는 것은 그다지 큰 일이 아니게 느껴졌다.

하지만 오랜만에 준은 분노로 정신이 약간 돌아왔다. 언젠가부터 했던 굳은 결심을 오랜만에 떠올렸다.

언젠가는 반드시, 유진을 죽이고 말 거라고. 유진을 죽이기 전까지는 죽지 않을 거라고 말이다.

넋이 나가 있던 듯이 보이던 준의 정신이 조금씩 돌아오는 것을 보고, 유진은 약물을 줄였다.

왜 준이 정신이 돌아오기 시작했는지, 유진도 그 이유를 어렴풋이는 알았다. 과거 재혁과 현주를 포섭해서 하려던 짓을 재개하고 싶어서, 그래서 정신이 돌아오고 있다는 것을, 유진도 짐작할 수 있다.

이제 유진도 절망을 조금씩 느끼기 시작했다. 여성의 몸으로 만들고 일 년이 넘게 지나도, 준은 유진의 비위를 맞추는 듯이 보이면서도 그 내면에서는 자신을 간절히 죽이고 싶어 하는 증오를 느낄 수 있었다. 조금씩 정신이 돌아와 비위를 맞추기 시작한 것도, 아마 언젠가는 그를 죽이고 싶어서 타이밍을 노리는 것이라는 게, 유진의 눈에는 너무나 잘 보였다.

그동안 민나는 준과 친해지다시피 했다. 민나가 준에게 거의 며느리 대하듯 대하며 잔소리를 늘어놓는 걸 볼 때면 유진도 잠깐 기분이 좋아져, 피식 웃곤 했다. 민나는 아들의 복제인간인 준이 며느리인 것처럼 대하고 있었다. 이 확대가족을, 민나는 당연하다는 듯이 받아들이고 있었다. 지나치게 멍청해서 생각이 열린 것인지도 모른다는 생각도 들었다. 너무 머리가 좋은 사람과 나쁜 사람은 고정관념이 없을 경우가 많은 법이다.

그날은 유진이 멀리 출장을 간 지 이틀만이었다. 민나는 이번에야말로 유진이 없을 동안 준을 설득하겠다고 호언장담을 했다. 유진이 없는 동안 준의 이야기 상대가 되어주겠다고, 민나는 아마도 저번 출장처럼 매일같이 준이 감금된 방에 드나들 생각인 모양이었다.

민나는 자신의 전용 경호원과 함께 준의 방에 들어왔다. 손잡고 다정하게 들어오는 모양새를 보니, 아직 지금 경호원과 사귀는 모양이었다. 민나는 가끔 자신의 경호원과 연애를 했는데, 저번에 예나의 피부조직을 이식받아 더 젊어져서 자신이 붙은 모양인지 이번에 사귄 경호원은 유독 어려서 아직 20대였다. 칠순을 넘은 민나보다 무려 마흔다섯 살이 어린 남자 친구. 온몸에 이식받을 수 있는 조직은 다 이식받았기에, 민나는 얼굴만 팽팽한 게 아니라 몸도 정정하고 건강했다. 덕분에 그녀는 많이 쳐줘봤자 30대 초반으로 보여서, 둘의 나이 차는 그리 많이 나지 않아 보였다.

경호원의 손을 잡고 뽀뽀를 해가며 호들갑스럽게 들어온 민나는, 갑자기 무언가를 경호원의 목에 갖다 대었다. 지직, 하고 살타는 냄새가 잠깐 나더니, 경호원이 쓰러졌다. 아마도 전기충격기인 모양이었다.

쓰러진 경호원을 보며 준이 어리둥절해하는데 민나가 다가와서, 준이 민나나 유진을 만날 때면 언제나 묶여 있던 준의 손을 풀어 주었다.

준을 바라보는 민나의 눈에는 동정과 미안함, 죄책감, 그리고 무언가의 그리움과 회한이 섞여 있었다. 민나는 눈물을 머금고 말했다.

"더 빨리 못 와서 미안해. 이걸 준비하는 데 시간이 걸렸어."

그동안 민나는 사실 준에게 자주 왔다. 유진의 사랑을 받아들이라고 눈물로 호소하고 설득하거나 재잘재잘 떠들거나 때론 화를 냈던 것이 민나였다. 하지만 지금 하는 민나의 말이 무슨 뜻인지, 준은 어렴풋이 알 것 같은 느낌이 들었다. 민나는 비록 철저히 유진에게 동조하듯 굴고 유진은 그런 민나를 보며 의기양양해하고 뿌듯해했는데, 가끔 준을 보는 민나의 눈빛은 슬퍼 보였다. 유진을 위해 준을 설득하려는 민나의 태도가 완전히 진심처럼 느껴지지 않았었다.

민나는 아들의 사랑에 협조하는 듯이 굴었고, 준의 육체가 여자로 바뀌어 가는 과정도 묵인했다. 머리가 좋은 사람은 아니었어도, 민나는 아들을 잘 알았다. 서두르다간 준을 구할 기회를 영원히 잃는다는 것 정도는 알고 있었다. 아들이 자신을 완벽하게 믿게 하고, 완벽한 타이밍을 노려야 했다.

민나는 이제 마지막으로 모든 것을 걸고 아들을 사랑하려 하고 있었다. 사랑은 민나를 변화시켰다. 지금 민나는 필생을 걸고 머리를 쓰고, 필생을 걸고 신중했다. 칠순이 넘은 나이를 허투루 먹은 건 아니었다. 이제 민나는 젊은 날의 그 경솔하고 철딱서니 없던 사람이 아니었다.

유진의 머리가 민나보다 훨씬 좋긴 하지만, 그래도 민나가 아들의 머리 꼭대기에 오를 수 있는 결정적인 몇 가지가 있었다. 유진은 머리는 좋지만 시야가 좁고 공감능력이 떨어졌다. 어떨 때는 어린아이 같은 면도 있었다. 그리고 무엇보다도, 유진은 민나를 믿고 싶어 했다. 자신을 진심으로 믿고 싶어 하는 사람을 속이기란 쉬운 법이다. 더군다나 유진은 민나가 자신보다 멍청하다는 것을 아주 잘 알고 있기에, 언젠가 민나를 완전히 설득하고 세뇌할 수 있다고 믿고 있었다. 자신에 대한 지나친 자신감으로 상대방을 과소평가한 유진을 속이는 것은 생각보단 어렵지 않은 일이었다. 물론 민나만이 가능한 일일 수도 있다. 유진이 준을 제외하면 유일하게 인간적인 애정을 가진 사람은 민나일 테니까.

민나는 그동안 유진의 사상에 완전히 세뇌되어 아들을 떠받드는 엄마를 연기했다. 유진의 사랑도 적극적으로 응원해 주었다. 비록 젊은 시절엔 연기를 못해서 배우로 진출하는 데는 실패했었지만, 민나는 이번에야말로 인생을 건 명연기를 펼쳤다. 그것은 자신을 사랑하고 믿고 싶어 하는 아들을 속이기엔 충분했지만, 준까지 완전히 속은 것은 아니었다. 하지만 준은 민나의 그 연기가, 어딘지 자신을 위한 것임을 어렴풋이 깨달아서 아는 체하지 않았다. 사실 무언가를 아는 체하고 말고 할 정신이 아니기도 했다.

그동안 민나는 나이가 들며 점점 불안 증상에 시달리는 사람을 연기했다. 외모는 어떻게든 젊음을 유지한다 쳐도 뇌는 늙는다는 것을 유진도 아주 잘 알고 있었고, 아직까지는 뇌의 노화를 해결할 기술을 유진 역시도 두드러지게 발명해 내진 못했기에, 민나의 증상에 대해 다행히 유진은 의심하지 않았다.

민나는 불안 증상 때문에 경호원을 자주 바꿨다. 그렇게 바꾸다가 준과 체격이 비슷하면서 적당히 잘생긴 경호원을 두게 되자, 그를 적극적으로 유혹하기 시작했다. 유혹에 실패하자 그와 비슷한 경호원을 구해 달라 졸랐다. 결국 하나가 걸려들었다. 그리하여 그녀는 자신과 45살이 차이 나는 현 경호원과 지난 일 년간 잠자리를 함께했다. 온갖 선물 공세를 퍼부었다. 그리고 그녀는 경호원이 자신을 떠날까봐 두려워하면서, 자신의 사랑을 지켜달라고 유진을 졸랐다. 유진은 경호원에게 적지 않은 액수의 금액을 제시하고, 민나를 떠나거나 다른 여자에 빠지면 처하게 될, 좋지 않은 상황에 대해서도 적당히 경고해 주었다. 하지만 민나는 그것으로 만족하지 않았다. 경호원의 잘생긴 얼굴은 자신만 보고 싶다면서, 밖에서는 웬만하면 얼굴을 가리고 다닐 것을 요구했다.

민나로서는 마침 운 좋게도, 코로나 시대였다. 경호원은 민나의 요구대로 거의 모든 상황에서 야구모자를 쓰고 마스크를 착용했다.

민나는 전기충격기 공격을 받고 쓰러진 경호원을 안쓰럽게 보더니, 주사기를 꺼냈다. 민나는 이 남자가 싫은 건 아니었으나, 조금도 사랑하지 않았다. 바로 이 순간을 위해 그동안 사랑하는 척 연기해 왔다. 그래도 대가를 듬뿍 받아가며 외관상 30대를 갓 넘어 보이는 미녀와 실컷 즐기다가 이제는 자신과의 연애에서 자유롭게 풀려날 터이니 그에게 나쁜 일은 아닐 것이다.

마취제를 경호원에게 주사한 후, 그녀는 경호원의 옷을 벗겼다. 준은 민나의 의도를 눈치챘다. 경호원으로 위장해 빠져나가려는 것이다.

옷을 서로 완전히 갈아입고 야구모자를 쓴 후 마스크까지 쓴 준은, 아까 들어온 경호원과 똑같았다. 애초 그래서 고른 경호원이었다. 경호원은 준의 옷으로 갈아입히고 침대에 눕힌 후, 이불을 얼굴까지 끌어올렸다. 이 방엔 카메라가 설치되어 있지 않아서 다행이었다. 유진이 준과 성관계까지 갖는 곳이니 방에는 카메라가 설치되어 있지 않았다.

"왜 저를……."

민나는 손가락을 입에 갖다 대고 고개를 저었다.

"나가서."

준은 고개를 끄덕였다. 어쨌든 이것이 절호의 기회인 것은 알 수 있었다. 비록 탈출하고 나서 완전히 유진의 손아귀에서 벗어날 수 있는가는 알 수 없지만, 민나가 준을 유진의 손에서 벗어나게 하려는 것이고, 이것을 오랫동안 치밀하게 준비해 왔음을 알 수 있었다. 그것이 유진

때문이라기보단, 일단은 준 때문이란 것도. 아까부터 준을 보는 민나의 눈은 걱정과 죄책감이 그득했었으니까.

민나의 경호원으로서, 준은 민나와 무사히 그 지옥 같은 방에서 빠져나왔다. 2년여 만에 이 저택의 문을 나오면서, 준은 다리가 다 후들거릴 지경이었다. 예나의 죽음을 알게 되고 여자로 수술 당했다는 걸 인지한 이후로, 살아생전 이곳을 빠져나올 일이 생긴다는 것을 반쯤은 포기하고 있었다.

민나는 그동안 경호원과 드라이브 데이트와 카섹스 등을 한다는 이유로 운전기사도 두지 않았다. 물론 경호원과 충실히 드라이브 데이트와 카섹스 등을 즐기기도 했다. 덕분에 민나는 아무 의심 없이 준을 옆자리에 태우고 차를 몰았다.

"이제야 구해줘서 미안해. 유진 몰래 널 빼낼 방법이 나로선 이것밖에 없었어."

"그럼 그동안……그거 다 연기였나요?"

"그래. 내가 널 자유롭게 만날 수 있어야 이 상황이 올 수 있을 테니까."

운전하는 민나의 옆모습은 지나치게 젊어서, 놀랍도록 예나를 닮았다. 그 사실이 준은 기묘한 느낌이면서, 가슴이 아팠다.

"이렇게 하면, 정말 유진에게서 완전히 도망칠 수 있나요? 외국으로 도망갈 준비까지 혹시 해놓은 건가요?"

"아니, 그건 아냐. 내가 그 정도 능력이 되진 않아. 하지만 걱정하지 않아도 돼."

민나의 입가에 야릇한 미소가 걸렸다.

"유진은 널 더 이상 찾지 않을 거야. 내가 그렇게 만들 거야."

준은 민나의 말이 믿기지가 않았다.

"어떻게요? 아무리 유진이 당신 말은 듣는다 해도, 그게 가능할 거라 생각하세요?"

"그래, 가능해. 죽은 사람은 아무것도 하지 못해."

준은 그 말을 이해하지 못했다. 도저히 이해가 가지 않았다.

"그게……무슨 말이죠?"

"널 내 아들에게서 완전히 구해낼 거야. 그리고 내 아들도 구할 거야. 방법은 이것밖에 없어."

"설마……."

"그 아이를 죽일 거야."

순간, 준은 세상이 멈춘 듯한 느낌을 받았다.

민나의 말은 분명 진심이었다. 하지만 그 말에 증오는 없었다. 오히려…….

"당신은 아들을 사랑하잖아요."

준이 떨리는 목소리로 말했다. 그동안 그들을 보아온 준은, 그것을 민나 본인보다도 더 잘 알 수 있었다. 민나는 분명 유진을 아들로서 사랑한다. 제대로 주고받지 못해서, 그래서 더욱 갈증 어리게 사랑한다. 준의 말을 들은 민나의 눈에서 눈물이 흘러내렸다.

한동안 그들 사이에 말이 없었다. 차는 어느덧 기차역 근처에 다다랐다. 차에서 내리자, 민나는 차 뒷좌석에서 가방을 꺼내 그에게 건넸다.

"부자 아들 카드로만 사는 못난 엄마래서, 아들 눈에 안 띄게 현금 만들기 쉽지 않았어. 아들 눈에 안 띌 정도로만 비싼 거 팔고 빼돌리고⋯⋯그나마도 이번 일에 거의 다 썼고. 그래서 돈은 얼마 준비 못했어. 전 재산이라도 빼돌려서 주고 싶지만 그럴 수가 없네. 당분간 월세 얻고 살 정도는 될 거야. 우리 아들이랑 같은 유전자면 머리가 좋을 테니까, 어떻게든 살아갈 수 있을 거야. 거기 대포폰이랑 현금 있으니까, 일단 가고 싶은 곳에 가서 당분간 숨어 있어."

민나는 잠시 눈물 그렁그렁한 얼굴로 준을 바라보다, 와락 껴안았다. 그리고 머리를 부드럽게 쓰다듬었다. 어린 아들을 쓰다듬는 손길이라는 것을 준은 어렴풋이 느낄 수 있었다. 그리고 예나를 너무 닮은 이 여자, 유전적 친어머니인 이 여자의 손길을 왠지 뿌리칠 수가 없었다. 유전적 어머니이기 때문일까. 어머니 태린을 생각나게 하는 푸근한 느낌이 들었다.

"내 아들에겐 한 번도 이렇게 하지 못했어. 진작 했어야 했는데⋯⋯ 못했어."

그렇게 말하는 민나의 목소리는 떨리고 있었다. 그리고 그다음, 민나는 준의 가슴을 찢어 놓는 말들을 했다.

"용서해 줘. 내 목숨으로, 내 아들을 용서해 줘."

준의 귀가 번쩍 뜨였다. 아무리 자신을 구해준다 해도, 절대 불가능한 요구를 감히 하고 있는 것이다. 준은 민나를 밀쳐냈다.

"그게 무슨 말이야? 내가 어떻게 그 새끼를 용서해! 예나도, 엄마도,

9. 모성

내 인생도! 다 그 새끼 손에서 사라졌는데! 어떻게 내가 그놈을 용서해!"

민나의 눈에선 눈물이 펑펑 쏟아져 내렸다.

"그러니까 너라도 용서해 줘. 우리 아들이 유일하게 집착하고 사랑하는 너만큼은 우리 아들을 용서해 줘. 널 구하기 위해서라도, 그리고 내 아들을 구하기 위해서라도, 내 손으로 내 아들을 죽일게. 그러니 용서해 줘……."

"왜 날 구했죠? 대체 왜!"

"내 아들……평생 엄마 노릇 한 적 없지만, 그렇다고 내 아들이 괴물이 되길 바란 건 아니야. 괴물이 될 줄은 몰랐어.

내 아들을 내 손으로 죽일 거야. 그 아이를 죽이고 나도 죽을 거야. 그러니까 제발 내 아들을 용서해 주렴……너만이라도."

민나는 그 자리에서 털썩 무릎을 꿇고 엉엉 울었다. 그리고 준의 발에 매달렸다. 한동안 그 자세로, 민나는 하염없이 울며 두 손을 싹싹 비비기도 했다.

하지만 안 될 말이다. 세상 모두를 용서한다 해도 할 수 없는 것이 유진을 용서하는 일이었으니까. 준은 다리를 거세게 흔들어 민나를 뿌리친 후, 민나가 건네준 가방을 어깨에 메고 민나를 두고 떠났다.

민나는 유진의 저택으로 돌아와서, 다시 준이 갇혀 있던 방으로 들어갔다.

준의 방에는 아직 민나의 경호원이 자고 있었다. 경호원이 마취에서 풀려 깨어나자, 그녀는 미리 준비해 둔 경호원 복장과 차 키를 건네며 그에게 당장 자연스럽게 나가 도망가라고 일렀다. 이 상황에 동원된 상태에서 아들과 바로 마주치면 그도 죽이려 들 수도 있으니까. 경호원은 다행히 멍청한 사람은 아니라, 민나의 충고를 받아들여 재빨리 도망쳤다. 민나의 차는 연애 행각을 핑계로 아주 짙게 선탠이 되어 있는 데다, 자주 같이 다니기도 하고 각자 다니기도 했던 그들의 생활상 등으로 인해 경비 측에서도 혼선이 와서, 그날 함께 돌아오지 않은 민나의 애인이 혼자 나갔다는 것을 경호팀도 알아채지 못했다.

민나는 품에서 총을 꺼내 가만히 쓰다듬었다. 마지막 가장 중요한 '마무리'를 위해 구해둔 것이다. 연습도 여러 번 했다. 정확히는 사격실력을 위한 연습이라기보단, 총을 꺼내자마자 최대한 빠르게 재빨리 쏠 수 있는 연습이었지만. 어차피 바로 앞에서 쓸 거니 엄청난 사격실력이 필요한 건 아닐 것이다. 인류를 세계최강의 생명체로 만들어준, 누군가를 가장 효율적으로 죽이기 위해 고안된 이 잔인하고 위대한 무기를 쓰다듬으며, 민나는 누구인지도 모를 대상에게 기도했다.

부디 마지막 용기를 주소서. 부디 망설이지 않게, 실수하지 않게 해주소서.

이제 기다림의 시간이다. 아들이 이 방으로 돌아올 때까지, 민나는 기다리는 것이다.

얼마 후, 저택은 발칵 뒤집혔다. 민나가 준의 방에서 나오려고 하지를 않아 찾아왔다가, 준은 없고 민나만 있다는 것이 뒤늦게 밝혀진 것이다. 하지만 유진의 어머니인 민나에게 뭘 어떻게 하지도 못했다. 뭘 어떻게 할 수 있는 유일한 인물은 이 저택에서 최유진밖에 없었다. 민나는 내 말대로 안 하면 모두 위험해질 수 있다면서, 유진이 오면 이 방으로 안내하라고 협박 비슷하게 요구했다. 사실 방법은 그것밖에 없었다. 이미 준이 사라진 이상, 그들에겐 민나를 어떻게 할 힘이 없었다.

소식을 들은 유진이 달려왔다. 문을 벌컥 열고 들어온 유진은 찢어지는 목소리로 부르짖었다.

"민나⋯⋯엄마!"

순간, 민나의 심장이 철컹 내려앉았다.

난생처음 듣는 엄마 소리. 민나는 일생 유진에게서 단 한 번도 엄마 소리를 들어본 적이 없었다. 아들이 다 크고 나서야 뒤늦게야 듣고 싶었지만 그럴 수가 없었다. 한창 엄마 소리를 들을 수 있고 엄마가 필요한 나이엔 본인의 자유로운 생활을 위해 엄마로서의 역할을 철저히 거부해 놓고, 엄마 손길이 필요 없어진 나이에 와서야 엄마라고 불러 달라고 할 수가 없었다. 엄마의 역할은 하나도 하지 않고, 엄마가 필요 없어진 나이의 아들에게서 경제적 혜택만 실컷 받고 살았다. 차마 엄마라 불러 달라고 할 수 없었던 것이, 민나의 엄마로서의 마지막 양심이었다. 그것이 엄마로서의 책임은 철저히 거부하고 돈 많은 아들을 가진 사람으로서의 혜택만 철저히 누리는 대가 비슷한 것이었다.

그래도 한 번쯤은 스스로 엄마라고 불러줬으면 싶은, 그런 마음이 없던 것은 아니었다. 방금 한 말이 민나를 회유하기 위함인지, 절박한 심정에서 '엄마'에게 아들로서 매달리려는 본능에서 나온 말인지는 알 수 없지만 말이다. 민나의 눈에 눈물이 고였다. 유진은 그 눈물에서 희망을 가지고, 간절하게 말했다.

"준 어딨어? 어디로 빼돌렸어?"

민나는 고개를 저었다. 유진이 간절하게 말했다.

"준은……내 유일한 사랑이야. 내가 일생동안 원하는 건 준밖에 없었어."

"하지만 그 앤 아니잖아. 그 애가 원하는 건 너한테서 벗어나는 것뿐이잖아."

유진은 순간 상처받은 얼굴이 되었다가, 격렬하게 소리쳤다.

"그게 당신이 무슨 상관인데! 당신이, 엄마가, 나를 위해서 한 게 뭔데? 아무것도 없잖아! 근데 내 인생 유일한 사랑마저 빼앗으려 들어 왜!"

이번엔 민나가 상처받은 슬픈 얼굴이 되었다.

"맞아. 난 너를 위해 한 게 없어. 이게 내가 너를 위해 엄마로서 할 수 있는 유일한 일이야. 그래서 이것을 위해 모든 걸 걸었어."

민나는 그렇게 말하고, 의연하게 웃었다. 그 표정에서, 유진은 민나가 준이 어디 있는지 절대 말하지 않을 거란 걸 직감할 수 있었다.

"제발, 제발. 내가 민나 당신을 고문하게 하지는 말아줘……."

그렇게 말하는 유진의 눈에서 눈물이 흘렀다. 유진은 진심으로, 민나를 고문하고 싶지 않아 했다.

아아, 유진은 민나를, 아니, 아들은 어머니를 사랑했구나. 지금, 민나와 유진은 그것을 동시에 느끼고 있었다. 그리고 민나도, 아들을 아들로서 사랑했다. 그것을 너무 늦게 깨달았다. 평생을 그의 엄마로서의 역할을 외면해 왔고, 그래서 이제 와서 그의 엄마로서 할 수 있는 마지막 역할이 이런 것밖에 없었다. 민나의 눈에서도 눈물이 흘렀다.

"몰랐어……정말 몰랐어……그래서 미안해."

민나는 정말 몰랐다. 원래 영리하진 못한 탓인지, 부모 사랑을 모르고 자란 환경 탓인지는 몰라도, 자신은 그에게 무엇이어야 하는지, 그는 자신에게 무엇인지 정말 몰랐다. 많은 돈을 줄 테니 낳으라고 해서 낳았고, 그렇게 '생산'된 생명체가 아름답고 똑똑해서 자랑스러웠다. 그뿐이었다. 어차피 돈 많은 집에서 알아서 부유하게 잘 클 아이에 대한 책임감 따위, 가질 필요도 없었고 가지지도 않았다. 자랑스러워만 하고, 가끔 가서 옆집 강아지 귀여워하듯 귀여워만 해주면 엄마 역할은 다했다고 생각했었다. 그러면서 그의 엄마로서의 혜택은 실컷 누렸다. 그 모든 것이, 지금의 민나에겐 무거운 마음의 짐과 책임감이 되어 돌아왔다. 이제 와서 그녀가 그에게 엄마로서 할 수 있는 마지막 모성. 그것은 이것밖에 없었다. 그의 악행과 죄악을 멈추는 것.

"영원히 사랑해, 내 아들."

그 말을 마치자마자, 민나는 숨겨두었던 총을 꺼내 유진을 향해 쐈다. 그리고 곧바로 자신의 관자놀이에 대고 쐈다.

유진의 경악한 얼굴 그대로, 민나의 슬픈 미소를 머금은 얼굴 그대로, 두 사람이 동시에 쓰러졌다. 눈 깜짝할 사이에 일어난 일이었다.

준은 기차를 타지 않았다. 그냥 그 근처 싸구려 모텔로 가서 한동안 틀어박혔다. 그리고 민나가 건네준 핸드폰과 모텔 TV로 뉴스만 열심히 찾아보았다.

며칠 후, 영원 바이오 회장이 습격을 받아 중태에 빠졌단 뉴스가 올라왔다. 민나는 약속을 지킨 것이다. 죽었다는 뉴스는 뜨지 않았지만, 더 이상 유진이 자신을 집요하게 찾지는 않을 것이란 직감이 왔다. 자신은 아마 어디로든 갈 수 있을 것이다.

하지만 어디로 간단 말인가? 가고 싶은 곳은 더 이상 없다. 보고 싶은 사람도 없다. 그런 사람은 유진의 손에 모두 비참하게 죽고 말았다. 사실 정말 보고 싶은 사람은 딱 한 명, 오히려 유진밖에 없었다. 유진을 만나서, 최대한 고통스럽게 죽여 버리고 싶었다. 그에 대한 증오 말고는 남은 것이 없었다.

하지만 물론, 유진을 찾아갈 마음은 없었다. 그 끔찍한 저택으로 다시 갈 마음은 없었다. 그렇다고 이대로 숨어 있을 수만은 없을 것이다.

몇 달 동안 준은 그렇게 싸구려 모텔이나 여관만 전전하며 숨어만 있었다. 서울 기준으로 간신히 원룸텔이나 고시텔이라도 들어갈 법한 돈까지 떨어지기 직전에야, 준은 서울로 가는 기차에 몸을 실었다. 희망을 찾으러 가는 것은 아니었다. 오히려 더욱 방황하러 가는 것에 가깝다고 할 수 있을 것이다.

10. 리사

'네메시스'는 간판 없이 영업하는 트랜스젠더 바로, 이태원 바닥에서 나름대로는 잘 나가는 편이었다. 트랜스젠더 업소 중엔 공연과 라운지 바로서만 운영하는 건전한 곳들도 꽤 있었지만, 이곳은 아니었다. 그 일대에서 수위가 가장 높기로 유명했다. 수위 높은 유흥업소로 운영하면서도 홀에서 공연도 자주 했다. 룸 수위도 높게 운영하는 곳으로, 2차도 꽤나 나가는 그런 화류계 업소였다. CD*와 쉬메일**과 성전환수술을 완료한 트랜스젠더 아가씨들이 적절히 섞여서, 노래와 춤을 잘하

---

* CD: 크로스드레서(**C**ross**D**resser). 남장여자, 여장남자 등, 성별과 반대되는 스타일의 옷을 입는 사람을 가리키는 용어인데, 트랜스젠더 중에서 신체의 여성화/남성화를 진행하기 전이거나 진행하지 않고 옷만 본인의 정체성대로 입는 사람을 이렇게 부르기도 한다.

** 쉬메일(shemale): 남성의 신체로 태어나서 신체의 여성화는 진행했지만 성기수술을 하지 않은 사람. 신체의 여성화까지는 진행했으나 아직 성기수술은 하지 않은 상태의 트랜스젠더를 분류상 이렇게 부르기도 한다. 다만 공식 명칭은 아니고 원래는 그 상태의 몸을 이용해 성 상품화를 하는 인물을 주로 지칭하는 말이기 때문에, 비 트랜스젠더가 성전환수술을 하지 않은 트랜스 여성을 이렇게 부르는 것은 성희롱으로 여겨지기도 한다.

고 끼가 많은 인물, 남자 티가 많이 나는 인물, 예쁜 인물, 웃긴 인물, 골고루 섞여 있었다. 어떤 손님이 만지든 손님이 만지작거리는 것에 대해 비위만 좋고 인물이 괜찮다면 끼가 딱히 없어도 일하는 것이 가능하다는 데서, 아마 '그녀', 즉 [민나]가 여기로 일하러 온 게 아닐까 한다. [민나]는 공연을 전혀 하지 않았지만 만지는 것에 대해선 거부하지 않았고 인물은……도저히 말이 안 나올 수준이었으니까.

[민나]는 한동안 '네메시스'의 화제였다. 마스크에 모자까지 눌러쓴 '그녀'가 가게에 들어와 마스크와 모자를 벗는 순간, 매니저는 할 말을 잃었다. 공간이 밝아질 정도의 미모였다. 면접이고 뭐고 더 할 필요가 없었다. 저 얼굴이 안 팔리면 대체 누가 팔리겠는가?

키는 컸다. 골격도 남자치곤 가늘었지만 한눈에 여자로 보일 만큼 여리여리하진 않았다. 하지만 트랜스젠더인 거 다 알고 오는 트랜스젠더 가게에 반드시 키가 아담하고 여리여리한 사람만 있을 필요는 없었다. 애초 이 가게에서 나름 상위권 지명을 가진 쉬메일인 '리사'라는 인물부터가 180cm가 넘는 키에 건장한 체격을 갖고 있었다.

거기다 저 얼굴. 저 분위기. 모든 게 압도하고 있었다. 어둡게 가라앉은 눈빛을 하고 있었지만, 그것마저도 아름다웠다. 이토록 도도하고 신비롭고 아름다운 얼굴을 본 적이 없었다. 외모만으로는 어느 가게든 가게의 마스코트, 아니 그 가게의 전설이 되고도 남음이 있었다.

업소에서의 이름을 뭐로 할 거냐는 물음에, 그녀는 한 치의 고민도 없이 '민나'라고 대답했다. 어디서 따온 이름이냐고 가볍게 묻자 그녀는 표정이 굳었다. 매니저는 아마도 싫어하는 사람 이름이겠거니 했다.

싫어하는 사람 이름을 업소명으로 하는 아가씨나 선수들이 종종 있었기 때문에 그러려니 했다. 어쨌든 압도적인 외모를 가진 물건 하나 들어온 걸로 크게 만족했다.

하지만 [민나]가 외모뿐이라는 걸 아는 데는 얼마 걸리지 않았다. 그녀는 딱히 거슬리게 하진 않았지만 아무런 의욕이 없어 보였다. 무언가 영혼의 빛이 꺼진 거 같았다. 손님의 선택을 받고 들어가면, 말을 시키면 대답은 잘하고 잘 들어주었다. 스킨십을 해도 잘 받아주었다. 사실 '받아주었다'라기 보단 '아무런 반응이 없다'고 하는 것이 더 나을 것이다. 어디를 만지든, 볼을 만지든 어깨를 만지든 반응하지 않았다. 가슴이나 팬티에 손을 넣으면 기계적으로 막았지만, 팁을 많이 주면 그것도 놔두고 반응하지 않았다. 숫제 통행료를 정해놓고 내면 통과시켜 주는 거나 마찬가지였다. 좋아하지도 싫어하지도 않는 거에 가까운, 과연 몸을 만지는 것인가 머리카락을 만지는 것인가 만지는 사람도 헷갈리게 하는 반응. 젖꼭지를 꼬집거나 하여 아프게 하면 가볍게 눈살을 찌푸렸지만, 그것조차도 무언가에 집중하다 어디 긁힌 표정이었다. 거부도 혐오도 없지만 흥분도 전혀 없었다. 돈을 더 주고 무언가 더 깊이 나간 행동을 시키면 스스로 정해 놓은 금액과 허용치에 따라 노예처럼 따랐지만 눈빛은 꺼져 있었다. 하지만 그래서 오히려 더 흥분하는 사람도 있었다. 자고로 예쁘면 뭐든 예쁜 법이다. 손님이 잘생기든 못생기든 친절하든 불친절하든 별 차이도 없었다. 살아 있는 육체를 가진 아름다운 리얼돌 같다는 말도 돌았다.

물론 그런 식의 반응 없고 기계적인 태도에 질린 사람도, 화내는 사람도 있었다. [민나]의 외모에 반해 돈을 퍼부은 사람은 특히 그랬다. 결국 매니저가 [민나]를 불러 연기라도 하라고 충고했다. [민나]는 그 죽은 눈빛으로, 숨 한번 들이켤 시간도 없이 싫다고 했다. 하지만 그러면서 방법은 제시했다. 차라리 마음의 병을 앓고 있는 캐릭터로 나가면 먹힐 거라고. 보통은 어림없겠지만 내 외모면 그것도 캐릭터가 돼서 잘 팔린 거란 걸, 전혀 자부심이나 거들먹거림 없이 남의 얘기 하듯이 감정 없는 목소리로 말했다.

그녀가 그런 생각을 미리 준비해 놓는 인물은 아닐 것이다. 그냥 살기 위해 자동반사적으로 머리를 쓰는 것 같았다. 그런 설명도 숫제 AI처럼 감정 없이 늘어놓았다.

[민나]는 아무와도 교류하지 않았다. 그저 돈만 벌고 나갈 뿐이다. 말을 걸면 대답만 하는 수준이었다. 그렇다고 거슬리게 하는 것은 없었다. 누가 시비를 걸면 마치 벽보고 이야기하는 기분을 느끼게 하며 가만히 듣고만 있다가 적절한 타이밍에 잽싸게 빠져나갔다. 시비가 심해지면 매니저에게 보고하거나 시비의 허점을 정확하게 따져 피하는 걸 보면, 원래 머리는 좋은 모양이었다. 머리 쓰기가 싫어서 평소에는 뇌를 꺼내 시냇물에 씻어서 바위틈에 잘 감춰 놓았다가, 곤란한 일이 생길 때만 도로 꺼내서 머리를 쓰는 느낌이었다. 어쨌든 [민나]는 외모로 용서할 수 있는 선에서 행동했고, 정 귀찮아져야만 정확히 귀찮은 걸 피할 수 있을 정도만 피하거나 반격했다. '태어난 김에 사는 남자'라는 별칭을 가진 방송인이자 웹툰 작가인 기안84와는 전혀 다른 유형임에도, 어찌 보면 태어난 김에 사는 사람 같았다.

리사는 [민나]를 처음 보고 얼굴을 붉혔다. 이렇게 아름다운 존재를 본 적이 없었다. 자기도 모르게 귀까지 빨개졌다. 비록 몸은 남자로 태어났어도 영혼은 뼛속까지 여자이고 연애상대로도 남자만 좋아하는 리사가 트랜스 여성을 보고 그런 것은 처음이었다. [민나]는 리사의 빨개진 얼굴과 귀에 시선을 주고, 무언가 불쾌한 것이 생각났다는 듯이 눈살을 찌푸리며 고개를 돌렸다. 그것이 한동안 상처가 되어 마음에 남을 정도로, [민나]의 모습은 리사에게 강렬하게 남았다. 그리고 그런 [민나]가 세상 다 포기한 것처럼 사는 것을, 리사는 한동안 고깝게 보았다. 자신이 저런 얼굴을 타고 태어났다면 세상을 다 가진 것처럼 살았을 텐데, 하고 말이다.

리사는 딱 봐도 트랜스젠더다. 그것은 아마 아무리 수술을 해도 한계가 있을 것이다. 골격도, 키도 컸다. 아마 남자였으면 매우 잘생기고 인기 많은 남자였을 것이다. 목소리는 남자치고는 상당히 미성이나 트랜스젠더라는 티가 분명하게 나는 남자 목소리였다. 하지만 일하는 업장이 어차피 트랜스젠더를 보러 오는 유흥업소이니, 꼭 트랜스젠더티가 안 날 필요는 없었다. 비록 확연히 원래는 남성의 신체로 태어났다는 것이 티가 나는 몸집과 목소리지만 남자로서는 미남이었을 것이 분명한 꽤 수려한 외모 덕에, 리사는 여장남자 티가 많이 나는 쉬메일 취향의 사람들에게 소요가 있었다. 사실 그런 취향의 손님들과, 나름 괜찮은 가창력과 무대 끼를 지닌 덕분에, 리사는 가게에서 어느 정도 상위권 지명이었다.

아마 리사가 남자였던 시절엔 게이들에게 매우 인기 있을, 특히 바텀게이*들이 환장할 타입이었을 것이다. 외모만 보면 실제로 그랬던 데다, 리사는 자신의 외모가 선이 굵은 편이라 그런지 곱고 아름다운 남자를 좋아했다. 탑게이**인 척하면서 아름다운 바텀게이를 만나는 탑게이로 살까를 고민했던 적도 있었다.

하지만 그러기에 리사는 너무나 여자이기를 갈망했다. 그뿐만 아니라 여성스러운 취향까지 확고했다. 성차별적 표현에 엄격한 사람이라 해도, 리사가 여성스럽다는 것을 부인하지는 못할 것이다. 아기자기하고 예쁜 물건, 화장품, 예쁜 여성 옷, 예쁜 액세서리 등에 환장했다. 다만 그렇다고 리사가 얌전하고 나긋나긋한 타입이라는 건 아니다. 엄밀히 말하자면 말괄량이에 가깝다고 해야 할 것이다. 여성적인 취향이라는 것이 고정관념이라 하더라도, 어쨌든 그녀는 여자이기를 갈망하는 동시에 취향도 대체로 사회적으론 여성적이라 규정하는 취향을 갖고 있었다.

리사의 본명은 '강규식'이었으나, 블랙핑크 리사를 동경하여 여자 이름을 '리사'라고 지었다. 리사는 그녀의 여신이고, 영원한 동경이었다. 재밌는 것은, 얼굴 생김새 자체는 묘하게 비슷하다는 것이다. 여자 아이돌들 중에서도 가녀린 블랙핑크 리사와는 달리 그녀는 딱 봐도 트랜스젠더로 보일 만큼 남자답게 건장한 체격이었기에 언뜻 비슷해 보이

---

* 바텀게이(bottom gay): 남성 동성애자의 성적 포지션에서 주로 삽입 당하는 쪽을 지칭한다. 예외는 있으나 실제로도 좀 더 여성스러운 경우가 많다.

** 탑게이(top gay): 남성 동성애자의 성적 포지션에서 주로 삽입하는 쪽을 지칭한다. 역시 예외는 있으나 실제로도 좀 더 남성적일 경우가 많다.

지 않으니, 블랙핑크 리사 입장에선 꽤나 억울하게 닮았다고 할만하다. 하지만 큼직한 이목구비로 인종 구분이 모호한, 서구적으로 시원스럽게 잘생긴 느낌은 은근 비슷하여, 그녀의 이름을 듣고 블랙핑크 리사를 떠올린 사람들은 웃음을 터뜨리곤 했다.

클럽에서 노래 부를 때도, 랩과 보컬과 댄스 모두 잘 한다는 것도 아마 그녀가 이름을 따온 가수와 그나마 비슷한 구석이라고도 할 수 있을 것이다. 그것은 그녀의 인기 포인트이기도 했다. 특히 샘 스미스의 '언홀리'*가 몹시 잘 어울렸다. '언홀리'라는 노래가 나오고, 클럽에서 리사가 그 노래를 부르자 반응은 압도적이었다. 그 후로 '무대의 에이스'라 칭찬받으며 '에이 리사(실제 업장 지명에서 에이스까진 아니라서 우스개로 붙여진 별명이었다)'라는 별명과 함께 그러잖아도 중상위권이던 리사 지명이 꽤나 많이 늘었을 정도였다.

지금은 엄마 성을 따라 성까지 바꿔서 '나리사'로 호적을 고친 것도 어쩌면, 블랙핑크 리사의 본명이 '라리사'라는 것이 지분을 어느 정도 차지할 것이다. 아버지에 대한 반감이 더 컸지만 말이다. 그녀의 아버지는 그녀가 여성스러운 모습을 보일 때마다, 혹은 그냥 가만히만 있어도, 남자는 맞으면서 커야 남자다워진다면서 '규식'이었던 시절의 리사를 개 패듯 패곤 했다. 아버지는 리사에게 건강한 몸과 엄청난 힘을 물

---

* 언홀리(Unholy): 영국 가수 샘 스미스와 독일 가수 킴 페트라스가 합작한, 2022년 발표된 팝 음악. 논바이너리인 샘 스미스와 트랜스젠더인 킴 페트라스의 합작이라, 각기 해당 성소수자 정체성으로 최초로 빌보드 1위를 한 기록을 세웠다. 곡 가사는 '아내와 아이들을 내팽개치고 성매매 업소에서 불경한(Unholy) 짓을 하는 아빠(Daddy)'를 경멸하며 욕하는 내용을 담고 있다.

려주었고, 아무리 수술을 해도 트랜스젠더라는 티가 나게 할 건장한 체격 또한 물려주었다. 리사는 아버지를 평생 증오해 왔고, 그것은 영원히 변치 않을 것이다. 지금은 돌아가신 그녀의 어머니는, 그런 그녀를 지키기 위해 몸을 던지다 같이 두들겨 맞곤 했다.

그녀는 [민나]를 질투하면서도, 때로는 그녀를 보며 생각하곤 했다. 쟤가 남자였을 무렵, 트랜스젠더가 아니었다면 나의 이상형이었을 거라고. 아니, 그는 아마 모든 여자들의 이상형이었을 것이다. 뭐 꼭 여자만 좋아한 건 아니었을 것이다. 임계점 이상의 아름다운 존재는 취향을 안 타는 법이다. 그런 존재는 최애나 취향이라는 개념과는 별개로 존재한다. 남자든 여자든 동성애자든 이성이자든, 그에게 호감을 느끼지 않는 사람은 아마 없었으리라.

질투든 뭐든, [민나]는 확실히 눈길을 끄는 존재였다. 리사는 자기도 모르게 늘 [민나]를 관찰하고 있었다. 붙임성 있게 인사도 하고 말도 몇 번 걸었지만, 그리고 밥 먹자 라든가 놀러 가자 등의 제의도 해 보았지만, 영혼 없이 대답하고 고민도 하지 않고 정중히 거절하는 것을 보고 더 이상 말은 걸지 않았다. 아마 [민나]는 자신이 말을 걸든 개가 사람 말을 하여 말을 걸든 인공지능 컴퓨터가 말을 걸든 차이점도 모르고 기억도 하지 않을 것이다. 하지만 도저히 관심이 가라앉지를 않았다. 어느샌가 그녀는 늘 [민나]를 지켜보고 관찰하며 그녀에 대해 늘 생각하고 있었다. 어떤 위화감을 동반한 호기심 같은 부분도 있었다. 영혼만큼은 뼛속까지 여자인 리사는 '여자의 촉'이 발달되어 있었다. 하지만 그 위화감이 뭔지, 관심의 정체는 뭔지, 스스로도 정의하지는 못했다.

리사가 업장의 자질구레한 일을 정리하고 늦게 나오던 날이었다. 그날따라 죽은 눈빛의 [민나]의 얼굴이 머리를 떠나지 않았다. 마음이 문득 복잡해진 리사는 길거리를 조금 걷다가 들어가려고 아무 생각 없이 골목골목을 방황했다. 어느새 으슥한 골목이었고, 노출도가 좀 있는 복장의 '여자'인 리사였지만 딱히 무섭진 않았다. 저쪽에서 양아치들이 걸쭉한 욕설을 지껄이며 떠드는 듯한 소리가 들렸지만 역시 무섭지 않았다. 평생 그런 걸 무서워하며 산 적이 없었기 때문이다.

하지만 무언가 이상했다. 등줄기에 무언가 소름이 끼치는 느낌이 들었다.

"어휴, 예쁜 형아가 앙칼지네? 어차피 남자랑 하고 싶어서 수술한 거 아냐. 우리랑도 즐겨 봐야지."

리사는 양아치들이 어떤 트랜스젠더를 둘러싸고 강간하려 드는 상황이란 걸 깨달았다. 더 소름 끼치는 건, 그 트랜스젠더의 목소리가 아는 목소리 같다는 것이었다.

"뭐 하는 짓이야. 비켜."

[민나]다! 리사는 정신이 번쩍 들었다. 어차피 상대가 누구든 끼어들 생각이었지만, [민나]의 목소리를 들은 순간 리사의 발은 자동으로 그쪽을 향해 달려가고 있었다.

"야, 이 쓰레기 새끼들아!"

걸쭉한 목소리는 성대수술을 받았음에도 전혀 여성스럽지 않은 목소리였다. 리사는 굳이 이 상황에서 목소리를 꾸며낼 필요를 느끼지 못했다.

다들 일제히 돌아보았다. [민나]가 키가 크긴 해도 눈이 번쩍 뜨일 만큼 신비롭고 아름다운 여자로 보인다면, 리사는 누가 봐도 트랜스젠더였다. 비록 남자였던 시절 꽤나 잘생겼던 리사는 한껏 꾸며 제법 아름답긴 하지만, 남자임을 감출 수가 없는 골격과 피지컬이다. 화려한 짧은 스커트를 입고 등 파진 상의에 화장도 예쁘게 하고 치렁치렁 장신구도 잔뜩 달았지만, 지나가는 참새한테 물어봐도 짹짹거리며 트랜스젠더임이 확실하다고 대답하며 지나갈 듯이 늠름한 자태였다. 불량배들은 피식 웃었다.

"어쭈, 거시기 뗀 남자들이 여기저기 있네?"

"거시기 뗀 남자 가지고 지금 뭐 하는 거야?"

리사가 한심하다는 듯이 빈정대며 맞받아쳤다. 엄밀히 말하면 리사는 아직 거시기를 떼기 전이었지만, 그런 것까지 설명할 필요성은 못 느꼈다.

리사의 등장으로, [민나]는, 아니 [민나] 속의 준은 약간 정신을 차렸다.

모르는 인물은 아니다. 아니, 가게 사람 중 유일하게 그가 뚜렷하게 기억하는 인물이다.

첫 기억은, 자신을 바라보던 시선이다. 얼굴을 붉히고 귀까지 빨개지던 그 모습에서, 불현듯 유진이 생각나 불쾌했었던 것 같았다. 다만 그때까지는 리사의 존재 자체는 기억에 없었다.

그 후에 그녀를 알게 된, 정확히는 '기억'하게 된 순간은 뚜렷하게 기억하지만, 그게 언제인지는 기억도 나지 않았다. 클럽 안에 울려 퍼지는 음침하고 장중한 반주 속에서, [민나] 속의 준이 문득 정신을 차린 적이 있었다. 순간적으로 깨어난 '준'이 무대를 바라보니, 묘한 느낌의 트랜스젠더가 노래를 부르고 있었다. 그 음침하고 오묘한 느낌은 그녀와 잘 어울렸다. 사람들의 집중과 호응을 보니 유명한 노래인 모양이다. 가슴골로 들어가는 넥타이 모양 T자 목걸이, 아슬아슬한 비키니 같은 것만 걸친 헐벗은 몸 위에 남성의 정장 재킷을 하나 걸친 그 차림새는 어딘가 불경한 느낌으로 퇴폐적이며, 몹시 오묘하고 중성적이었다. 남자의 피지컬에 여자의 볼륨이 합쳐져, 남자도 여자도 아닌 듯한 느낌. 남자로선 미성이나 여자의 목소리는 아닌 듯한 목소리. 남자였을 때 남자다운 미남이었을 게 분명한 그녀의 노래는 매우 강렬해서, 아마도 그 강렬한 느낌이 오랜만에 '준'을 깨워주었을 것이다. 그 이유는 아마도 '대디'를 언급하는 가사에서 느낀 리사의 감정 때문인 거 같았다.

순간적으로 리사에게선, 결코 용서할 수 없는 증오와 경멸이 느껴졌다. 같은 감정에 몸을 담고 있는 준은 그 뿌리 깊은 증오를 뚜렷하게 느낄 수가 있었다. 그 노래가 울려 퍼지는 동안은 잠시 '준'의 정신을 되찾을 수 있을 정도로. 아마 그 이후로 가게 사람들 중 적어도 리사는 기억을 하게 된 거 같았다.

바로 그 '리사'가 이 위험한 상황에 겁도 없이 다가오는 것이다. 오랜만에 '준'으로서 사고회로를 돌리는 준은 혼란스러웠다.

'쟤는 지금 뭐 하는 거지? 상황판단을 못 하는 건가?'

심지어 리사는 본인이 입은 스커트를 잠시 고민스럽게 쳐다보더니 (비즈가 많이 달린, 제법 비싼 제품이었다), 주섬주섬 벗었다. 준은 더욱 당혹스러웠다. 불량배들은 일부는 벙찌고, 일부는 휘파람을 불며 지껄였다.

"오, 저 형아는 화끈하네?"

하지만 뭔가 이상했다. 리사는 일단 손목에 낀 고무줄로 머리를 틀어올려 묶은 다음, 양쪽 손가락에 낀 굵은 반지는 모조리 빼서 오른손에 끼고, 손수건을 꺼내 왼손 손등에 둘러매었다. 뭔가 익숙한 태도였다. 불량배들 일부와 준은, 마지막에야 리사의 의도를 짐작했다. 하지만 불량배들 일부는, 준비를 끝마친 리사의 주먹에 나가떨어지고 나서야 그 의도를 알아챘다.

"뭐해 등신아! 공주님이냐?"

싸우면서 준에게 던지는 리사의 그 말은, 준의 정신이 번쩍 들게 했다. 그 느낌은 뭐랄까, 숨겨왔던 나의 테스토스테론이 미토콘드리아에서부터 깨어나는 느낌이었다. 그리고 동시에, 저 우주 어딘가에 숨어 있던 정신줄이 빛의 속도로 내려와 강렬하게 뇌에 박히는 듯한 느낌이 들었다.

잠깐 멍하니 있던 준은 정신을 차리고 벌떡 일어나, 벌써 한 명 기절시키고 날아다니듯 싸우고 있는 리사 옆으로 합류했다.

실로 경이적인 싸움 실력이었다. 준은 예전엔 효도르 정도의 체급이 아니면 불가능하리라 생각한 17대1로 싸워 이긴다는 것이, 적어도 이

인물에겐 실제로 가능하리란 생각을 하게 되었다. 털린 이빨이 몇 개 굴러다니고, 앞으로 자손을 남기기 힘들 듯한 자세로 쓰러진 놈도 있었다.

준도 남자였던 시절 결코 약한 편은 아니었다. 하지만 신체능력은 머리에 비해 월등히 좋은 편은 아니었다. 게다가 반복된 수술과 마취로 몸도 허약해져 있었고, 운동 같은 걸 안 한 지 너무 오래됐다. 그래도 그럭저럭 정신을 차려서, 상대를 신나게 두들겨 패고 있는 리사 뒤로 달려드는 남자를 떼어내어 들이받거나, 벽돌을 주워서 리사 머리를 내려찍으려는 놈의 손을 발로 차서 벽돌을 떨어뜨리게 하는 등, 그럭저럭 리사가 안전하게 불량배들을 다 때려눕히는 걸 도와줄 수 있었다. 하지만 준은 장담하건대, 자신이 공주님처럼 얌전히 오들오들 떨며 가만히 있었다 한들, 리사가 전부 쓰러뜨렸을 것이라 확신할 수 있었다. 리사는 자신이 도와준 덕분에 전혀 다치지 않았을 뿐, 혼자 싸웠다 해도 본인은 멍이나 가벼운 찰과상 정도만 입고 전부 납작하게 두들겨 패고 쓰러뜨렸을 것이다. 리사는 상황판단을 못 한 게 아니었다. 판단을 할 필요가 없을 정도로 강한 거였다.

전부 전투능력을 잃고 기절 혹은 신음 소리를 내며 바닥에 모두 뒹굴 때쯤에야, 리사는 손을 탁탁 털고 한숨을 쉬었다. 그러면서 재빨리 벗어놓은 치마부터 챙겨 입으며 스타킹 나간 걸 보고 한숨 쉬는 걸 보면 여자는 여자인 모양이다. 하지만 그녀는 아마 남자였던 시절부터 압도적인 강자였을 것이다.

준은 이상한 기분이 들었다. 나쁜 느낌은 아니었다. 사실 불과 삼십

분 전까지만 해도 준은, 그들에게 윤간을 당했다면 기분은 매우 불쾌했겠지만 크게 다치지만 않으면 아무런 생각이 없었을 것이다. 원래는 없었어야 할 신체기관으로 남의 불쾌한 살덩이가 왔다 갔다 할 뿐인 거다. 유진에게 수도 없이 당한 거나 이들에게 당하는 거나 그리 큰 차이를 느끼지 못했을 것 같았다. 하지만 이렇게 이 쓰레기들을 자기도 얼추 도와서 때려눕힌 느낌은 희한했다. 후련하기도 하지만, 그것과는 좀 다른 느낌이었다. 오랜만에 '남자'로, '준'으로 돌아온 느낌이었다.

"어이, 거기 아가씨!"

그래서인지, 리사가 그렇게 불렀을 때, 준은 다시 현실로 돌아온 미묘한 불쾌함으로 얼굴이 일그러졌다.

리사는 준의 표정을 보고, 전부터 느끼던 위화감이 다시 떠올랐다. 아직 위화감의 정체는 알지 못했다. 하지만 다시 명칭을 정정할 수는 있었다.

"어이, 잘생긴 청년!"

그 말을 들은 준은, 놀라면서도 결코 불쾌해하는 표정은 아니었다. 그제야, 리사는 이제까지 느꼈던 위화감의 정체를 어렴풋이 깨달았다.

'얘는……남자의 정체성을 가진 녀석인가?'

그 생각을 하는 순간, 리사의 등 뒤로 소름이 쫙 끼치고 지나갔다.

금액에 따라 그녀, 아니, 아마도 '그'를 만진 손님들의 이야기, 가끔 가게에서 급하게 샤워할 때 등의 일로, 리사는 알고 있었다.

그는 분명 남자로 태어났지만 현재 그의 몸은, 완벽하게 '여자'로 '수술'되어 있다는 것을 말이다.

준은 리사의 자취방으로 따라갔다.

자취방을 보며 준은 감탄했다. 방은 너무나 예쁘기 그지없게 꾸며져 있었다. 사랑스러운 공주풍의 방이다. 매트리스와 행거만 덜렁 있는 준의 방과는 천지 차이다. 아까 불량배들을 모조리 때려눕힌 무시무시한 모습을 생각하면 영 딴판이었다.

리사는 어딘가에서 구급상자를 꺼내와, 준의 상처를 봐주었다. 꼼꼼하게 닦고, 소독하고, 약을 바르고, 반창고만 필요한 곳은 반창고만 붙이고, 드레싱이 필요한 곳은 드레싱 했다. 아까의 주먹질 강도가 느껴지는 비교적 큰 손이었으나, 손놀림은 곱고 야무졌다. 준의 얼굴은 멍이 들고 터져 엉망이었지만, 다행히도 아까 불량배들처럼 뼈가 부러지거나 이빨이 털리는 등으로 심각하게 다친 곳은 없었다.

대충 치료를 마치고, 리사는 맥주 한 캔을 냉장고에서 꺼내 딱, 하고 따서 준에게 건네며 말했다.

"이만하길 다행이야. 그래도 맞은 거 가라앉으려면 일주일 이상은 쉬어야 할 거야. 아, 후환은 걱정하지 마. 딱 보니 그냥 양아치 졸개들이고, 우리 업소랑 연계된 조직도 있고 하니 복수는 생각도 못 할 거야."

오늘 리사의 무시무시한 모습을 보면 후환을 두려워하는 건 이쪽이 아니라 저쪽일 거라 생각하면서, 준은 그녀에게 건네받은 맥주를 한 모금 마셨다. 별로 마시고 싶다고 생각하지 않았는데, 맥주가 목을 지나가는 것이 소름 끼칠 정도로 선명하게 느껴졌다. 목구멍을 태우는 게 아닌가 싶게 시원한 게, 속까지 뚫어주는 맛이다. 아마도 몹시 목이 말랐던 모양이었다. 단순히 갈증만이 아니었다. 속을 풀기 위해 이렇게 가볍게 마시는 맥주 한 잔, 그것 자체가 전생이 마지막이었던 것처럼 너무나 오랜만이었다.

준이 말없이 맥주를 마시는 동안, 리사는 자신이 가진 옷들을 열심히 뒤졌다. 잠시 후 그녀는 자신이 가진 옷 중 그나마 가장 덜 여성스러운 - 그래도 마크와 줄무늬는 분홍색이었다 - 회색 아디다스 트레이닝복을 그에게 건넸다.

"갈아입어."

준은 옷을 받고, 문득 리사 방의 행거를 쳐다보았다. 리사는 옷을 좋아하는 모양이었다. 넘쳐나는 옷을 행거와 서랍에 깨끗하게 정리해 뒀는데, 지극히 화려하고 아름다운 옷들밖에 없었다. 눈이 현란할 지경이었다. 잠옷과 트레이닝복조차도 예쁘고 현란했다. 쾌활하고 적극적인 성격도 그렇고, 예쁜 거 좋아하는 취향도 그렇고, 문득 예나가 생각나 가슴이 쓰라렸다. 준은 리사가, 가진 것들 중 가장 덜 여성스러운 옷을 자신에게 건넸다는 것을 깨달았다.

"뒤 돌아 있을까?"

리사가 물었다.

그럴 필요가 있을까, 라고 준은 생각했다. 그와 리사는 현재 육체적 성별은 약간 다를지 몰라도(준도 리사가 아직 성기수술은 하지 않은 걸 알고 있었다) 태어난 성별이 같고, 아마 원하는 성별도 같을 거라고 생각할 텐데. 하지만 준은 조용히 고개를 끄덕였다.

옷까지 갈아입고 나서, 둘은 아무 말 없이 묵묵히 맥주를 마셨다. 하지만 둘 다 이 침묵의 의미를 어렴풋이 알고 있었다. 리사는 자신이 느낀 위화감을 차마 묻지 못하고 있었고, 준도 그녀의 위화감을 느끼고 있었다.

맥주 한 캔을 다 마시고도 한참 후에야, 준이 입을 열었다.

"내 이름은 준이야. 한준."

공기가 싸늘해졌다. '내 원래 본명'이 아니라 '내 이름'이라고 하는 이유, 이젠 리사도 알 수 있었기 때문이다.

"난 트랜스젠더가 아니야. 수술 당한 거야."

리사는 그 말을 이해하기까지 꽤나 오랜 시간이 걸렸다. 잠시 후, 그녀는 입을 쩍 벌리고 눈을 크게 떴다.

"그게……그게 무슨……."

"말 그대로야. 난 남자고, 남자로 태어났어. 난 언제나 남자였어. 내가 남자가 아니길 바라는 사람이 날 납치해서 수술시켰어."

준은 말하면서, 후련함과 비참함을 동시에 느꼈다. 비밀을 털어놓는 게 위험하다거나 그렇게 생각한 것은 아니다. 리사를 오늘 난생처음 본 것도 아니고, 왠지 리사가 믿을 만한 사람이란 걸 준은 느낌으로 알 수 있었다. 아니, 솔직한 심정으론, 리사를 진심으로 믿고 싶었다. 왜 그런지는 모르겠지만, 아마도 예나가 생각나서이기 때문일까. 하지만 예나가 생각나서라고 하기엔, 외모는 전혀 달랐다. 키가 훤칠하면서 선이 굵은 그 외모는 오히려 예나와 반대였다.

믿을 만한 사람에게 아무에게도 말하지 못한 비밀을 털어놓는 것 자체는 후련했다. 하지만 입 밖으로 내자, 애써 외면하고 있던 진실을 다시 돌이키는 절망감도 동시에 들었다.

"자세한 건 설명하기 힘들어……어쨌든 그게 내 현실이야. 난 지금 몸은 여자지만, 정체성은 언제나 남자였어. 아……그게 트랜스젠더인 건가?"

그는 자조적으로 웃었다. 신체와 다른 정체성, 그것이 트랜스젠더라면, 그는 지금 트랜스젠더가 맞으니까. 후천적 트랜스젠더. 그 유명한 데이비드 라이머*가 그와 같은 경우였던가. 자신의 의지와 상관없이 돌팔이 의사로부터 성전환수술을 당한, 후천적 트랜스젠더.

'그게……가능해? 그런 미친놈이 있다고?'

리사는 그렇게 생각하며 준의 얼굴을 쳐다본 순간, 그런 미친놈이 있을 수도 있겠단 생각이 들었다. 그녀는 이토록 아름다운 얼굴을, 남자 여자 통틀어서 본 적이 없었다. 분명 누군가는 이 얼굴을 가진 여자를 갖고 싶어 했을 수도 있을 거 같았다.

하지만, 그는 남자다……완벽한 남자 정체성을 가진, 세상에서 가장 아름다운 남자. 그걸 깨달은 순간, 리사는 반쯤 충동적으로 말했다.

"너, 가게 그만 나오는 게 어때?"

"……뭐?"

---

* 데이비드 피터 라이머(David Peter Reimer): 데이비드 라이머는 어린 시절 사고로 음경을 잃자, 성정체성이 후천적이라는 생각을 가지고 있었던 성 과학자 존 머니에 의해 강제 성기수술을 당하고 여자로 키워졌다. 너무 어릴 때 일이라 데이비드 라이머는 자신이 남자로 태어났다는 것을 알지 못하고 여자로 태어났다고 알고 있음에도 불구하고, 남자의 정체성을 가져서 괴로워하다 진실을 알고 나서 다시 남자로 돌아갔다. 몸의 성별이 강제로 바뀐 후천적인 트랜스젠더로, 성정체성이 타고난 거라는 예시로 많이 인용된다.

"네가 '난 존나 예전에 끝났어, 돈 때문에 하는 거지'라는 심정으로 일한다는 거 모르는 사람 없어. 누가 봐도 그래 보이니까. 좋아서 이 일 하는 거 아니잖아. 그냥 자포자기해서, 근데 돈은 벌어야 해서 이 일 하는 거지. 영혼 비워 놓고, 정신줄 놓고, 자기 몸 통나무 다루듯 하면서, 그렇게 일하지 마."

"……지금 무슨 소리를 하는 거야?"

"돈은 일단 내가 번 돈 갖고 살아. 네가 할 수 있는 일을 찾아보자. 아니, 일단 성별부터 되돌려 놓자. 원래도 남성기를 만드는 수술이 더 어려워서 아랫도리 재건하는 건 쉬운 일이 아니니까 생각 좀 해 봐야 하지만, 수술한 가슴만 없애면 바로 남자로 살 수 있어. 남자로서 일을 하고, 남자로 살며, 현실로 돌아와."

마지막 말에, 준은 가슴을 찌르는 듯한 통증을 느꼈다.

현실로 돌아와……? 무엇이 현실이고, 무엇이 현실이 아니란 말인가? 지금은 도저히 그것을 구분할 수 없음에도, 그 말은 가슴을 찌르는 무언가가 있었다. 이 비참한 현실로 돌아오는 것, 그것은 지옥으로 다시 귀환하라는 것인가? 하지만 왠지 심장이 뛰었다. 그것은 아마 그것이 살아 있는 생명의 본능이기 때문일 것이다. 원래는 살아 숨 쉬는 현실에서 현실을 직시하며 살아야 하는 게 옳다는 것은, 그 역시 어렴풋이 알고는 있었다.

준은 리사를 의아하게 바라보며 물었다.

"왜……?"

리사에겐 돈이 필요하다는 것을 준도 알고 있었다. 아직 리사는 쉬메일의 몸으로, 성기수술은 하지 않았다. 대개의 트랜스젠더들처럼 리사 역시 수술하여 완전히 여자의 몸을 갖는 걸 원하고 있었다. 그런데 자신이 완전히 여자로서 사는 걸 미뤄서라도, 준이 남자로서 사는 걸 도와주겠다는 것이다.

"알잖아, 나 에이스까진 아니라도 나름 잘 나가는 A급이라 '에이 리사'인 거. 그러니 부담 갖지 마. 너 하나 건사할 능력은 돼."

리사가 익살스럽게 말했지만 준은 의문이 전혀 풀리지 않은 얼굴로 리사를 보았다. 리사의 말은 준의 질문에 대한 대답이 되진 않음을, 리사도 알고 준도 알았다.

'왜 나에게 잘해줘? 왜 날 구해주고, 당분간 날 벌어먹이겠다고 하면서까지 왜 날 도와주려는 거지?'

리사는 그 질문의 속뜻을 모르는 것이 아니었다. 접대부로 일한 짬밥이 있는데, 그 정도 눈치는 있었다. 하지만 자신도 왜 그런지는 몰랐다. 하지만 확실한 건, 이대로 둘 수는 없다는 것이었다. 아마 그동안 리사가 [민나]에게서 눈을 떼지 못한 것도, 분명 비슷한 이유가 있을 것이었다.

자기가 왜 이러는지 정확히 모르겠는 리사와는 달리, 준은 리사의 호감을 잘 인지하고 있었다. 그는 어려서 세상을 갓 인지하기 시작한 무렵부터 수많은 사람들의 호의와 관심을 받았다. 얼마 전까지 질리도록 끔찍한 집착의 대상이기도 했으며, 그로 인해 어머니, 사랑하는 여자, 자신의 성적 정체성에 맞는 육체, 미래까지 모조리 잃었다. 게다가 아무리 정신줄을 놓고 있었다 한들, 술집에서 접대부로 그 호의와 관심을 이용하는 일까지 했다. 자신에게 아무 이유 없는 관심과 호의를 쏟는 사람이란 존재를, 그는 인생에서 수도 없이 많이 마주쳐 왔다.

문득, 준은 자신이 전부터 리사의 존재를 인식하고 있다는 것을 깨달았다. 정확히는, 리사가 자신을 늘 관심을 가지고 지켜봐 왔고, 그것을 자신도 인지하고 있었다. 맑고 까만 눈으로 물끄러미 자신을 바라보는 시선이 분명하게 떠올랐다. 희한하게 이 업소 들어와서 기억나는 시선은 오직 리사의 눈빛이었다. 리사는 분명 가게에 들어선 후부터 계속 자신을 주시해 왔었다. 기억을 못 하는 건 아니었다. 준은 눈치가 없는 것도 아니며, 기억력이 매우 좋은 사람이다. 더군다나 리사는 자신이 진정한 의미로 '기억'다운 기억을 하는 얼마 안 되는 가게 동료이다. 순간적이지만 자신과 비슷한 농도의 증오를 갖고 있는 듯 보였던 그녀가, 자신에게 관심을 가지고 보고 있다는 그 사실 자체를 의식을 안 할 수는 없었다.

하지만 그는 [민나]로서 모든 외부 정보를 차단하고 살아가고 있었다. 그래서 리사의 관심을 알고는 있었고 의식은 하고 있었지만, 순간 순간 잊고 있었다. 준은 왠지 리사가 처음부터 자신을 '이성적 관심으로' 보고 있던 것이 아니었을까, 하는 생각이 들었다.

이런 종류의 호의와 관심은 끔찍해야 하는가? 그 호의와 관심으로 망한 인생이다. 하지만 준은 일단은 리사의 관심 자체는 불쾌하진 않았다. 사람이 사람에게 호의를 갖는 것, 그것 자체가 잘못된 것은 아니라는 것을 평생에 걸쳐 어머니로부터 배워 왔다. 거기다 어쨌든 상대는 자신을 '남자'로 인정해 주고, 함께 싸웠다. 그것이 오랜만에 지금 '준'

으로 돌아오게 해주었다. 정말이지, 실로 오랜만이었다. 준은 천천히 입을 열었지만, 물은 질문은 자기 자신도 예상 못 한 것이었다.

"지금, 몇 년도 몇 월 며칠이지?"

리사는 황당한 표정을 지었다. 일을 하니 준은 핸드폰도 쓸 텐데 그걸 모른다고? 하지만 리사는 친절하게 날짜를 대답해 주며, 준이 '네메시스'에서 일한지 일 년쯤 되었다는 것까지 말해 주었다.

준은 한동안 멍하니 있다가, 자신의 눈이 젖어오는 걸 느꼈다. 그의 눈에서 뜨거운 눈물이 흘렀다. 굵은 눈물은 한동안 준의 볼을 타고 흘렀다.

"왜……?"

준은 다시 물었다. 리사는 그를 가만히 바라보았다.

이것이 사랑일까? 아니면 동정일까? 대체 이 감정은 무엇일까? 하지만 그에게서 관심을 끊을 수가 없었다. 물론 압도적인 아름다움 때문도 있지만, 그거 이상의 무언가가 있어서, 그가 눈에 늘 밟혔다.

"너에게서……내가 보여."

준은 그 말에 잠시 정신이 멍해졌다. 자신도 비슷한 생각을 한 적이 있던 거 같았다. 자신과 비슷한 농도의 증오를, 그 엄청난 암흑의 세계를, 그녀에게서 느꼈기 때문에.

"그래서 너를 그냥 둘 수가 없어. 그걸 그냥 보고 있는 게 너무 괴로워. 그건 너무 고통이야. 그러니까 제발 부탁할게. 나에게 기대서라도, 사람답게 살아줘."

준은 무너지듯 울음을 터뜨렸다. 리사는 안아주고 싶어 손을 뻗었다가, 멈추고 가만히 그를 내버려두었다. 그에게 사랑을 받길 바란다는 부담을 지우고 싶지 않았기 때문이다. 정말 순수하게, 그가 현실로 돌아오길 바랐다. 살고 싶어 하길 바랐다.

준도 이젠 깨달을 수 있었다. 바야흐로, 현실로 돌아올 때가 됐다는 것을.

준은 다시 '한준'으로 돌아왔다. 가슴을 없애는 수술을 하고, 남성 호르몬을 맞고, 주민등록증도 다시 발급받았다. 그 과정에서 드는 돈은 리사가 보태준다고 했지만, 준도 그동안 업소에서 일한 돈이 제법 쌓여 있긴 했다. 준은 이제 여자의 옷을 더 이상 입지 않고 남자로서 다녔다.

어느새 준은 리사와 함께 살고 있었다. 리사의 강력한 권유도 있었고, 준도 어쩐지 그것을 거부하지 않고 리사의 집으로 떠내려오듯 흘러들어왔다. 딱히 누구와 같이 살고 싶은 게 아닌데도 같이 살면서 느낀 것은, 혼자 사는 것보단 낫다는 것이었다. 리사는 시간 날 때면 준을 채근하여 요리도 함께하며 음식을 챙겨주었다. 사실 준은 목숨만 연명시키면 뭘 먹든 상관이 없다고 생각하고 살아온 지 꽤 됐는데도, 리사와 함께 먹는 음식은 오랜만에 맛있다는 생각이 들게 했다. 휴일에 정성껏 요리를 해서 먹든, 귀찮아서 시켜 먹거나 때우든, 밥에 계란후라이에 김과 김치만 간단히 챙겨서 먹든, 혼자 목숨만 연명하기 위해 대충 때웠던 때와는 달랐다. 그것만으로도 준의 안색은 확연하게 좋아졌다.

그리고 리사는 종종 준을 데리고 남산에 오르거나, 맛있는 음식점을 다니기도 했다. 준은 말이 거의 없었고, 주로 리사가 기운차게 재잘재

잘 떠들었다. 시시껄렁한 이야기였지만 워낙 말을 잘하는 데다 얼굴이 두꺼운 리사라서 준이 대꾸하든 말든 별로 개의치도 않았다. 자신이 반응이 있든 없든 그러거나 말거나 늘 활달하게 떠들어대는 리사를 보고 있자면 묘하게 준의 마음이 안정되었다. 예나가 생각났기 때문일지도 몰랐다. 예나 역시 준이 말이 없고 대꾸가 시원찮아도 전혀 개의치 않고 저렇게 밝은 모습으로 재잘대곤 했다.

기묘한 동거였다. 남자로 태어나서 몸은 여자로 수술 됐는데 정신은 남자인 후천적 트랜스젠더와, 남자로 태어나서 아직 몸은 여자로 수술하지 못했지만 정신은 여자인 선천적 트랜스젠더가 함께 사는 셈이다.

리사의 권유로 준은 더 이상 업소에 나가지 않았다. 준은 리사에게도 권유했다. 다른 클럽으로 옮기는 것은 어떠냐고. 수위가 높고 몸도 종종 파는 곳이 아닌, 공연과 손님 말 상대만 하는 건전한 곳으로 옮기라고.

"무대 위의 에이스고 말도 A급으로 잘 해서 에이 리사라며. 그럼 굳이 거기서 일할 필요는 없잖아?"

왜 이것을 권하는지는 준도 스스로 이해할 수 없었지만, 그는 리사가 손님의 만지작거리는 손길을 듬뿍 받고 오는 것을 원치 않았다. 아마도 리사에게서 느껴지는 자기 자신의 모습과, 그 활달한 모습에서 느껴지는 예나에 대한 기억 때문인 거 같았다.

그녀는 준이 왜 그런 걸 권하냐고 묻지도 않고 흔쾌히 알았다고 대답하고, 정말로 일하는 업장을 옮겼다. 리사가 옮긴 '에코'라는 업장은 간판을 당당히 걸고 운영하는 곳으로, 공연과 대화 위주의 업장이었다. 성적인 접촉이나 2차 같은 것이 전혀 없기 때문에 결혼한 트랜스젠더도 일하는 곳이다. 준의 말마따나 원체 공연도 잘하고 말도 잘하는 리사는 사실 진작에 이런 업소에서 얼마든지 일할 수 있었다. 물론 원래 일하던 곳이 더 많은 돈을 벌게 해주긴 하지만, 리사 정도면 건전한 업소에서 일한다고 수술할 돈을 못 모을 것도 아니었다. 그리고 준은 리사를 그동안 지켜본 결과, 그녀가 돈에 환장한 인물은 아니란 것을 알 수 있었다. 문득 궁금해진 준이 물었다. 분명 공연이나 대화만 하는 업장이 잘 맞을 것 같고 충분히 거기서 일할 수 있는데, 왜 그러지 않았냐고.

"아마 네가 거기서 일한 것과 비슷한 이유겠지."

"그게 무슨……?"

"자포자기. 자기학대. 무언가의 앙심으로 나를 굴리기. 그러면서 돈도 많이 버니까."

준은 할 말을 잃었다.

"나도 널 보기 전까진 몰랐어, 내가 그런 마음으로 일해 왔다는 걸. 근데 아마 나도 그런 이유에서였을 거야."

밝고 화사한 리사의 표정에선, 그 어떤 그늘도 엿보이지 않았다. 준은 문득 궁금해져서 물었다.

"넌 누구를 증오하지? 누구를 원망하지?"

준은 말하면서 자신이 증오하는 인물과, 원망하는 인물을, 너무도 선명하게 떠올렸다. 증오하는 인물은 최유진, 원망하는 인물은 이민나.

준의 물음에 리사의 표정이 어두워졌다. 아마 리사도 듣자마자 정확히 대응되게 떠오르는 사람들이 있을 것이다. 한동안 말을 못하는 것이, 쉽게 나오는 이야기는 아닌 모양이었다. 리사도 언젠가는 준에게 모두 이야기해 주고 싶었지만, 당장에 말이 나오진 않았다. 리사는 동문서답하듯, 문득 궁금해져서 물었다.

"[민나]는 혹시 누구 이름이야?"

그러자 준의 얼굴이 확 일그러졌다. 무겁디무거운 표정……한눈에 불편한 주제인 걸 알 수 있었다. 아마 준이 말한 '증오'나 '원망'에 대응되는 인물이리라.

이상한 일은 아니다. 화류계에서 쓸 예명을, 지독하게 싫어하는 사람 이름을 갖다 쓰는 경우는 얼마든지 있었다. 동경하는 스타의 이름을 갖다 쓰는 경우나, 성전환을 하며 바꾼 이름을 그대로 쓰는 경우가 아니라면(여기서 리사는 두 경우 다 해당되었다), 화류계에서 쓰는 이름은 대개 싫어하거나 맺힌 게 있는 사람 이름을 갖다 쓰지, 좋아하는 사람의 이름을 갖다 쓰는 경우는 거의 없었다.

하지만 그저 싫어하는 사람 이름을 가져다 썼다기엔, 그보다 더 복잡한 사정이 있어 보였다. 리사는 남이 말하기 싫어하는 걸 집요하게 캐묻는 성격은 아니지만, 준의 그 응어리진 표정을 보니 캐묻고 싶어졌다. 그의 사정은 그 자신을 위해선 결국 누군가에게 털어놓고 풀어야 할 이야기일 거란 생각이 들었다. 그리고 리사는……자신이 그 대상이 되고 싶었다.

"연인 이름……은 아니겠구나."

설마 연인 이름을 창녀로서 활동하는 이름으로 쓰진 않았겠지, 라고, 리사는 속으로 삼켰다.

"……내 모계 유전자를 물려준 사람."

"엄마?"

"그건 아니고."

당연하지만, 준에게 민나는 절대 엄마가 아니었다. 예나가 그럴 것이듯이 유전자 검사를 하면 '친자관계 일치'로 나올 것이 99.9999999% 확실하지만, 유전자 검사 이외의 그 어떤 것도 민나는 준에게 엄마가 아니었다. 그것은 낳기만 하고 자식을 버린 엄마와도 차원이 다른 의미다. 그런 엄마들과는 달리, 민나에게는 준의 유전자에 대한 책임조차도 없다. 민나는 준을 임신하지도, 낳지도 않았다. 수정란을 만드는 행위도 하지 않았다. (성적 활동이라면 평생 왕성하게 했지만 유진을 낳던 그 어릴 때 외엔 피임을 철저히 했고, 준이라는 수정란이 만들어지기 전부터 이미 폐경이었다.) 민나는 사실상 준의 존재는 물론이려니와, 자신의 유전자가 준을 만들기 위해 쓰였다는 것 자체를 몰랐다. 준의 존재에 대해, 민나는 어찌 보면 피해자라고 해야 할 수준이다. 준의 존재에 대해, 그리고 준이 겪은 일들에 대해, 민나는 책임이 없다. 민나의 책임이라면…….

-용서해 줘. 내 목숨으로, 내 아들을 용서해 줘.

-왜 날 구했죠? 대체 왜!

-내 아들……평생 엄마 노릇 한 적 없지만, 그렇다고 내 아들이 괴물이 되길 바라진 않았어……. 널 구하기 위해 죽을 거야. 할 수 있다면 내 아들을 내 손으로 죽일 거야, 그 아이를 죽이고 나도 죽을 거야, 그래서

내 아들의 죄가 용서받을 수 있다면. 그러니까, 제발 내 아들을 용서해 주렴……너만이라도.

문득, 자신을 쓰다듬는 민나의 손길이 느껴지는 듯했다. 자신의 아들에게는 평생 해본 적 없었을, 아들로서 바라보며 어린 아들을 쓰다듬는 손길. 그녀는 자신을 보며 아들을 떠올렸던 것일까? 그녀의 눈에 끝까지 깃든 미안함은, 아들에 대한 것이었을까?

민나가 차라리 자신을 버린 친엄마라면 그 정도로 무거운 원망이 느껴지지 않았을 거 같았다. 민나가 자신에게 지어준, 형용할 수 없는 그 무거운 책임 때문에, 절대로 하지 못할 그 '용서'라는 책임 때문에, 유진에게 퍼부어야 할 준의 증오마저도 갈 길을 잃어버렸다. 그래서 한동안 준은 민나를 유진만큼 원망했다. 하지만 원망하기 위해 떠올린 그 얼굴은, 당연하지만 예나를 놀랍도록 닮은 얼굴이다. 민나를 가만히 들여다보면 예나가 보였다. 예나에겐 없는 삭막한 상처와 그늘을 간직한, 근본적으론 예나를 닮은 천진한 심성이 보였다. 그래서 증오도 마음대로 못하겠어서, 그래서 더 끔찍한 사람이다.

하지만 민나가 무슨 잘못을 했단 말인가? 민나는 준을 구하고 아들을 멈추기 위해 죽었다. 아들이 괴물이 되는 것을 막기 위해서. 준에게 용서라는 불가능한 책임을 떠넘기고 죽었기 때문에 민나도 죽도록 원망스러웠지만, 궁극적으로 민나는 준이 증오해야 할 인물은 아니다.

그녀는 인생 처음이자 마지막으로 유진의 어머니로서 모든 것을 걸었다. 최선을 다해 준을 구원해 주려 하고, 아들을 구원하려 했다. 비록 아들을 죽여서라도 멈추려고 한 그 방법이 옳은지의 여부는 둘째치고라도, 그녀로서는 준에게 최선을 다하려 한 셈이다. 그래서 더욱 그녀가 미웠고, 원망스러웠다. 아마 그래서 창녀로서의 이름을 그녀의 이름으로 했을 것이다.

"널 키워주지 않은 친엄마……? 널 버렸어?"

"그것도 아니고."

"……이모? 할머니?"

준은 한숨을 쉬었다. 묘하게도, 리사가 캐묻는 것이 영 불쾌한 건 아니었다. 다만 아직은 말하고 싶지 않을 뿐이었다.

"언젠가 너에겐 말해줄게. 하지만……너무 복잡해서, 지금은 말하기 힘들어."

준이 어떤 심정인지, 리사도 선명하게 느낄 수가 있었다. 리사도 같은 것을 느끼고 있기 때문이었다.

11. 증오와 사랑

업소에도 나가지 않게 되자, 준은 그렇게 한동안 백수로 리사 집에 얹혀 있었다. 리사의 태블릿PC로 넷플릭스나 디즈니 플러스를 하루 종일 보기도 하고, 그냥 하루 종일 멍하니 있기도 했다. 특히 '더 글로리'를 얼마나 집중해서 보는지, 옆에서 보면 태블릿PC가 뚫어질까봐 걱정될 지경이었다. 하지만 그 심정을 리사는 이해할 수 있었다. 그 드라마는 철저한 응징과 복수가 나오는 이야기이다. 아마도 그에겐 죽도록 증오하는, 잔혹하게 복수하고픈 대상이 있을 것이다.

리사는 그를 그렇게 그냥 둘 생각은 없었다. 돈이 아니라 사람다운 삶을 살게 하기 위해 아르바이트라도 권할까 했지만, 그러기엔 준의 외모는 너무 눈에 띄었다. 더군다나 준은 무언가로부터 피해서 숨어 사는 듯한 인상을 주기도 했다.

"원래 잘했던 건 뭐야?"

"공부."

리사의 물음에, 자연스럽게 대답이 나왔다. 당연한 말이었다. 곧 리사는 준에게 검정고시 문제집들과, 도서관에서 빌려온 책들을 건네주었다.

준은 리사가 가져온 문제집들을 보며 헛웃음을 지었다. 그것은 마치, 현재 시대엔 전혀 필요 없어진 고대의 유물 같아 보였다. 꿈꾸는 미래라는 것이 있어야 저런 것들이 의미가 있을 텐데, 준은 그런 것이 없었기 때문이다. 준이 꿈꾸는 미래. 그것은 유진을 죽여 버리는 미래밖에는 없었다.

그러고 보니, 유진이 중태에 빠졌단 소식 이후에 한동안 영원 바이오에 대한 소식이 뜸했다. 투병한다는 소식만 들려왔다. 두문불출하고 투병하기에, 이미 죽었단 소문, 의식이 없다는 소문 등이 돌았다. 하지만 그런 것치고는 영원 바이오가 이전과 다름없는 방향성으로 돌아가는 것을 보면, 아마도 유진이 의식을 잃을 상태는 아닐 것이다, 라고 준은 생각했다. 다만 그동안 새로 업데이트된 신약이나 신기술이 없는 것으로 봐선, 그런 것까지 연구하고 개발할 수 있는 상태는 아닐 것이다.

준은 문제집들은 펼쳐보지도 않았지만, 리사가 빌려온 책들은 읽었다. 종류는 다양했다. 고전소설도 있고, 지금 한창 잘 나가는 베스트셀러도 있고, 각 분야별 전문이나 취미서적들도 있었다. 준은 소설은 잘 읽지 않았지만, '몬테크리스토 백작'만큼은 한동안 잠도 자지 않고 붙잡고 읽었다. 복수극 최고의 고전인 그 소설에 그렇게 정신없이 빠지는 모습을 보고 리사는 속으로 혀를 찼지만, 말리지는 않았다. 그 외에도, 과학/의학 관련 서적들은 아직도 준에게 재미있게 읽혔다. 그것을 눈치

챈 리사는 과학/의학서적들도 자주 빌려왔다.

의외로 리사도 공부를 좋아했다. 외국어를 잘 한다는 것은 이미 업소에서부터 알고 있었다. 영어는 아주 잘하고, 일본어, 중국어도 적당히 했다. 그래서 외국 손님들이 오면 단골 지명이었다. 일하다 보니 쓸 일이 많아져서 공부하다 보니 의외로 재밌어서 잘하게 되었다고 했다. 그 외에도 언젠가는 자신도 사업을 하고 싶다며 회계 공부를 하다 업장 장부나 회계 일을 봐주는 경우도 많았다. 이전 업장에서도 계산이나 회계 도와주느라 보너스 받고 종종 남아 있던 리사였는데, 이번에 옮긴 업장에서도 자주 그러곤 했다.

제일 신기한 것은 봉사활동이었다. 리사는 휴일이 되면 보육원을 돌며 봉사활동을 하곤 했다. 수술비 마련도 미뤄 가며 일정수준 이상은 보육원 아이들을 위한 기부를 했다. 평소 철저하게 여자의 복장을 하고 있는 리사지만, 보육원에 봉사활동을 갈 때만큼은 남장을 하고 갔다. 아무래도 아이들이 무서워하거나 징그러워할까봐 일부러 남자로서 가는 것이다.

"착해서가 아니야. 자기만족이야."

그것에 대해 리사는 그렇게 말했다. 아마 어느 정도는 맞을 것이다. 길 가다가도 리사는 아이를 보면 눈빛부터 달라졌다. 아이를 매우 좋아하는 모양이었다. 보육원 갔다 오고 나면 상기되어 신난 얼굴로 그날 있었던 일을 떠들곤 했다. 이야기 들어보면 그리 만만한 일은 아닌 것 같았다. 봉사하러 온 사람들에게 감사한 마음만을 갖는 천사 같은 아이들만 있을 리가 없으니까. 아이들이 잔뜩 있는데 천사같이 착하고 얌전한 아이들만 있는 곳은 아마 굳이 보육원이 아니라도 세상에 거의 존재하지 않을 것이다. 하지만 원체 리사는 아이들뿐 아니라 그 누구에게도 만만하게 보일만한 인물이 아니었다. 아버지의 폭력이 일상인 가정에서 성장했고, 가정 바깥에서는 싸움에서 져본 적이 없는 강자 특유의 당당함과 카리스마를 가지고 있었다. 대개의 보육원 아이들보다 험악한 성장기를 겪었고, 성정체성과 다른 육체라는 평생의 콤플렉스를 가지고 있었다. 때문에 그녀는 상처와 결핍, 콤플렉스를 가진 아이들을 매우 잘 이해하고 있었다. 봉사활동 하러 온 다른 사람들에겐 자존심에 경계하거나 혹은 몰래 무언가를 사달라고 영악하게 굴던 아이들도, 리사의 말만큼은 잘 듣고 마음도 잘 여는 듯했다.

그러던 어느 날, 늘 다니던 보육원의 소개로 다른 지역 보육원으로 봉사활동을 갔다 온 리사의 표정이 이상했다. 리사는 한동안 준의 얼굴을 물끄러미 보더니 물었다.

"너 혹시 친척들도 다 너처럼 생겼니?"

준은 고개를 저었다. 자신과 비슷하게 생긴 사람은 자신이 가장 증오하는 사람 한 명밖에 없으니까.

리사는 무언가 말하려다가, 말을 삼켰다. 그리고 그 이후로, 리사는 그날 봉사활동을 갔던 그 보육원으로만 봉사활동을 다녔다.

왜 그런지 준은 묻고 싶으면서도 묻고 싶지 않았다. 무언가 알아서는 안 될, 위험한 사실이 거기에 숨겨져 있는 것만 같아서 그랬다는 것을, 준은 훗날에야 알았다.

원래 리사의 집에는 TV가 없었다. 하지만 준의 백수 생활이 길어지자, 리사는 집에 TV를 들여놨다. 준 덕분에 자신도 사람답게 산다며, TV를 켜는 리사의 태도는 즐거워 보였다.

하지만 처음 켠 TV에서 나온 뉴스에 준의 얼굴이 하얗게 질렸다. 준은 갑자기 화장실로 달려가 구토를 해댔다.

영문을 모르겠던 리사는 TV를 다시 보았다. 분명 신기한 뉴스이긴 했다. 영원 바이오 최유진 회장이 시한부이며, 회사를 물려줄 후계자인 아들을 찾고 있다는 내용이었다. 혼외자식이 있으며 다른 사람에게 맡겨 몰래 키워 왔는데 몇 년 전 집을 나갔고, 아들이 돌아오면 상속하겠다는 내용. 매우 지능이 높고 우수한 인재로 언젠가는 회사 경영까지 승계받을 능력도 있는 사람이란 설명도 있었다.

'혹시……준이 영원 바이오 회장 아들인가?'

[우리 집에 얹혀사는 꽃미남이 알고 보니 재벌집의 혼외자식 후계자?] 인터넷 소설 제목 같은 내용이라며 리사는 피식 웃었다. 대체 영원 바이오 회장 아들을 누가 납치해서 성전환수술까지 시킨단 말인가?

이윽고 화장실에서 나온 준은 여전히 얼굴이 하얗게 질려 있었다. 온몸을 부들부들 떨었다. 리사는 직감했다. 준이 이제는 자신에게 진실을 말하고 싶어 한다는 것을. 리사가 갖다준 냉수를 벌컥벌컥 마시며 목을 축이는 준을 보며, 리사는 자신이 먼저 말하기로 마음먹었다.

"앞으로 딸을 창녀로 키울 양성애자 유부남이랑 오입을 하게 되리라."

준은 마시고 있던 물을 뿜어버렸다. 묘하게 소름 돋는 말이었다.

11. 증오와 사랑

"그게 무슨 말이야?"

"참고로 '오입'이라는 건 부적절한 성관계를 뜻하는 단어라더라. 그 새끼한테 맞으면서 들었어."

물론 준은 '오입'이 무엇을 뜻하는 단어인지는 알고 있었다.

"그, 그 새끼가 누군데?"

"유전적으론 내 아빠. 하지만 우리 엄마한테 정자 싸지른 사실 외엔 아무 의미 없는, 내가 세상에서 가장 증오하는 새끼. 그 개자식은 바람을 남자랑도 피고 여자랑도 피고 그랬는데, 바람피운 여자들 중 하나한테 들었던 말이래. 무당딸이었는데 지 엄마한테 들었던 말이라나? 그 여자는 그 개자식이 양성애자인 것도, 유부남인 것도 모르고 그냥 한 말이었는데 그 새끼는 엄청 기분이 나빴는지 그날 그 말을 하면서 나를 개 패듯 팼어. 넌 딸이 아니라 아들이라고."

말하면서 리사는 문득 아이러니한 생각이 들었다. 리사도 그동안 가끔 연애를 해 왔는데, 대개는 그녀를 성 노리개 취급을 하는 변태들이 대부분이었다. 그런데 그녀를 유일하게 사람처럼, 연인처럼 아껴줬던 연인이자 첫사랑이 양성애자였다. 물론 어떤 성정체성을 가지고 있든 간에 좋은 사람과 개새끼가 다 존재한다는 것을 알고는 있었다. 어떤 국가든, 어떤 민족이든, 어떤 종교든, 어떤 성정체성이든, 일정 숫자 이상의 불특정다수의 사람들이 랜덤하게 있다면 그 안에는 반드시 개새끼도 있고 성인군자도 있는 법이다. 그래도 리사가 아는 인생 최악의 인물과 처음으로 사람다운 연애를 하게 한 사람이 둘 다 양성애자라는 것에 가끔 신기한 기분이 들곤 했다.

"그래도 그리 용하진 않았나 봐. 창녀로 클 그 딸의 손에 그놈이 죽게 되리라, 라는 거는 몰랐던 걸로 봐선 말이야."

"……뭐?"

"그 새끼, 내가 죽였어. 죽이기 얼마 전부터는 그 인간 술에 취해서 들어오면 패기만 하는 게 아니라 나한테 그 짓까지 해대는데 견딜 수가 있어야지. 만 열네 살 생일이 되기 반년 전에 죽였어. 그런 죽어 마땅한 쓰레기 죽이고 벌받기 싫었어. 그래서 촉법소년 연령이 끝나기 전에 죽인 거야."

열네 살이 되기 반년 전에 아버지를 살해한 촉법소년. 그것이 리사, 아니 강규식이었다. 하지만 그 엄청난 사건이 알려지지 않고 묻힌 건, 사건이 자극적인 요소가 많아서였다.

소년에게선 학대의 흔적이 발견되었고, 소년은 트랜스젠더로 여성으로서의 성정체성을 가지고 있었다. 소년의 증언과 신체검사로 성폭행 흔적도 발견되었다. 양성애자 친아버지에게 성폭행을 당한 트랜스젠더 아들이란 요소가 공개되면 사회적으로 어떤 영향을 끼칠지 알 수 없다는 결론에서, 결국 윗선에서 의논한 결과 이 사건은 조용히 묻기로 하고 최대한 빨리 정리했다. 어차피 촉법소년이라 처벌도 제대로 되지 않을 텐데 굳이 사회적으로 혼란을 야기할 사건을 가시화할 필요는 없다는 쪽으로 의견이 모아졌다. 때문에 당시 리사는 소년원조차 가지 않고 조용히 풀려났고, 사건도 조용히 정리됐다. 이제 엄마와 행복하게 둘이 살 일만 남았다며, 행복해하기도 했다.

하지만 아들이 아버지를 죽였다는 것은(정확히는 딸이었지만 어쨌든), 어머니에게 큰 충격이었다. 남편이 아들을 성폭행한 시점에서 그녀는 이미 충격에 정신이 반쯤 나가 있었다. 하지만 폭력에 물든 무기력 때문에 어쩔 줄을 몰라 하며 절망해 있는 동안, 아들이 아버지를 죽였다. 그 쓰레기가 죽은 것은 하나도 안타깝지 않지만, 아들이 어린 나이에 존속살인을 저지른 살인자가 됐다는 것은 어머니에게 깊은 상처로 남았다. 리사에겐 다정하면서도 부쩍 우울한 모습을 보이며 술을 달고 살던 리사의 어머니는, 점점 몸이 쇠약해졌지만 병원도 가지 않았다. 오래 살고 싶은 생각이 없어 보였다. 결국 리사가 성인이 되고 얼마 안 되어 쓰러졌다. 그나마 그때까지 치열하게 버틴 모양이었다.

"미안하구나. 너의 죄는 내가 모두 가져갈 테니 부디 행복해지렴. 나의 딸."

마침내 쓰러져서 병원으로 실려 갔던 어머니는, 리사에게 그렇게 말했다. 처음으로 리사를 딸로 인정한 날이었다. 그녀는 그 말에서 어렴풋이, 어머니가 살날이 많이 남지 않았음을 직감했다. 희망이 많지는 않은 상태였지만, 그래도 막대한 돈을 들여 치료한다면 살 수는 있을 듯한 상태였다. 리사는 그때부터 어머니 치료비를 벌기 위해 트랜스젠더 바에서 일을 했다. 남산 일대를 돌며 몸도 팔았다. 이 세상에 딱 하나 있던, 자신을 무조건적으로 사랑해 주는 사람을, 리사는 어떻게든 지키고 싶었다. 하지만 희망도 별로 없는 자신을 위해 아들이었던 딸이 창녀가 되었다는 것을 알자, 어머니는 스스로 목숨을 끊었다.

평생 어머니를 원망한 적 없었지만, 리사는 어머니의 죽음만큼은 죽도록 원망했다. '나를 사랑해 주는 사람'이 더 열심히, 오래 살아주지 않은 것이 너무나 원망스러웠다. 아마도 그 반발심에, 리사는 어머니가 돌아가시고 나서도 되도록 수위가 높은 트랜스젠더 바에서 일하고 종종 2차도 나가면서 계속 창녀로서 일을 했다.

정신을 차리기 시작한 것은 아마도, 준을 보면서부터였다. 깊은 증오와 자포자기 속에 몸을 내맡긴 그의 모습에서 리사는 자기 자신도 비슷한 심정에서 이러고 있다는 것을 깨달았다. 분명 성격에도 맞지 않고 굳이 하지 않아도 되는 일을, 증오와 자포자기 속에서 지속하고 있는 모습. 일종의 자기학대. 그래서 준을 내버려둘 수가 없었다고, 리사는 솔직하게 말했다.

리사의 이야기를 들으며, 준은 묘한 기분이 들었다.

리사보다 자신이 더 불행하다고 주장할 마음은 없다. 불행과 고통은 자기 자신에게 가장 잔인하다는 것을 준도 잘 알고 있었다. 오히려 그렇지 않은 것처럼 구는 것은 리사다. 자신의 아무런 사연을 모를 때부터 리사는 자신을 동정하고 애정했다. 객관적으로 리사보다는 나은 고민과 고통을 겪는 사람들을 진심으로 동정하고 위로해 줄 줄 알았다. 하지만 그래서, 리사가 더 신기했다.

밝고 활달한 리사는 평소 머리가 꽃밭인 것처럼 보였다. 아무런 고생 없이 화목한 가정에서 예쁘게만 자란 사람 같았다. 물론 트랜스젠더 창녀 일을 하는 사람에게 아무런 사정이 없을 리는 없으니, 그저 머리가 나쁘고 바보스러운 성격이어서 과거도 까맣게 잊고 그렇게 대가리가 꽃밭인 것인가 했지만 그건 절대 아니었다.

종합해서 따져보니 저건 대체 뭐 하는 생명체인가, 하는 생각도 들었다. 어린 시절부터의 학대, 육체와 다른 성적 정체성에 대한 고민, 거기다 촉법소년 나이가 끝나기 반년 전에 학대에서 벗어나기 위해 고의로 존속살인을 저지른 음울한 과거를 안고 자란 사람이, 저런 사람이라는 것은 불합리한 것이 아닌가? 오히려 그게 더 비정상인 것이 아닌가?

그제야, 준은 자신이 겪은 지극히 비정상적인 일들에 대해 털어놓을 결심이 생겼다.

"믿지 않아도 돼. 모두 공상과학소설 같은 이야기니까. 하지만 모두 사실이야."

그 말을 시작으로, 준은 자신이 겪은 모든 일들을 리사에게 들려주었다.

리사는 입을 딱 벌리고 준의 말을 들었다. 그런데 이상했다. 거의 공포에 가깝게 경악하는 리사는 준의 말을 의심하는 눈치가 아니었다. 어마어마한 진실에 공포를 느끼는, 딱 그런 표정이었다. 어쨌든 그녀의 표정에서, 준은 리사가 자신의 말을 믿어준다는 것을 알 수 있었다.

"그럼 지금 최유진 회장이 찾고 있는 아들이란 게······."

"아마도 나겠지. 아들은 아니지만, '아들이란 명목'으로 찾는 거겠지."

"갈 생각이야?"

"아마도. 하지만 상속받기 위해 가는 게 아니야. 그를 죽이기 위해 가는 거야. 내가 살아있는 유일한 이유는 그것뿐이니까."

리사의 얼굴이 슬퍼졌다. 무언가 말하고 싶은데, 말을 차마 못 하는 것 같았다. 잠시 망설이던 리사는, 조심스럽게 말했다.

"난 네가 사람답게 살았으면 좋겠어. 이젠 나도 그러려고 죽도록 노력하는 중이거든."

"왜 넌 과거에 지배받지 않지?"

준이 충동적으로 물었다. 자신은 그 몇 년 간의 일들로 두 번 다시 '삶'으로 돌아갈 생각조차 없었는데, 왜 그녀는 아직도 세상이 반짝반짝 아름다울 거라 믿는 태도로, 사람을 사랑하고 동정하며, 그렇게 살 수 있는 것인가? 리사는 고개를 저었다.

"벌어진 일은 아무런 영향이 없을 수 없어. 나도 어느 정도는 자포자기하며 살았던 거 같아, 널 보고 나서야 그걸 알 수 있었어. 하지만 이미 지나간 일에 지배받을 필요도 없어. 아버지를 죽였다고 평생 살인마로 살아? 난 그러기 싫어. 그렇다고 그 쓰레기를 죽인 것에 대해 평생 자책하며 살아? 그런 등신도 되기 싫어. 왜 그래야 하는데."

"그……일들을 잊고……살아갈 수 있어?"

리사의 표정이 씁쓸해졌다. 하지만 결코 희망이 없거나 불운해 보이는 얼굴은 아니었다.

"잊지는 못해. 결코 잊을 수는 없어. 하지만 행복해질 순 있어. 그것만은 언제나 믿고 있어. 그 기억들을 안고, 행복해질 수 있다고."

"어떻게……어떻게 그럴 수 있어? 잊지 못하는데 어떻게……?"

"왜냐면 그게 본능이기 때문이라 생각해. 그게 옳은 것이기 때문이라 생각해. 행복해지려 하는 건 본능이야. 그게 옳은 거야. 그러니까 너도 행복해져야만 해. 그 기억을 잊으라는 것이 아니야. 그 기억들을 안고 행복해지라는 거야. 그분들도 그걸 원할 거 아냐."

그건 사실이다. 예나와 태린, 준이 사무치게 보고 싶고 사랑하는 그 둘은 분명 자신의 행복을 바랄 것이다. 그들을 지키지 못한 자신에게 그럴 자격이 있을까 의문스러웠지만, 그들은 분명 자신의 행복을 바랄 것이다.

준의 눈에서 눈물이 후둑후둑 떨어졌다. 그 눈물은 곧 오열로 변했다.

리사는 그런 준을 품에 끌어안았다. 그리고 한동안 망설이던 리사는, 준에게 조심스럽게 키스했다.

리사는 아마 처음 봤을 때부터 준을 사랑했을 것이다. 준도 그것을 알고 있었다. 지금 이 순간, 준도 리사와 함께하고 싶었다. 그녀에게 위로받고 싶었다.

어느새 그들은 서로의 옷을 벗기고, 깊이 끌어안았다.

"내가 해도……괜찮을까?"

리사가 조심스럽게 물었다. 준은 가볍게 고개를 끄덕였다.

준에게 원래는 없었어야 했던 신체기관으로, 리사가 없길 간절히 바라는 신체기관이 들어왔다.

그 과정은 육체의 성별을 따르는 과정도, 육체와는 다른, 본인의 성적 정체성을 부정하는 과정도 아니었다. 없길 바라는 자신의 몸 일부를 확인하는 과정이라고도 할 수 있었다.

지금 이것은 잘못 달린 신체의 일부를 인정하고, 그로 인해 받은 상처를 보듬는 과정이라고 할 수 있을 것이다. 그렇다고 그 부분을 평생 갖고 살고 싶진 않고 그 부분에 맞는 정체성으로 살 마음은 없지만, 그래도 그것도 나의 일부이니 인정하는 시간.

준도, 리사도, 존재하지 말았어야 했다고 생각했고 언젠가는 없애고 싶어 하는 신체의 일부를 서로 느끼며, 서로를 바라보았다. 준이 여자로서 사는 삶에 만족하게 하기 위해 성감을 잘 살리기로 유명한 의사를 초빙해서 수술했다고, 유진으로부터 얼핏 들었던 거 같았다. 상대가 증오하고 증오하는 유진일 당시엔 TMI*를 넘어서서 개소리에 가까운 정보였지만, 지금은 묘하게 그 말을 실감하고 있었다. 절정에서 한 번에 시원하게 분출되는 느낌이 아닌, 점진적으로 올라오는 야릇한 느낌을, 그는 비로소 느끼고 있었다. 원래는 준이 느끼고 싶었던 것을 리사가 느끼고, 리사가 느끼고 싶은 것을 준이 느끼는 거겠지만, 그럼에도 비참한 기분은 전혀 들지 않았다. 어찌 보면 일반적인 사람 기준으로도, 성소수자 기준으로도, 다소 부자연스러운 행위일 수 있었으나, 무언가 대단히 자연스러운 행위인 것만 같았다. 어차피 이 순간 하나라면, 누가 무엇을 느끼든 그것은 자신인 동시에 서로인 것이다. 무엇보다도 신기한 건, 자신이 여자의 몸인 것은 너무나 끔찍하지만 여자에 가깝게 주는 감각 자체가 싫은 건 아니라는 것이다. 끔찍한 건 유진이라는 존재와, 자신이 여자의 성기를 달고 있다는 사실이지, 원래는 없었어야 하는 신체기관으로 여자에 가깝게 느끼는 그 감각 자체는 아니었다. 물

---

*　TMI: 너무 과한 정보(Too Much Information). '굳이 알지 않아도 되고 알고 싶지도 않은 정보'의 의미로 많이 쓰인다.

론 그 감각이 싫지 않다고 해서 여자로 살고 싶은 것은 절대로 아니었다. 준의 정체성은 어디까지나 남자이니 말이다.

아마 그것은 리사도 마찬가지일 것이다. 자신이 원해서 하는 행위라면, 남자의 성기가 주는 감각 자체가 싫은 건 아닌 것 같았다. 고도로 집중하며 환희에 젖은 리사의 표정이 그것을 말해주고 있었다. 없어지길 바라는 신체기관이라고 해서 그것이 주는 감각이 싫은 것은 아니지만, 그것이 싫지 않다고 해서 남자로 살고 싶은 건 아니며 정체성이 어디까지나 여자이기에 여자로 살기를 간절히 바라는 것이다.

그들은 한때 증오했으며 지금도 없어지길 간절히 바라는 신체기관을 그렇게 서로 맞대고 느꼈다. 그것은 마치 부정하고 싶었던 것을 인정하며, 언젠간 작별하고 싶은 인생과 신체의 부분에 대해 작별인사를 나누는 시간인 것만 같았다. 인생의 불행도, 있지 말아야 했던 사건도, 잘못된 것도 모두 결국 나이고 나의 인생이니 받아들이고 인정하는 시간. 그렇다고 잘못된 대로 살지는 않을 거지만, 그것을 미워할 필요는 없는 것이다.

그들은 서로를 보며 웃었다. 불행한 웃음은 결코 아니지만, 행복이라고 정의하기도 묘한, 아련한 웃음. 처음부터 없었으면 싶은 것과 작별하는 것도 결국은 작별이듯이, 없었으면 싶은 것을 인정하고 작별하는 시간은 그저 충만된 행복은 아닐 것이다.

그럼에도 그들은 후련했다. 버리거나 이별하더라도 증오가 아니라 사랑에 가담해야 하는 것은 사람만이 아닌 것이다. 그들은 언젠가 이별할 수도 있는, 자신들의 정체성과는 다른 성기와 그것이 주는 감각에 대해 확인하고 느끼며, 그것을 받아들이는 시간을 가졌다. 때론 미워하고 원망하고 저주했지만 그것도 내 몸이기 때문에 겪어야 했던 혼란. 존재하지 말았어야 하는 것으로 서로를 확인하고 환희를 느끼며, 그들은 자신들의 부조리와 화해했다.

예나 이후로 연인은 더 이상 없을 것만 같았지만, 그 어떤 것도 예상대로 되지 않는 것이 인생인 것이다. 아직 무슨 마음인지는 몰라도, 준은 세상이 이제는 조금 살고 싶어졌다는 것을 문득 깨달았다.

얼마 후, 리사는 준에게 봉사활동을 같이 가자고 권유했다. 그렇게 말하는 리사의 얼굴은 무언가 엄청난 결심을 한 듯한 표정이었다.

아마도 리사는, 준이 복수를 포기하고 '사람답게' 살게 하기 위해, 자신이 사람답게 살려고 노력하는 모습을 보여주려는 것일까? 물론 준은 그럴 생각이 없었다. 복수와 사람답게 사는 것, 그 두 개가 양립할 수 없다면 복수를 선택할 것이다. 리사의 차를 타고 가면서 준은 말했다.

"난 반드시 복수할 거야. 그러기 위해서 죽을 수도 있어. 너를 위해 그걸 포기할 생각은 전혀 없어."

"그래, 나를 위해 그걸 포기할 필요는 전혀 없어."

준의 말에 심드렁하게 대답하는 리사는 별로 서운하거나 상처받은 표정도 아니었다. 그것보다 더 중요한 무언가를 생각하고 고민하는 듯했다. 준의 말이 딱히 중요하다고 생각하는 것 같지도 않았다. 생각에 잠긴 진지한 표정의 리사는 놀라울 정도로 맑고 똑똑해 보였다.

리사를 보며, 준은 묘한 생각이 들었다.

사람은 모두 아름답고 우수하며 모두가 높은 잠재력을 가지고 있다고 태린에게 교육받아 왔고, 준도 그것을 믿기는 했다. 하지만 타고난 차이점이 있다는 것을 어쩔 수 없이 느끼며 살아올 수밖에 없었다. 머리와 외모 모두 타고난 지점이 매우 높은 몸으로 태어났으니 말이다.

그것은 예나를 통해서도 알고 있었다. 그녀의 순수함과 해맑음을 사무치게 사랑해 왔지만, 태린이 가끔 못마땅해하며 지적해 왔던 대로 예나는 머리가 좋은 것도 아니고 특별히 뛰어난 재능이 있던 것도 아니었다. 하지만 밝은 성격에 선량한 마음씨 하나로 모든 것을 뒤집고 남을 만한, 아름다운 소녀였다.

리사는 세상의 그림자 속에서 살아가기엔 너무 아까운 사람이라고, 준은 생각했다. 동네 양아치들 따위는 가볍게 쓸어버리는 압도적인 육체의 강함, 잘생긴 외모에, 일하다 보니 필요하다며 스스로 몇 개 국어를 익힐 정도로 머리도 좋고, 업소에서 아직 어린 나이에 마담 역할까지 하면서 정산을 돕거나 관리를 돕거나 하는 거 보면 수완도 좋았다. 거기다 노래도 잘하고 춤도 잘 추고 끼도 많아서 업소 공연의 핵심 멤버이기도 했다. 덕분에 이전의 유흥업소에서, 공연 위주의 건전한 업소로 쉽게 옮길 수 있었다. 주말이면 다시 남장을 하고 보육원 봉사활동을 나갈 정도로 아이를 좋아하는 따뜻한 마음씨에, 익살스럽게 유머 감각 넘치는 성격은 업소 내에서도 평이 좋은 편이었다. 재능과 끼가 넘칠 뿐만 아니라, 아마도 예나를 떠올릴 정도로 성격과 심성도 좋은 사람이란 생각이 들었다. 어린 시절의 학대와 친부살해와 조실부모, 일찍부터 몸을 팔고 업소에 나가는 환경 속에서 그 심성을 지켜낼 정도로,

멘탈도 강한 사람이다. 그래서인지 업소 특유의 속물적인 분위기에도 젖어 들지 않았다. 육체와 머리와 심성 모두가 너무나 건강하고 좋은 이런 사람이 하고 있는 일이었던 게 창녀라는 것이, 준은 안타까웠다. 그래서 업장을 옮기라고 권유했었던 것 같았다.

안타깝게도 리사의 외모는 아직 준에게 거북했다. 준보다 건장한 리사의 체구와 전반적인 외모는 준에게 여전히 거북하고 부담스러웠다. 하지만 그 눈. 예전부터도 가끔 그 눈을 들여다보고 있다 보면 마음이 평온해졌다. 검고 큰 눈동자는 어쩔 땐 무슨 생각을 담고 있는지 모를 공허한 분위기를 풍길 때도 있지만, 대체로 평온하게 반짝였다. 그 어떤 악의도 의도도 담고 있지 않은, 평온하고 맑게 빛나는 눈. 맑고 강한 인격과 재능을 담고 있는 원천 같은 느낌이었다. 보고만 있어도 머릿속 안개가 걷히면서, 정신이 돌아왔다. [민나]에서 한준으로 다시 돌아올 수 있었던 것도 아마 그 덕분이었을 것이다. 그녀의 눈을 보고 있다 보면, 어딘가 세상 모든 일엔 해결책이 있을 거 같은 느낌이었다. 세상 모든 것이 타락해도 이곳만큼은 긍정적이고 맑은 느낌을 유지할 것만 같았다. 언제까지나 그 눈을 바라보고 싶을 때도 있었다.

왜 이런 인격, 이런 재능을 가진 사람이 트랜스젠더 업소에서만 일하는 걸까? 지금 일하는 곳처럼 건전한 곳에서 일하는 것이 싫다는 게 아니라, 양지로 나와 일반적인 일을 더 다양하게 하지 못할까 하는 생각이 들었다. 어쩌면 리사처럼 트랜스젠더티가 많이 나는 사람이 할 수 있는 일이란 것이 한정적이기 때문일 수도 있다는 생각이 들었다. 아무리 생각해 봐도, 공무원이나, 하다못해 단순 서비스직종에서도, 트랜스젠더티가 확 나는 사람을 본 적이 없었다. 모습을 드러내지 않아도 되는 기술직종에 몰려 있는 게 아니라면, 할 수 있는 일이 이러한 트랜스젠더 전용 업소 정도이기 때문일까? 과연 리사가 공부를 하고 명문대를 가면 엘리트 코스를 밟아 대기업이나 공기업 입사가 가능할까? 의사나 변호사가 되어서 대형 종합병원이나 대형 로펌 취직이 가능할까? 그러한 제도권에서 트랜스젠더 티가 많이 나는 트랜스젠더가 없는 이유는 단순히 그 숫자가 적어서일까? 그들의 사정을 전혀 모르는 준은 생각할수록 리사가 아깝다는 생각을 했다. 자신이 복수를 위해 삶을 포기하더라도, 리사는 자신의 장점을 마음껏 발휘하며 살았으면 좋겠다고, 준은 생각했다.

그들은 리사가 봉사활동을 하는 보육원에 도착했다. 리사는 준을 마당 벤치에 앉혀놓고 잠시 기다리라고 했다.

잠시 후, 리사는 만 서너 살쯤으로 보이는 남자아이 한 명을 안고 왔다. 이미 전부터 친한 사이인지, 아이는 리사의 얼굴을 만지며 즐거워했다.

리사가 아이를 준에게 보여준 순간, 준은 경악했다. 얼굴에 핏기가 없어지면서, 양 손가락 끝에서 피가 줄줄 새 나가는 것만 같았다.

그 아이의 얼굴은 준의 어린 시절과 똑같았다. 그냥 지금 봐도, 누가 봐도 소름 끼칠 정도로 준을 닮았다.

유진이 예나의 난자를 추출하고 있다는 이야기는 들은 적이 있었다. 복제인간을 만든다는 이야기도 얼핏 들었던 것 같다. 예나에게서 추출한 난자로, 유진은 직후에 바로 복제인간을 만들었던 것이다. 자신에게 질리고 나면 새로운 연인으로 두기 위해서인지, 자신과 유진의 도너로서 쓰기 위해서인지는 몰라도. 자신이 같은 세대의 마지막 복제인간으로 알고 있는데 예나의 난자를 얻고도 가만히 있을 리가 없었다. 유진이라면 당연히 그렇게 했을 것이다. 그리고 아마도, 이 아이 한 명만이 아닐 가능성이 많다…….

넋이 완전히 나간 준의 귀로, 아주 먼 곳에서 들리는 듯한 리사의 목소리가, 하지만 영혼을 후려치듯이 선명하게 들렸다.

"난 저 아이를 사랑해. 너를 닮았잖아. 할 수만 있다면 내가 데려와 키우고 싶어. 만약 이런 아이가 얘 혼자만이 아니라면, 찾아내서 돌봐주고 싶어. 그걸 가능하게 할 수 있을까?"

그걸 가능하게 할 방법이 있다는 것을, 그러기 위해 가장 무난한 방법이 있다는 것을, 준은 알고 있었다. 아마 리사도 알고 하는 말일 것이다.

그 아이를 보고 난 후, 준은 한동안 혼돈 속에 있었다.

확실한 건, 이대로 가만히 있을 수는 없다는 것이다.

꼬박 하루를, 준은 집에 틀어박혀 아무것도 먹지 못하고 고민만 했다. 리사는 걱정스럽게 쳐다보면서도, 용케 간섭하지 않고 지켜만 봤다.

얼마나 지났을까. 갑자기 준은 무너지듯 무릎을 꿇고 두 손에 얼굴을 묻으며 울음을 터뜨렸다. 서러운 건지, 후련한 건지, 괴로운 건지 모를, 토하듯이 터뜨리는 울음.

준은 참을 수 없이 고독했다. 허무했다.

그 허무함의 정체는 아마, '복수'할 기회를 버려야 한다는 데 기인하는 것일지도 모른다.

그는 항상 복수를 상상하고 꿈꿔 왔다. 비록 민나의 존재, 그녀에게 진 부채감으로 인해 그것이 실현되지 않을 수도 있다고 생각하긴 했지만, 그래도 유진에게 모든 것을 갚아 주는 몬테크리스토 백작을 꿈꿔왔다. 최근에도 가장 재밌게 본 드라마가, 아니, 재밌다 못해 광기 어린 집중력으로 본 드라마가, '더 글로리'였다. 성공적인 복수의 화신들, 몬테크리스토 백작의 에드몽 당테스, 더 글로리의 문동은이 자신의 우상이자 꿈이었다.

하지만 그는 역시 태린의 아들이었다. 그녀에게서 자란 자아는 아직도 준을 형성하고 있었다. 그래서 준은, 자신의 복수보다도, 자신과 같은 방식으로 태어난 어린 생명들의 인생이 훨씬 중요하다는 것, 자신의 과거를 갚아 후련해지는 것보다는 그 어린아이들의 미래가 훨씬 중요하다는 것을 알고 있었다.

문득 현주와 재혁이 생각났다. 자신의 탈출 계획에 희생된 사람들.

한동안 정신줄을 놓고 있던 준은 그들도 잊고 있었다. 하지만 정신을 차리기 시작한 지금, 그들이 자신 때문에 죽었다는 것은 깊은 죄책감으로 남았다. 자신의 욕망을 위해 자신도 사람들을 죽게 했는데, 내가 유진에게 복수할 자격이 있는가? 내가 살릴 수 있는 생명들까지 외면하며 복수만을 한다면, 나는 유진과 다를 게 무엇이란 말인가?

그는 이제 유진을 찾아갈 것이다. 유진에게 손을 내밀고, 협상을 하고, 필요하다면 빌어야 할지도 모른다. 물론 그렇다고 그의 그 끔찍한 사랑을 받아들이거나 다시 노리개가 될 생각은 추호도 없지만. 그는 개인의 행복을 희생해서 얻은 다수의 평화가 반드시 옳지만은 않다고 배웠다. 그러니 굳이 그렇게까지 할 생각은 없었다. 자신이 끔찍하게 희생하진 않아도 되고 그가 더러운 욕망을 채우게 하지 않아도 되는 선에서, 최대한 협상할 것이다. 그래도 언론과 회사 상황 등을 봤을 때, 유진은 거동을 거의 못하는 상태에 살날이 많이 남은 것 같진 않으니, 협상의 여지가 없진 않을 것이다.

그를 용서하고, 정확히는 그에 대한 복수를 포기하고, 대신 그에게서 그가 복제한 아이들의 미래를 넘겨받는다. 그 아이들의 미래를 지켜줄 수 있도록. 그것이 그가 선택해야 할 최상의 미래일 것이다. 그 미래에, 그가 몬테크리스토 백작의 에드몽 당테스나 더 글로리의 문동은이 될 가능성이 더 이상 존재하지 않을 수도 있다는 것, 그것이 준 너무 서러워서, 울고 또 울었다.

문득 정신을 차려 보니 리사의 품속이었다. 눈물 젖은 얼굴을 들자, 리사는 그의 등을 쓰다듬으며 담담하게 말했다.

"나는 아빠란 인간 그 개자식 죽인 거, 단 한 순간도 후회한 적 없었어. 나는 복수해 놓고 너한테 하지 말란 것도 우습지. 근데 확실한 건, 복수하고 나서 걷는 길이 꽃길이긴 힘들다는 거야. 어머니에겐 아비를 살해한 자식이란 상처를 안겼고, 그 인간이 들었던 예언대로 나는 창녀로 컸으니까. 아……화류계가 꽃 화(花) 자를 쓰니까 꽃길이긴 한가?"

리사는 피식 웃으며 자신의 손을 내려다보며 말했다.

"죽어 마땅한 놈이었지만……내 손에 피를 묻히고, 그리고 맑고 깨끗하게, 행복하게 사는 게 쉬운 일일까? 놈을 어둠 속으로 끌고 들어가는 데 성공하면, 나도 어둠 속에 있는 거야. 그렇게라도 하지 않으면 인생이 더 깜깜한 어둠 속이라 그랬던 거야. 난 그놈한테 가장 확실하게 벗어날 방법이 그것밖에 없었고, 덕분에 벗어났어. 그래서 후회는 안 해."

리사는 준을 바라보며, 진심을 담아 다정하게 말했다.

"너는 다른 선택지가 있잖아. 그를 죽여야만 암흑 속에서 벗어나는 것은 아니잖아. 선택지가 그것밖에 없다면 죽이는 게 맞다고 생각해. 하지만 너는 아니야. 나는 네가 나처럼 살지 않았으면 좋겠어. 네가 나처럼 살지 않을 이유가 생겨서, 나는 기뻐. 너에게 증오가 아니라 사랑을 선택할 이유가 생겨서."

리사가 말하면서도 부끄러워하지 않는 것으로 봐선, 리사가 말한, 준이 선택한 사랑은 '리사'를 말하는 건 아닌 거 같았다. 준이 복제인간 아이들의 미래를 위한 선택을 했다는 거, 그거 자체를 '사랑'이라고 하는 것이다. 하지만 그녀는 준이 자신을 위해 미래를 선택하지 않은 것에 대해, 자신 있게 준이 리사를 사랑한다고 확신할 수 없는 것에 대해, 그렇게까지 서운해 하지 않는 거 같았다. 어쩌면 그 정도로 여자로서 사랑받는 인생을 애당초 포기했기 때문일 수도 있지만, 그녀는 이미 진심으로, 준의 사랑보다 준의 행복을 바라고 있었다. 그것을 느낀 준의 마음은 따뜻하게 젖어 들었다. 리사도 그런 준의 마음을 느낀 양, 싱긋 웃었다.

"내가 도와줄게. 나도 그 아이들을 사랑할게. 이미 아까 그 아이는 사랑하는걸. 이제부턴 나도 사랑으로 살고 싶어."

리사는 그의 선택을 짐작하고, 응원하고 있는 것이다. 리사도 그가 복수심에 불타 누군가를 죽이기 위해 살아가기보다, 살아 있는 생명과 발전적인 미래를 위해 살아가길 바라는 것이다.

준은 이제 더 이상 외롭지 않았다. 비록 에드몽 당테스처럼 복수를 완성하진 못해도, 모든 걸 끝낸 에드몽 당테스의 곁에 미래를 함께할 반려 하이데가 남은 것처럼, 준의 곁엔 리사가 있다. 더 이상 아무것도 무섭지 않고, 외롭지 않았다.

이제 그의 곁엔 리사가 있고, 그들이 키워야 할, 그와 유전자가 똑같은 아이들도 함께할 것이다. 그에게 지켜야 할 '미래'가 생긴 것이다. 그것이 '복수'보다 훨씬 높은 가치를 지녔기를, 준은 진심으로 빌었다.

12. 미래를 위하여

얼마 후, 준은 리사와 함께 유진을 보러 다시 그 건물을 찾아갔다. 살아생전 올 일이 없거나, 혹은 살아생전 마지막으로 와서 그를 죽이고 자신도 죽을 거라 생각했던 그곳에, 그도 죽이지 않고 자신도 죽지 않으러 오게 될 줄은 몰랐다.

의외로 유진과의 연락은 쉽게 닿았다. 자신의 핸드폰으로 유진의 회사에 걸자마자 얼마 안 되어 유진과 연락이 되었다. 아마도 자신의 핸드폰 번호를 유진이 알고 있었고, 그 번호로 전화가 걸려오자마자 연결하라고 지시를 한 모양이었다.

아마 유진은 자신의 번호뿐만 아니라, 자신이 어떻게 살고 있는지까지도 멀리서 지켜보고 있었을 것이다. 언제든 자신을 찾을 수 있고 찾아올 수 있는데 그러지 않았다는 건, 적어도 자신을 다시 감금하고 자기 마음대로 하려 하진 않는다는 것 같았다.

"협상을 하고 싶어."

준은 유진과 연락이 닿자 단도직입적으로 그렇게 말하고. 유진은 한동안 말이 없었다. 잠시 후 긍정적인 대답이 들려오고, 바로 다음 날 준은 유진을 보러 갈 수 있었다.

준에게는 세상에서 가장 끔찍한 곳이었지만, 그래도 의외로 그곳으로 가는 것이 그렇게까지 무섭거나 괴롭게 느껴지지 않았다. 아마도 옆에 리사가 있기 때문인 것 같았다. 리사가 압도적인 강자이기 때문인가보다고, 준은 생각했다. 유진의 경호원 중에도 리사보다 강한 사람은 없을 것 같기에, 어느 정도 안심이 되는 것은 사실이었다.

유진이 있는 방은 예상했던 대로, 준이 2년여간 감금되어 있던 호화로운 방이었다.

그곳까지 같이 들어가려던 리사를, 준은 조용히 막았다. 유진의 질투심을 자극해서 위험하게 만들 필요는 없다고 리사를 설득하고, 준은 혼자 유진을 만나러 들어갔다.

유진은 생명유지장치를 주렁주렁 달고 있었다. 아마 죽는 게 더 자연스러운 상태에서 기어이 살려는 놓은 모양이었다. 전신마비 가능성이 유력해 보였다. 유진 주변에는 유진의 재능과 기술에 가족의 생명이 달려 있는 사람들이 잔뜩 있었으니, 모든 방법을 동원해서 유진을 살려 놓으려는 사람이 주변에 있었던 것도 무리는 아니다.

유진 옆에는 60대 중반 정도로 보이는 남자도 있었다. 어딘지 옛날에 사진으로 봤던 최장수 회장과 닮은 점이 있어 보였다. 아마도 친척일 것이란 생각이 들었다.

준을 본 유진의 눈빛이 슬프게 빛났다. 그 눈빛을 보며, 준은 아마도 자신을 향한 유진의 마음 자체는 진심이었을 것이란 생각이 들었다. 방법이 지나치게 비정상적이어서 그렇지.

그들은 담담히 이야기했다. 주로 현실적인 이야기들이었다.

유진은 준이 회사를 상속받을 뿐만 아니라, 이제까지 연구하던 것도 물려받아 연구할 것을 요구했다. 어차피 유진이 하고 있는 일은 '수단과 방법을 가리지 않는다'라는 것만 빼면 준이 꿈꾸는 일이기도 했다. 아이들의 미래를 위해 복수를 포기하는 것만 생각하고 있던 준은 갑자기 원래 자신이 꿈꿨던 미래도 살게 되었다는 것에 머리가 어질어질했다. 준은 그만한 재능을 갖고 있으니, 몇 년간 학업을 하고 돌아온다면 이제까지 유진이 연구하던 것을 이어받아 발전시킬 수 있을 것이다.

준은 유진에게 자신들의 복제인간으로 추정되는 아이를 목격한 이야기를 했다. 유진은 씁쓸하게 웃으면서 고개를 끄덕였다.

"그래, 맞아. 그때 얻은 난자로 복제인간을 만들었어. 민나의 복제인간 하나, 내 복제인간 다섯."

순간 준은 다시 피가 얼어붙었다. 민나의 복제인간……즉, 예나와 같은 유전자를 가진 복제인간까지 만들었을 가능성에 대해 차마 생각하지 못했다. 어찌 보면 당연히 만들었을 것인데. 미래 복제인간을 더 만들기 위해 자신과 같은 미토콘드리아를 가진 난자 추출용이자, 민나의 건강과 젊음 유지용으로, 민나의 복제인간을 만들었을 것인데. 아마 예나와 민나에 대한 기억이 너무 괴로웠기 때문에 거기까지는 생각을 못 했던 것 같았다.

"죽기 전에 모두 폐기할까 생각중이야."

"폐기……라고?"

준은 유진의 말에 귀를 의심했다. 유진의 이런 논리, 이런 화법은 아무리 들어도 익숙해지지가 않았다. 이 인간의 세계 속에선 생명의 의미나 존재의 이유가 자기중심으로 재정립되는 것 같았다.

"이봐. 너에겐 그들을 폐기, 아니, 죽일 권리가 없어."

"왜? 내가 만든 생명체들인데?"

"……아니다."

준은 한숨을 쉬며 설득을 포기했다. 하지만 그의 이런 관념에 대해 전과 같은 증오가 느껴지진 않는다는 것이 신기했다.

그는 아마 환자일 것이다. 전문용어로 자기애성 성격장애. 무언가가 결여된 환자. 자신이 어려서 경미한 자폐 증상을 보인 것도 유전적인 문제였던 것일까, 하고 준은 문득 생각했다. 그래도 자신이 다르게 자란 걸 보면, 성장환경에서 극복할 수 있는 정도의 문제인 모양이었다. 물론 일란성 쌍둥이라 해도 유전자가 완전히 같진 않기 때문에, 타고난 유전적 결함의 문제라 해도 경미한 정도면 수정란의 세포분열 과정과 성장하면서의 발달 과정에서 각자 조금씩 달라지는 이유도 있을 것이다.

"내가 그것을 원하지 않아."

준이 말하자, 유진은 불만스러워하면서도 수긍했다.

"그래……넌 특별하니까. 너에게 특별히 그것들을 처리할 권리를 주겠어."

'[그것]들을 [처리]…….'

이제 준은 그의 저따위 화법에 대해 하나하나 따질 생각도 들지 않았다. 단지 한숨을 쉬며 대답했다.

"그래, 고마워."

준의 말에 유진은 놀란 눈으로 준을 바라보더니, 감동한 눈빛으로 눈물을 글썽거렸다. 그의 입에서 '고맙다'는 소리 따위가 나올 줄은 상상도 못했을 것이다.

물론 준은 그에게 고마운 생각은 물론 추호도 들지 않았고, 그 누구보다도 그에게만큼은 그딴 소리 하기 싫었다. 특히나 그의 손에 죽은, 자신이 사랑하는 사람들을 생각하면. 하지만 죽은 사람으로 인한 원한보단, 살아 있는 생명들이 계속 살아가는 것이 더 중요할 것 같았다. 자신의 자존심보다도, 원한보다도, 이 생명들을 지키는 일이 더 중요할 것 같았고, 그렇다면 그깟 말 몇 마디, 못 할 것도 없지 싶었다. 그렇기 때문에 복수를 포기하고 여기, '협상'까지 온 것이다. 이 생명들을 지키고, 상황에 따라선 거둘 권리를 갖기 위해. 그 '거둘 권리'라는 것은 유진이 생각하는 것처럼 생명을 죽일 권리를 말함이 아니라, 그들 중 불행하게 사는 이들이 있다면 자신이 부모로서 그들을 거두고 키울 권리를 말함이었다. 이제 준은 그 아이들을 '거둘 권리' 뿐만 아니라 '그들을 보호할 힘'까지 갖게 될 것이다.

"그리고 마지막으로 하나 부탁이 있어. 너를 위한 것이기도 해."

한참 생각하던 유진은, 조심스럽게 말했다.

"넌 다시 완전한 남자로 돌아갈 수 있어. 내가 민나에게 총을 맞은 부위는 그곳이 아니니까."

준의 좋은 머리로도, 유진의 말을 이해하는 데는 시간이 걸렸다. 한참 후 준의 안색이 변하기 시작하자, 유진은 의미심장하게 웃었다.

"우린 유전자가 거의 같다시피 해. 일란성 쌍둥이나 다름이 없지. 그러니 내가 빼앗은 가장 중요한 걸 돌려줄게. 내 성기를 이식받아서, 다시 원래대로 돌아가. 그건 너를 위한 것이기도 하잖아."

준에게 있어서 유진에게 빼앗긴 가장 중요한 건 성기가 아니었다. 영원한 연인이자 영원한 친구인 예나와, 세상에서 가장 멋진 어머니인 태린이 옆에 있는 삶 그 자체였다. 그것에 비하면 성기 따위는 아무것도 아니었다. 하지만 그것을 이해해 줄 유진이 아니기에, 준은 굳이 그것을 지적하지는 않았다.

"널 사랑했어. 그것만은 진심이야. 또 다른 나라서 사랑했는데, 어느 순간부터는 거울을 보는 것보다 너를 보는 것이 더 좋았어. 널 모조리 갖고 싶었어. 네 마음을 갖고 싶었어.

이제는 알아. 그것이 불가능하다는 거. 절대 가질 수 없는 것을 위해 더 이상 애쓰면 안 된다는 걸. 간절히 갖고 싶었던 거 하나를 이미 오래 전부터 갖고 있었다는 걸 알고 나서야, 마음을 내려놓았어."

그것이 무엇일까, 그가 이미 갖고 있었는데 가지고 싶던 것이 무엇일까, 준은 곰곰이 생각했다. 그것은 하나밖에 없었다. 아마 유진은 마음속 깊은 곳에선 어머니의 사랑을 원했을 것이다. 자신을 버린 어머니를 사랑한다는 것을, 그 어머니의 사랑을 원한다는 것을 자존심 때문에 인정하지 않았다. 그 어머니가 너무 철이 없어서, 사랑을 몰라서 한 선택이었다는 것을 알고, 늦게라도 사랑을 간절히 주고 싶어 한다는 것을 알면서도, 자존심 때문에 인정하지 않고 살아왔다. 어머니가 자신을 죽이려 한 것. 그것이 그녀의 마지막 사랑이라는 것을 유진도 알 것이다. 절대 변하지 않을 것만 같았던 유진이 약간이라도 변한 것은 결국 민나의 사랑 때문인 것이다.

"민나는 날 사랑했어. 나도 민나를 사랑했고. 그거라도 안고 갈 거야. 하지만 너에게도 무언가 내가 남았으면 좋겠어. 네 속에서, 내 일부라도 살아 있었으면 좋겠어. 그게 마지막 부탁이야. 너를 위한 것이기도 하니까, 들어주는 게 좋을 거야. 물론 복제인간들 중 하나를 사용해도 되긴 하겠지만, 넌 그러지 못하겠지, 아마도."

그의 그 신체부위……준이 남자일 때나, 여자의 몸을 갖고 난 이후나, 그를 수도 없이 찌르고 겁탈했던 부위이다. 억지로 수도 없이 물고 빨았어야 했던 부위. 그를 역겹게 괴롭혀온 그 부위를 자기 몸에 이식하여 평생 가지고 살아가야 한다는 것, 그것을 무슨 은혜라도 베풀 듯이 이야기하는 것이 거부감이 들었다.

하지만 한편으로는 준은 다시 남자가 되고 싶었다. 가장 무난하게 자신의 육체적 성별을 돌이키는 방법이 이것이라는 것은, 준도 알고 있었다.

"생각할……시간을 줘."

집으로 돌아오는 길에 준의 무거운 얼굴을 보고, 리사는 말했다.
"너무 억울해하지 마. 역사적으로도 전쟁피해 후 가장 모범적인 해결 방법은 복수도 용서도 아닌 협상이었어. 현재의 이익을 위해서가 아닌,

미래 세대를 위한 제대로 된 협상 말이야. 넌 용서한 게 아니야. 복수한 것도 아니고. 협상을 한 거야. 미래 세대를 위하여."

리사의 말이 묘하게 안심과 위로가 되었다. 아마 이것을 의논할 사람도 리사밖에 없을 것이다. 아니, 리사 이상으로 적절한 의논 상대는 존재하지 않을 것 같았다.

"그래, 그런데 다른 협상도 제안했어. 미래 세대가 아닌, 그와 나 둘 다를 위한 협상이야."

준이 유진의 제안을 털어놓자, 이번에는 리사도 혼란스러운 얼굴이 되었다. 하지만 그가 무슨 선택을 해야 할지 모르겠어서 생긴 혼란은 아닌 모양이었다. 리사는 혼란스러운 얼굴과는 상반되게, 듣자마자 전혀 망설임 없이 대답했다.

"고민할 거 뭐 있나? 그냥 받아."

"……고민은 좀 하고 권하지?"

준의 말에 리사는 피식 웃었다.

"왜 고민해야 하는데? 그로 인해 잃었던 것 중 하나를 다시 되찾는 건데.

난 평생 완전한 여자 몸을 갖는 걸 꿈꿔왔어. 그래서 이해할 수 있어. 네가 남자 몸으로 얼마나 돌아가고 싶어 하는지 말이야. 게다가 원래 성기수술만큼은 여자에서 남자 되는 게 엄청 어려워, 남자에서 여자 되는 것보다 훨씬 훨씬 더. 있는 걸 없애는 것보다 없는 걸 만드는 게 훨씬 어려운 법이니까. 그런데 넌 그걸 거의 완벽하게 할 수 있는 거잖아. 난 고민할 필요도 없다고 생각해."

"나를 수도 없이 강간한 부위를 내가 평생 달고 살아야 하는 거잖아. 내가 사랑한 사람들을 죽여 버린 악마의 신체를 내 몸에 평생 달고 살라고?"

"내 몸도 내가 미치도록 증오하는 사람이 물려줬고, 심지어 많이 닮았지만, 그래도 내 몸을 증오하고 싶진 않아. 내 몸으로서 존재하면 그건 그의 일부가 아니라 나로서 존재하는 거니까."

리사의 말에, 준은 할 말을 잃었다.

"애초 넌 복제인간이라며, 그의 유전자로부터 만들어진 거라며. 그래서 그는 네가 또 다른 자신이라고, 자기 마음대로 할 수 있는 자신의 것이라고 착각했지. 그건 그만 하는 착각이 아니라 내가 죽인 그 개새끼를 비롯해서 수많은 잘못된 부모들이 자기 자식에 대해 하는 착각이기도 하고. 근데 아니잖아. 너도 결코 그렇게 되지 않았잖아. 그러니까 그의 신체도 마찬가지야. 네 몸이 그 인간 유전자에서 나왔지만 결국 오롯이 너의 몸이듯이, 그 신체 일부도 그런 것일 뿐이야."

결국 준은 유진의 성기를 이식받기로 결정했다.

이제 날짜는 정해졌다. 유진은 어차피 죽어가는 몸인데다 전신마비 상태였다. 그는 조만간 (대외적으로는 투병 중 병사로 위장할) 안락사와 함께 준에게 자신의 신체부위 이식수술을 진행할 예정이었다.

준과 유진은 몇 번 더 만났다. 그동안 그들은 주로 사무적인 이야기를 했다. 복제인간들의 위치와 자료들을 넘겨받았고, 아직 유진이 갖고 있는 최장수의 머리카락이나 칫솔 등의 유전자 정보들을 넘겨받았다.

여전히 그를 보면 가슴을 찌르는 듯한 통증과 불쾌감이 몰려왔지만, 준은 견뎌냈다. 그리고 되도록 부드럽게 그를 대했다. 그것은 아마 민나가 그에게 남겨준 유산일 것이다.

자신의 계획에 희생된 현주와 재혁의 정보에 대해서도 받았다. 현주는 이혼한 남편과는 사이가 지극히 안 좋았고, 부모는 이미 돌아가셨으며, 아들밖에는 가족이랄 만한 사람이 없었다. 재혁은 도박 빚으로 인해 가족과 의절한 상태였다. 치료받지 못한 현주의 아들이 그새 죽었다는 것에 대해, 준은 깊은 죄책감을 느꼈다. 그들의 죽음은 아마 평생 준의 마음의 짐으로 남을 것이다. 유진의 유산을 물려받게 되면 준은 현주의 아들이 앓던 질병에 대한 기금을 만들고 연구하며, 재혁의 가족들이 재혁의 도박 빚 때문에 사채업자들에게 쫓겨 다니는 일을 해결해 주고 되도록 크게 챙겨 주는 형태로 마음의 빚을 조금이라도 덜 생각이었다.

마지막으로 유진을 보던 날, 유진은 준을 다시 보았을 때 같이 있었던 사람을 정식으로 소개시켜 주었다.

"최건수라고, 우리 아버지와 같은 항렬의 친척이야. 현재 회사 경영 전반을 맡고 있어. 네가 여기를 경영할 만한 자격을 갖출 때까지 회사를 맡을 거고, 네가 경영하게 된 이후로도 계속 도와주실 거야."

"저분은 어떤 약점이 잡혀 있지?"

준의 질문에 최건수라는 남자는 얼굴이 굳었고, 유진은 실소했다. 준이 그렇게 생각하는 것도 당연했다. 유진은 사람을 믿지 않고, 인간적으로 신뢰할 만한 관계도 쌓지 않는데, 준이 자격을 갖출 때까지 회사

12. 미래를 위하여

를 통으로 먹을 걱정 없이 맡길 수 있는 사람이란 건, 분명 약점이 잡혀 있기 때문일 것이다. 건수 쪽에서 입을 열었다.

"제 딸은 식물인간입니다. 회장님이 개발한 뇌파 인지 장치로, 딸이 의식은 있음을 처음으로 알게 됐었죠. 대화다운 대화는 아니라도, 그 뇌파 장치로 딸과 대화 비슷한 것도 했구요. 회장님이 개발하신 최신 ECT* 기계로 치료를 하고 나서, 뇌파가 조금 더 다양하게 나온다는 것까진 확인했습니다."

"그다음 연구를 맡아 해줄 만한 재능을, 너는 가지고 있을 거야."

유진이 말하자, 건수는 허리를 숙여 인사하며 간절하게 말했다.

"부탁드립니다."

그 와중에도, 준은 유진이 개발한 것들과, 건수 딸의 상태에 대해 흥미가 동했다. 식물인간들 중엔 중증 루게릭병** 환자처럼, 의식만 살아 있는 사람도 있을 수 있을 것이다, 라고, 준도 생각했던 가설이기 때문이다. 지극히 드문 확률로 오랜 시간 후 정신을 차리는 식물인간은 아마 그 오랜 세월 동안 조금씩 뇌의 기능이 회복했기 때문일 것이고, 그 회복을 앞당겨주는 기술을 개발하고 싶다는 생각을 한 적이 있었다. 아마 유진은 최건수라는 인물의 필요성뿐만 아니라, 그 흥미 때문에 건수

---

*   ECT(Electroconvulsive therapy): 중증 우울증, 조울증, 조현병 등의 정신질환에 사용되는 전기자극 치료. 머리에 전류를 흘려보내 경련발작(convulsive seizure)을 유발한다.

**   루게릭병: 정식 명칭은 근위축성측색경화증. 대뇌와 척수의 운동신경원만 선택적으로 사멸되는 퇴행성 질환으로, 미국의 야구선수 루 게릭이 앓다가 사망하여 흔히 '루게릭병'으로 불린다. 운동능력이 상실되어 종국에는 눈동자만 움직이는 전신마비 상태가 되는 경우가 많으나, 운동능력만 상실될 뿐 인지능력과 감각은 대개 정상이다.

의 딸을 케어하고 연구하는 중일 것이다. 이럴 때 보면 그와 자신은 근본적으로 매우 다른 동시에, 근본적으로 매우 비슷한 부분이 있음을 실감할 수 있었다.

훗날 최건수는 준에게 말했다. 유진은 비록 악마지만, 유진의 재능은 인류를 구원할 수도 있는 재능이라고. 좋은 심성으로 비슷한 재능을 가진 준은, 유진과는 달리 좋은 방향으로 그 재능을 계발하고 펼쳐야만 하는 의무가 있다고. 물론 건수가 그렇게 생각하는 이유는 그것이 자신의 딸을 살리는 것과 관계가 있기 때문일 것이다. 건수는 '너는 내 딸을 살릴 재능이 있으므로 반드시 그 재능을 펼칠 의무가 있다.'고 하는 것이다. 하지만 그럼에도, 준은 건수의 말을 이해하고 공감할 수 있었다. 좋은 머리와 다양한 재능을 가진 리사가 트랜스젠더 클럽에서만 일을 하는 것에 대해 안타까움을 느꼈던 것과, 어찌 보면 연장선상의 심리일 것이다. 세상을 발전시킬 수 있을 법한 재능을 가진 인물은 그에 합당한 일을 해야만 한다고 생각하는 것. 그것이 사회적 동물로서의 인간의 본능이고, 그럼으로써 인류는 발전되어 왔던 것일 테니까, 아마 그것은 본능의 영역일 것이다.

"복제인간들은 어떻게 할 거지?"

"내가 알아서 할게."

유진의 질문에, 준은 단호하게 대답했다. 그들의 미래를 위해 이 협상이 진행된 것임을 유진에게 이해시킬 자신이 없었다. 그들 때문에 유진을 찾아온 것에 대해 혹시라도 질투로 다시 '폐기'를 생각할까봐 걱정도 되었다.

아마 보육원에 있는 애들은 전부, 수정란이 기증된 가정에서 자라고 있는 아이들 중에서도 한 명은 데려올 것이다. 왜 그러는지에 대해 유진은 아마 이해하지 못할 것이다.

"수정란들은? 복제인간들이 탐나는 것이라면, 네가 원하면 그것들로 내 복제인간들을 더 만들 수도 있어."

"……그러진 않을 거야."

준은 고민 끝에, 남아 있는 수정란들을 모두 폐기하기로 했다.

생명은 어디서부터 생명으로 볼 것인가? 수정란부터 생명으로 본다면 이것은 살인인가? 그 고민이 준도 없었던 것은 아니었다. 어쩌면 남은 복제인간들을 다 '폐기'하라던 유진과 비슷해지는 것이 아닌가, 하는 고민이 있었다. 그 수정란들은 모두 비할 데 없이 아름다운 외모에, 높은 지능을 가진 아이로 태어날 수정란들이었다. 분명 수정란 기증을 원할 부모에게 꿈같은 아이를 선사해 줄 것이다.

하지만 준은 수정란을 생명으로 볼 것이냐 아니냐를 판단하는 것보다, 이 수정란을 태어나게 할 것이냐 아니냐가 더 무거운 판단일 것이라고 결론을 내렸다. 본인이 직접 낳아 직접 키울 것이 아니라면, 이 수정란들의 탄생여부를 자신이 결정할 자격은 없을 것 같았다. 그는 결국 수정란 전부 폐기를 결심했다.

이미 태어났고, 유진이 '폐기'하려던, 남아 있는 자신의 복제인간들은 다섯 명이다. 모두 만 세 살. 첫 번째 프로젝트로 탄생한 아이들 중에서 준만 살아남아 '선택'된 이후, 미래를 위해 만든 아이들이다. 아마 일부 혹은 전부가 준과 유진의 젊음 유지를 위해 희생될 계획으로, 그리고 어쩌면 준이 늙거나 싫증 나거나 죽거나 하면 준을 대체할 계획으로.

둘은 보육원, 셋은 수정란을 기증받은 부모 밑에서 자라고 있다. 준은 조사한 결과, 그중 둘은 그대로 살아가게 놔둬도 된다고 판단했다. 수정란을 기증받은 부모 밑에서 자라고 있는 셋 중 둘은 다행히 사랑받으며 살아가고 있었다. 잘생기고 똑똑한 아들은 준이 그랬듯이 벌써부터 부모의 자랑거리이자 삶의 기쁨이었다.

하지만 나머지 한 가정은, 부모 양측 난임으로 수정란을 기증받아 낳았지만 기적적으로 친자식이 태어난 이후로 구박덩이가 되어 있었다. 친자식에 비해, 그리고 부모에 비해 지나치게 잘생기고 똑똑하기 때문에 비교가 되어 오히려 더욱 구박받고 있었다. 준은 그 아이를 어떻게든 건져내서 자신이 돌보고 싶었다.

보육원에 있는 두 명도 데려올 생각이다. 그는 유진 아버지의 DNA 자료들을 갖고 있다. 이걸 자신의 신체자료인 양 친부증명을 해서, 잃어버린 아이를 찾게 된 친부로 행세할 것이다. 어차피 크면서 아버지를 지나치게 똑 닮은 아이로 성장할 것이다. 아무도 자신의 친아들이 아니라고 생각하지 못할 것이다.

셋은 일란성 세쌍둥이로 키울 것이다. 잃어버렸다 이제야 찾은 사연은 잘 만들어볼 예정이다. 자신들의 출생에 대한 비극적인 정보는 굳이 모르고 크게 하는 게 좋을 것 같았다.

그리고, 이민희……. 그것이 보육원에 있는, 민나의 복제인간 이름이다. 그것을 생각하니 가슴이 떨려왔다. 아마도 예나의 복제인간이기도 한, 예나의 마지막 흔적일 테니 말이다.

리사가 복제인간들을 어떻게 대할지는 걱정이 없었다. 리사는 원래 아이를 좋아했다. 짙은 화장에 화려한 복장에 대충 봐도 남장여자, 분명 아이들이 무서워할 타입인데도, 아이들은 자신을 예뻐해 줄 거란 본능인지 그런 것치고 리사를 무서워하지 않았다. 여성으로서 가면 아이들이 무서워할까봐 남장(?)을 하고 주기적으로 보육원에 와서 봉사활동을 할 정도였다.

리사는 왜 그렇게 아이들을 좋아하는 것일까? 원래 아이들을 좋아하는 거야 그렇다 쳐도, 아이들을 예뻐하면서 얻는 리사의 환희는 아마 이유가 있을 것이다. 아마 생전 아이들을 좋아했던 팝의 황제, 마이클 잭슨과 같은 이유에서일 거라고, 준은 생각했다. 아마도 마이클 잭슨이 그러했을 것이듯이, 어린이다운, 행복한 어린이 시절의 부재가 만들어낸 갈증일 것이다. 아직 어리고 천진난만한 아이들이 행복한 시간을 보내게 함으로써, 자신의 삭막한 어린 시절을 보상받는 심리. 마음속 깊이 내재된 사막과도 같은 갈증을, 그렇게 푸는 것이다.

하지만 그것은 결코 이기적인 것이 아니다. 자신의 마음속 사막을 다루는 방법으로 사랑을 택한 것은, 마이클 잭슨이 그러했을 것이듯이 리사가 근본적으로 좋은 사람이기 때문일 것이다. 자신의 마음속 사막으로 주변도 삭막하게 만드는 사람이 되는 것이 아닌, 사랑을 베풂으로써 자신의 사막을 조금이라도 촉촉하게 만드는 길을 택한 것은, 그녀의 마음속엔 사랑을 추구하는 선량함이 있기 때문일 것이다. 비록 친부살해하는, 극단적으로 증오를 선택한 그녀였지만, 그것은 그녀가 악한 사람이기 때문이 아니다. 근본이 좋은 사람이란 것은 영원히 당하고 밟히고만 살아도 꿈틀도 못하는 사람이란 게 아니다. 살아남기 위해선 그럴 수밖에 없는 상황이었을 것이다. 하지만 이후, 자신의 불행한 어린 시절에 대해 분개하여 비뚤어지는 대신에 아이들을 지극히 사랑함으로써 스스로 자신의 불행한 어린 시절을 보상받는 것. 그것이 리사가 택한 길인 것은, 단순히 어린 시절의 상처 때문이 아니라 그녀가 근본적으로는 좋은 사람이기 때문이리라.

더군다나 리사가 사랑하는 사람이랑 꼭 닮은 아이들이니, 리사가 준의 복제인간들을 친아들처럼 사랑할 것은 자명할 일이었다.

그럼 민희는? 그것도 별로 걱정은 없었다. 민희 역시 민나의 복제인간이니, 근본은 예나랑 비슷할 것이다. 준은 리사를 보며 예나를 떠올렸었다. 긍정적이고 활달하면서 예쁜 것을 좋아하고, 별다른 편견을 가지고 있지 않는 성격도 무언가 비슷했다. 리사에게 마음을 빨리 연 것도 아마 그것과 관련이 있을 것이다. 둘이 만약 만날 일이 있었다면, 틀림없이 절친한 친구가 됐을 것만 같았다. 굳이 그게 아니더라도, 리사는 분명 딸이 하나 더 생기는 것에 대해 기뻐할 것이다. 자신의 취향을 한껏 살려서 예쁘게 꾸며주며 예뻐할 딸 하나가 더 있는 것에 대해 리사는 축복이라 생각할 것이다.

"혹시 민희는 잘 키워줄 수 있어?"

유진의 말에, 준은 깜짝 놀랐다.

"당연히 그럴 생각이야. 사실 다른 복제인간들도 내가 키우는 게 더 나은 환경이면 데려와서 내 아들로서 키울 생각이고. 그런데 이상하네.

12. 미래를 위하여 217

민희에 대해선 당신도 그런 생각을 한다는 게."

"그러게……이상하네."

유진도 그렇게 말하고 씁쓸하게 웃었다. 본인은 모르겠지만, 아마도 그것이 민나의 사랑이 남긴 마지막 흔적임을, 준은 짐작할 수 있었다.

"마지막으로 키스……해줄 수 있어?"

준은 일어나서, 유진의 입술이 아닌 이마에 키스했다. 이것 역시, 아마 민나가 자신에게 남긴 마지막 흔적일 것이다. 용서하진 못하더라도, 미래세대를 위해 그에 대한 증오를 마음에서 버리기 위한 의식.

유진은 그 키스가 준이 자신에게 하는 것이 아닌, 민나가 엄마로서 자신에게 하는 키스처럼 느껴졌다. 그것을 느낀 유진은 조용히 눈물을 흘렸다.

그것이 그들의 마지막 만남이었다.

유진은 준에게 성기이식수술을 한 직후에 그대로 안락사를 진행했다. 유진도 동의한 준의 희망에 따라 유진의 장기는 기증될 수 있는 것은 전부 기증되었다.

준이 이식수술을 마치고 회복되었을 때쯤, 리사도 성전환수술을 마치고 기운을 차렸다. 이제 그들은 자신의 성정체성과 일치하는 육체를 가지고 다시 보게 된 것이다.

자신들의 정체성에 맞는 육체를 가지고 처음 성관계를 한 날, 리사는 어딘가 울적해 보였다. 완전한 남자가 된 그의 육체에 감탄하면서도, 표정은 우울했다. 아마도 준이 성기이식을 제안받았단 이야기를 듣고 혼란스러운 표정을 지었던 것과 비슷한 원인이 있을 듯했다.

관계가 끝나고, 리사는 결국 울음을 터뜨렸다. 평소 쾌활하거나 담담했던 모습과는 딴판이었다. 리사의 울음은 행복해서는 아니었다. 어딘가 서러워 보였다.

"왜 그래, 리사."

준은 의아해하며 물었다.

"넌 이제 완벽한 남자가 됐는데, 나는 별로 완전하지 않은 거 같아서……."

아마 일종의 자괴감일 것이다. 완전히 남자가 된 준은 이제 세상 어디를 뒤져봐도 비교할 사람이 없을 만큼 완벽한 데 비해, 리사 자신은 너무나 부족하게 느껴지는 것이다. 자신 앞에서 자괴감을 느끼는 사람들을 평생 보고 살아온 준은 리사의 자괴감을 어렴풋이 이해했다.

"지금 나한테 너는 최상의 짝이야. 그러니까 그런 생각 하지 말아줘."

하지만 리사는 울음을 그치지 못했다. 평소와는 다른 리사의 그 모습에, 준은 마음이 아팠다.

이제 준은 리사의 모습이 더 이상 거북하지 않았다. 예나를 사랑하던 그런 마음은 아니었다. 예나는 영원히 준의 사랑일 것이다. 리사를 향한 마음은 예나를 사랑했던 마음과는 다른 형태였다. 그녀를 보고 있으면 마음이 떨리거나 설레진 않아도 평온해졌다. 그 어떤 분노도, 고통도, 고민도, 잠잠해질 듯한 평온함. 그 평온함 속에서 살아가고 싶었고, 기대고 싶어졌다. 예나에게 가졌던 마음보다 훨씬 차분한 감정이지만, 그것 역시 분명한 애정이었다. 다시 한번 자신을 살게 해준 사람으로서,

리사도 소중했다.

리사는 울먹이며 말했다.

"그거 알아? 만약 신이라는 게 있다면, 넌 신이 허락한 내 인생 최고의 행복이고, 행운이야."

리사도 여자로서의 미래, 여자로서 평범하게 행복할 수 있는 미래를 꿈꾸긴 했었다. 하지만 그것이 자신에게 허락될 것이라 기대하지 않았다.

하지만 이제 모든 것이 갖춰졌다. 세상에서 가장 아름답고 가장 사랑하는 사람이 남편이 되고, 남편을 꼭 닮은(진짜 너무 닮은) 세 아들의 엄마도 될 수 있다. 거기다, 사랑하는 남자와 유전자를 절반은 공유하는, 예쁘고 사랑스러운 딸도 하나 생긴단다. 너무 분에 넘치는 행복이다.

리사는 물론 그에게 사랑이 되고 싶었다. 모든 여자가 그러하듯, 사랑하는 남자에게 일생의 사랑이고 싶었다. 과연 그리될지 자신할 수 없다는 것이 슬프긴 했지만, 그렇다고 그것 때문에 그에게 부담이 되고 싶진 않았다. 리사에겐 인생 최고의 행운인 그를 만난 것은, 그에겐 절대로 있어선 안 될 최고의 불행이 찾아온 덕분일 테니까.

준은 그 모든 일이 벌어지지 않는, 사랑하는 엄마와 여자가 모두 살아 있고, 그녀들과 함께하고, 그래서 리사를 만날 필요가 없는 삶을 가장 원할 것임은 너무나 절대적이고 자명하며, 그것이 옳다. 준은 리사를 만날 필요가 없던 삶을 간절히 꿈꿀 것이다. 그것은 도저히 어떻게 할 수 없는 절대적인 사실이고, 리사 최고의 콤플렉스였다. 그녀와 그의 만남이, 그의 불행에서 탄생한 만남이었다는 것은 피할 수 없는 사실이라는 것. 모든 걸 잃었기에 만날 수 있었고 가질 수 있었던 준이 이젠 완전해졌다는 생각에, 리사는 한없이 움츠러들었다. 그런 그의 옆에 있기만 해도 행복할 것만 같았는데, 어느새 그 이상을 바라게 되었다.

리사는 울먹이며 말했다.

"내가 네 인생의 행운이 될 순 없다는 걸 알아. 하지만 청혼 정도는 바라도 될까?"

준은 순간 무언가를 깨달아, 얻어맞은 것처럼 리사를 쳐다보았다.

리사는 이제 너무 당연히 그의 옆을 지키는 존재다. 현실로 돌아오게 했으니, 앞으로도 평생 그의 현실을 지켜줄 존재. 그래서 잊고 있었다, 그녀도 한 명의 '여자'라는 것을. 소중히 아껴주길 바라는 그런 존재라는 것을, 잊고 있었다.

그녀의 의미……그것을 준은 깊이 생각해 본 적 없었다. 자포자기하며 그저 목숨만 연명하며 살아갈 때 처음으로 현실로 돌이켜 준 존재였고, 그 후 동료로, 친구로, 함께 옆에 있었다. 그녀의 존재 덕분에 다시 현실을 살아가고 미래를 꿈꿀 수 있었고, 그런 그녀의 존재에 기대며 연인이 되고, 다시 남자가 되었다. 그녀가 자신을 사랑하는 것도 알고 있었다. 그래서 그저 거기에 계속 기대려 했다. 그녀도 준에게 영원한 기둥이자 안식처가 되어 주고 싶어 한다는 것을 준은 매우 잘 알고 있었다. 그래서 그대로 그녀 옆에 기대는 것만으로도 그녀의 모든 소망을 충족시켜 준다고 생각했다.

……아니, 사실 그런 생각조차 하지 않았다. 그녀가 자신에게 어떤

존재인지 인정하는 것, 그것을 그는 계속 피해 온 것이다. 그것이 이렇게, 어차피 앞으로의 인생을 함께하기로 확정된 사이에 청혼을 바라는 것조차 죄스럽다는 듯이 조심스럽게 묻게 한 것이다.

준은 리사의 손을 다정하게 잡고, 머리를 조심스럽게 쓸어 올렸다. 그리고 다정하게 볼을 쓰다듬어 주었다. 이런 조심스럽고 수줍은 행동은 예나가 죽은 이후 최초였고, 리사에게는 처음이었다. 리사는 그 다정하고 조심스러운 손길에 울음을 터뜨렸다. 준은 리사를 소중하게 끌어안았다.

"왜 그렇게 생각해. 네가 왜 행운이 아니야.

내 불행은 너 때문이 아니야. 왜 그렇게 생각하는데? 오히려 넌 내가 망가진 이후 만난 최고의 행운이야."

"하지만 넌 나를 만날 필요가 없는 삶이 왔어야 했잖아. 너는 내 인생 최고의 행운인데, 네 불행 때문에 만났다는 거, 그게 너무 마음이 아파."

"너도 아마 트랜스젠더가 될 필요가 없었던, 그냥 처음부터 여자로 태어난 삶을 원했을 거잖아. 그렇다고 해서 지금 삶을 증오하고 부정할 필요 있을까?"

"사실은……증오했어."

"나도 그랬어. 나도 모든 일이 벌어지지 않았을 삶을 원해. 하지만 지금 삶을 증오하고 싶지 않아. 그러기 위해선, 나한테 네가 필요해."

준은 아직 울먹이는 리사를 일으켜 세우고, 무릎을 꿇었다. 그리고 리사의 손등에 입을 맞췄다.

"너무 늦어서 미안해. 너무 당연하게 생각해서, 청혼할 생각조차 하지 않았어. 나랑 결혼해 주겠니?"

리사는 울먹이며, 고개를 끄덕였다. 사랑하는 남자에게 청혼받고 결혼하고 그 남자를 닮은 사랑하는 아이를 키우며 살아가는 삶, 평생 꿈꿔왔지만 이루어질 기대도 할 수 없었던 삶, 그것이 이제 눈앞에 있다.

준은 오열하는 리사에게 입을 맞췄다. 서로의 눈물이 뒤섞인 뜨거운 키스였고, 서로의 사랑을 제대로 확인한 순간이었다.

리사가 그동안 연애한 적이 없던 건 아니었다. 하지만 이제까지 그녀가 받은 취급은 대개, 쉬메일에 흥분하는 성적 취향을 가진 대상의 노리개에 가까웠다. 그나마 첫사랑이자 첫 연애였던, 고등학교 때의 양성애자 선배와는 연인다운 사랑을 나눴고 덕분에 리사는 연애 자체에 대해선 긍정적인 마음을 가질 수 있었지만, 이후 만난 사람들은 대개 그녀를 성 노리개 취급을 했다. 물론 안 그런 사람도 있다 하고, 운 좋게 트랜스젠더티가 안 나는 친구들은 그래도 여자로서 소중하게 예쁨 받고 아껴주는 사랑도 종종 했다는데, 리사는 운이 나쁜 건지 그런 사람이 더 많은 건지 주로 자신을 노리개 취급하는 사람만 만난 데다 그냥 봐도 트랜스젠더임이 너무 티가 나는 편이라 그런 일은 평생 없을 거라 포기하고 살아왔었다.

그녀는 아마 지금 이 순간을 영원히 잊지 못할 것이다. 여자로서는 주로 자괴감만 안고 살아왔던 인생에, 처음으로 완전한 행복을 담은 이 순간을.

남자의 몸을 되찾고 나서, 준은 계획했던 대로 보육원에 있는 아이 둘과, 친자식이 태어난 후 구박받고 있던 아이 하나를 데려왔다. 가정이 있는 아이도 생각보다 어렵지 않게 데려왔다. 그 집에선 치우고 싶은 아이를 치울 기회가 온 것을 마다하지 않았다. 일은 최건수를 통해 해결했다. 아이의 유전적 친부라는 것을 밝히고, 그동안 모아 온 아동학대 증거를 내밀며, 적당히 협박했다. 부모는 너무나 쉽게 아이를 포기했다. 준은 세 아이 모두, 잃어버렸다 되찾은 자신의 친아들로서 자신의 호적에 올렸다.

  예상했던 대로 아이들은 준의 얼굴을 보자마자 자신의 친아빠임을 믿을 수밖에 없었다. 닮아도 너무 닮은 것이다. 마침 셋 다 비슷한 시기에 태어나, 준은 그들이 세쌍둥이라고 이야기해 주었다.

  마지막으로 민희를 보러 가면서, 준의 마음이 떨려왔다. 비참하게 잃어버린 예나를 되찾으러 가는 기분이었다. 그녀를 지켜주지 못한 죄책감과 자괴감을 이제야 갚으러 가는 것 같았다.

  민나의 복제인간들은 무슨 코드네임처럼, 민나의 성씨를 따고 민나의 이름 중 하나를 넣어서 이름이 지어졌다. 이정민, 이예나, 이민희. 굳이 안 그래도 되는 걸 그렇게 이름을 지어 보낸 거라든지, 예나의 '폐기'를 미루었던 거라든지, 민나의 복수를 해준 것 등을 보면, 아마도 유진은 그녀를 어머니로서 사랑했을 것이다. 그들은 분명 서로 사랑했다. 하지만 사랑을 제대로 키우지 못하는 사막을 가슴 속에 지닌 것, 그것이 그들의 공통점이었다. 그래서 그들은 서로에게도 사랑을 제대로 주지 못했고, 제대로 받지 못했다.

그들과 거의 같은 유전자를 가진 자신과 예나는 사랑을 할 줄 아는 사람으로 자란 것, 그래서 결국 사랑을 선택한 것, 그것은 과연 세포분열과 성장 과정에서 미세하게 유전자가 달라졌기 때문인가, 순수하게 교육과 환경 때문인가? 둘 다라고 해도, 아마 상당부분은 어머니 한태린의 지분이 있을 것이다. 준은 아이들을 그렇게 키우고 싶었다. 자신과 예나처럼, 사랑을 알고 사랑을 하고, 증오가 아니라 사랑을 선택할 줄 아는 아이들로.

최초에 자신의 어머니의 유전자를 가졌던 사람이 폐경이 되고 나서 태어난 준은 자신이 태어나고 나서 두 달 후에 태어난, 자신의 어머니의 유전자를 가진 사람을 사랑하고 연인이 되었다. 그리고 자신이 성인이 되고 나서 태어난, 어머니의 유전자를 가진 사람은 이제 딸이 되는 것이다. 매우 부자연스럽고 비정상적인 상황임에도, 그것은 마치 자연의 순환처럼 느껴졌다.

"민희요?"

그렇게 말하는 보육원 선생님의 눈빛이 사랑스러움으로 빛났다. 아마 민희 역시 어린 시절부터 예쁘고 사랑스러워서, 선생님들의 사랑을 받는 모양이었다. 학대받고 자라진 않은 거 같아서 준은 안심했다.

"놀이터에 가보세요. 놀고 있을 거예요."

보육원 마당 놀이터로 간 준은 그네를 타고 있는, 만 서너 살 정도의 자그마한 여자아이를 보자, 가슴이 울컥 아려왔다.

예나를 처음 보았을 때가 여섯 살이다. 아직 준은 그때의 예나를 희미하게 기억하고 있었다.

   그네를 타고 있는 민희는, 그때의 예나와 똑같이 해맑게 웃고 있었다. 타고난 낙천성으로 세상이 예쁘고 반짝거린다고만 믿는 그 천진함. 그것이 일찍이 파괴되어 가슴 한켠에 사랑이라는 식물이 자랄 수 없는 사막을 안고 살았던 사람이 민나이고, 그것을 지켜줘서 끝까지 사랑을 선택할 수 있었던 사람이 예나일 것이다. 민나도 예나도, 본질은 사랑을 추구하는 선량함을 안고 있었다.

   아마 이 아이도 그럴 것이다. 준은 이 아이를 예나처럼, 아니, 예나 이상으로 사랑으로 충만한 풍성한 환경에서, 자신의 딸로서, 자신의 '아들들'의 여동생으로서 키울 것이다. 혹시 자신의 '아들'과 '민희'가 자신과 예나처럼 되면 어쩌나 걱정이 되긴 했지만, 유전적 연관성을 나중에야 깨닫고 그전까지 타인이자 소꿉친구로서 자랐던 예나와 자신과는 달리, 처음부터 남매로서 크면 그렇게 되진 않을 것이다.

   민희는 준과 마주치자, 낯선 사람이란 데서 잠시 길고양이처럼 경계심을 갖고 쳐다보았다. 그러다 표정이 곧 풀어지고, 맑게 웃으며 말했다.

   "우와, 이쁘다."

   본능인 것일까. 민희도 준이 첫눈에 적어도 무섭진 않은 모양이다. 하긴, 준의 외모를 보고 무서워하는 어린이는 살아오면서 한 번도 본 적이 없긴 했다. 남녀노소를 가리지 않고, 심지어 어린 아기조차도, 준에게 호감을 가졌다. 그래서 준은 아름다움의 추구는 타고난 것이고 본능의 영역이라는 것을 일찍부터 깨달을 수 있다. 그래도 마주치는 모든 어린이가 저렇게 첫눈에 반짝반짝거리며 맑게 웃었던 건 아니었다.

"이쁜 아저씬 누구세요?"

민희가 눈을 또록또록 굴리며 물었다.

"네 아빠야."

민희는 그 말을 이해하지 못한 듯, 혹은 믿기지 않는 듯 다시 눈을 동그랗게 떴다. 아마도 보육원 선생님이나 원장님을 통해 곧 아빠가 온다는 설명은 들었을 것인데도, 믿기지 않는 모양이었다. 하지만 눈에 물기가 어리며 얼굴빛이 반짝하는 것이, 그 정보를 그 아이가 적어도 싫어하지는 않는다는 것은 알 수 있었다.

"이제야 찾아서 미안해. 우리 딸, 내가 세상에서 가장 사랑해 줄게."

준이 두 팔을 내밀었다. 민희는 울먹울먹하더니 그네에서 나와 준에게 다가갔다. 준은 민희를 힘차게 안아 올렸다.

아이의 따뜻한 체온과, 풋풋한 체취가 느껴졌다. 그 순간 준은 자신이 살아있음을, 살아있길 잘했음을 느꼈다. 행복해질 수 있음을, 살아갈 수 있음을 느꼈다.

살아있으면 살아가야 한다. 행복해야 한다. 나도 행복하면서 주변도 행복할 수 있는 존재가 되는 것. 아마 그것이 살아있는 생명으로서의, 인간으로서의 본능일 것이다.

준은 영원히 잃은 것만 같았던 그 본능을 다시 찾은 기쁨으로 몸을 떨었다.

작가 후기

'나르시스의 반란'은 기획된 지 굉장히 오래된 이야기이다.

처음 아이디어가 떠오른 것은 중학교 1학년 때였던 것으로 기억한다. 당시 나는 그리스 로마 신화에 매우 빠져 있었고, 그중 나르시스 관련된 이야기만 두 개를 기획했다. 그중 '나르시스의 유혹'은 고등학교 때 쓸 수 있었지만(쓰기만 했을 뿐 출판은 안 되었다), '나르시스의 반란'을 완성할 수 있게 되기까지 참으로 많은 시간이 걸린 셈이다. 기본 스토리나 수위는 그때와 큰 변화는 없었기에, 워낙 어린 나이에는 다루기 힘든 소재이기도 했다. 거울을 보고 마스터베이션을 할 정도로 나르시시즘이 심한 나르시시스트가(참고로 기획 당시 유일하게 써본 장면이자 가장 처음 써본 장면이다……그리고 깨달았었다 지금 쓸 나이가 아니란 것을. 즉, 첫 장면이 주인공이 거울을 보며 마스터베이션을 하는 장면이란 것은, 이 이야기를 처음 기획한 중학교 1학년 때 이미 정해진 장면이었다) 자기 자신밖에 사랑하지 않아 자신의 사랑을 이루기 위해 연애대상 목적으로 자신의 복제인간을 만든 것, 그 복제인간은 나르시시스트와는 달리 전혀 다른 좋은 인격의 사람으로 양어머니를 사랑하고 이미 연인이 있는 것, 나르시시스트가 복제인간이 사랑하는 사람들에 대해 질투하여 복제인간의 양어머니와 연인을 죽인 것, 복제인간을 성전환 수술을 시켜 신체를 여자로 만든 것, 나르시시스트의 어머니 민나가(등장인물들 이름 중, 유일하게 이때 지어진 이름이다) 복제인간을 탈출시키고 아들을 죽이고 자살하지만 본인만 죽고 아들은 시한부로 만든 것, 탈출한 복제인간이 자포자기한 상태로 트랜스젠더 클럽에서 창녀로 일하다가 같은 업소의 트랜스젠더와 사랑에 빠져 해피엔딩인 것까지가, 이때 기획한 내용이다. '민나'라는 이름은 프란시스 버넷의 저 유명한 '소공자'에서, 자기 친아들을 가짜 소공자로 내세워 한탕해 먹으려던 사기꾼 여자 이름에서 따왔다. 남은 복제인간들을 위해 복수를 포기하는 것과, 복제인간이 자기보다 어린 유전적 어머니, 즉 민나의 복제인간과 사랑에 빠지는 것은 쓰면서 추가된 설정이다.

 이야기를 설정하게 된 계기는 첫 장면에 있다. 어린 시절 나는 그리스 로마 신화를 읽으며 생각했다. "자기 자신에게 반한 나르시스가 호숫가에 비친 자기 모습을 보며 무엇을 했을까?" 당연히 마스터베이션을 했을 거 같단 생각이, 이 이야기를 기획한 계기였던 것 같다.

 생각해 보면, 이제까지 쓴, 그리고 앞으로 쓸 법한 소설 장편 기획 중 가장 오래된, 가장 최초의 기획이라고 볼 수 있을 것 같다. (이전에도 장편 기획을 안 해본 것은 아니나 이전의 기획들은 대개 머릿속에서 흐지부지되었다.) 가장 어릴 때 했던 장편 기획이 썼던 중 가장 높은 수위인 것도 지금 생각해보면 신기하다.

오랫동안 기획만 해왔던 이 이야기를 쓰기 시작하게 된 계기는 어느 순간 우연히 찾아왔다.

첫 번째는 4~5년 전에 꿨던 이상한 꿈이다.

"앞으로 창녀로 클 딸이 있는 양성애자 유부남이랑 오입(남자가 부인 외의 여자와 갖는, 진지하지 않은 성관계를 뜻하는 단어이다)을 하게 되리라."

"그 예언이 이루어지고 3년 이내, 넌 유명한 작가가 되리라."

꿈속의 그 말이 너무 선명해서 뇌에 선명하게 남았다. 나는 딸이 있는 양성애자 유부남 같은 건 본 적도 없고(아 물론 내가 본 모든 사람의 가정사와 성적 취향을 아는 건 아니니 나도 모르게 본 적은 있을 수도 있다), 유명한 작가 되고 싶다고 딸이 있는 양성애자 유부남을 일부러 만날 생각도 전혀 없다. 그렇다면 그것은 아마 '이야기의 설정'을 뜻하는 것이라 생각한다. 창녀가 주요 인물로 등장하는, 조만간 쓸 이야기……라고 생각해 보니 '나르시스의 반란'의 트랜스젠더 캐릭터가 생각났다. (물론 '리사'이다. 당시엔 아직 이름이 정해지지 않았다.) 트랜스젠더면 남자로 태어났어도 딸이라 할 수 있을 것이고, 아버지가 설정되어 있지 않았던 리사의 아버지가 설정되며 그 설정이 여기 들어가게 되었다. '나르시스의 반란'은 원래는 먼저 쓰려던 이야기는 아니었으나 이 설정이 들어갈 만한 이야기는 이것밖에 없어서, 이 이야기를 먼저 쓰게 되었다. 이 이야기를 내고 나서 3년 이내에 과연 유명한 작가가 될지 말지는 몰라도, 꿈에서 아이디어를 얻은, 일종의 부적 같은 설정이라 볼 수 있다.

또 다른 계기는 재작년 초여름쯤이다. 어느 날, 술 한잔하고 집으로 돌아오는 길에, 사도세자와 그 어머니 영빈 이씨의 관계를 생각하다 갑자기 영빈 이씨의 마음이 너무 슬퍼서 눈물을 펑펑 흘렸다. 왜 영빈 이씨는 사도세자를 죽이라 고했을까, 그래 놓고 왜 3년 상을 치르고 난 뒤에 아들 곁으로 갔을까에 대해, 문득 그런 생각이 들었다. 그것은 아마도 마지막 모성일 거라고. 하루에 여섯 명을 때려죽이고 백여 명을 살해하는 괴물이 된 아들의 죄악을 멈추기 위해 모성으로, 아들을 죽음으로 몰아갔을 거란 생각이 들었다. 폭주하는 아들을 막을 방법이 죽음밖에 없었기에, 아들이 더 이상 괴물로 살지 않고 죄를 짓지 않게 하는 방법이 그것밖에 없었기에, 영빈 이씨는 사도세자를 죽이라 고해바친 것이 아니었을까?

그리고 아마도, '나르시스의 반란'에서 주인공 유진의 어머니 민나가 아들을 죽이려 한 마음도 같은 마음일 거란 생각이 들었다. 아들에 대한 사랑으로 괴물이 된 아들을 죽이려는 어머니의 설정은 14~15살에 해놓고, 민나가 아들을 죽이려 하는 마음을 영빈 이씨를 투영해 이해하게 되는 것이, 25년이 지나고 나서였다. 그제야, 이 이야기를 제대로 쓸 마음이 들었다. 이것을 계기로 이 이야기를 본격적으로 쓰기 시작했다. 그 기념으로 민나의 풀 네임은 '이민나'로 정해졌다. 다만 '민나'라는 이름을 쓰기엔 나이가 많기 때문에, 본명은 이순영이었던 것으로 설정했다.

여담으로 유진-한준의 이미지 모델로 상상한 연예인은 크게 두 명이다. 아마도 지금 시대 최고의 외모를 가진 얼굴 천재라면 다들 예상할 인물인 아스트로 차은우와, BTS의 뷔이다. 뷔는 유진 파트를 상상할 때, 차은우는 한준 파트를 상상할 때 주로 상상했던 거 같다. (아, 그렇다고 수위 높은 장면도 그렇게 상상한 건 아니다. 일면식도 없다 해도 실존인물을 가지고 그럴 만큼 뻔뻔한 성격은 되지 못한다.)

　이 이야기를 언젠가는 쓰고 싶은 생각은 꾸준히 했으나 희한하게도 차은우와 뷔 전에 유진-한준의 얼굴로 상상한 인물은 없었던 거 같다. 이미지 모델은 그저 글 쓰는 데 도움 되는 상상 속 인물일 뿐으로 가상 캐스팅과는 전혀 상관없기에, 미켈란젤로의 다비드 조각상을 상상하든 라파엘로의 자화상을 상상하든 상관없으며('냉정과 열정 사이'의 남자 주인공 준세이의 경우가 라파엘로의 자화상이 이미지 모델로 알고 있다), 반드시 지금 시대 인물을 따와서 상상하지 않아도 되는데 말이다. 아마도 요즘에 와서야 이 이야기를 쓸 때가 되어, 인물을 상상할 수 있게 된 모양이다.

나르시스의 반란

초판 1쇄 발행 2024년 9월 4일

저자 방주

펴낸곳 큰집
편집/표지디자인 리림

주소 경기도 광명시 너부대로57, 203호
전화 02-2282-3433
이메일 taehagdang@naver.com
신고번호 제 390-2024-000011호

ISBN 979-11-987359-1-1
가격 13,000원

잘못 만들어진 책은 구입처에서 바꾸어 드립니다.
이 책의 저작권법에 따라 보호를 받는 저작물이므로 무단 복제 및 무단 전재를 금지합니다.
이 책의 내용 전부 또는 일부를 이용하려면 반드시 저작권자와 큰집 출판사의 서면 동의를 받아야 합니다.

「이 도서의 국립중앙도서관 출판예정도서목록(CIP)은 서지정보유통지원시스템 홈페이지(http://seoji.nl.go.kr)와 국가자료공동목록시스템(http://www.nl.go.kr/kolisnet)에서 이용하실 수 있습니다.(CIP제어번호: CIP2016027905)」